大逆転

～渋沢栄一・炎の青春～

高見沢 功

歴史春秋社

目次

この作品はフィクションです。

大逆転　～渋沢栄一・炎の青春～

一 婿入り

「折り入って頼みがある……」

元助(もとすけ)が床の間を背にした父、宗助(そうすけ)の前に正座すると、父が神妙な顔つきで切り出した。障子越しに差し込んでくる秋の夕陽が、父の顔を柿色に染めている。

「知っての通り、本家である『中の家(なかんち)』には男子(おのこ)がおらぬ」

「承知いたしました」

「！」

宗助は驚いた。肝心なことはまだ何も話していない。

「何を承知した？」

「中の家へ婿養子として入る件、しかと承知いたしました」

元助は宗助の目を真っすぐ見つめながら答えた。

「なぜ用向きが解った？」

「血洗島村十七軒の渋沢一族の本家でありながら、近年の中の家は家運が傾き、男子にも恵まれておりませぬゆえ」

血洗島村の渋沢一族の家は、その位置によって屋号のように呼び分けられていた。村の中心部にあるのが中の家だった。東の方角にある宗助の家は、「東の家」と呼ばれている。

「その事情は村の誰もが知っていることだ」

「父上の所作に現れておりました」

「どのように？」

「辺りを窺うように私を奥座敷に招き入れたこと。居住まいを正して着座されたことなど」

「それだけで解ったというのか？」

元助は大きく頷いて、さらに続けた。

「お顔にも書いてありました」

「何と書いてあった？」

「これからお前の一生に関わる大事を打ち明けると」

「お前に嘘はつけぬな。立ち所に見破られてしまう」

「上面を見て真実を見極めよ、とさるお方から教わりました。大分昔のことですが」

「ハハハハハ……覚えておったか」

「童の頃はその意味するところが理解できませんでしたが」

元助は昔を懐かしむように目を細めた。


「だが、一族には前の家や遠西の家、遠前の家もある。我が東の家の分家でも、古新宅の家があれば新屋敷の家もある。その中でお前に白羽の矢が立ったのは、いかなる訳だと思うか？」

「それは私が三男であり、東の家を出ても後顧の憂いがないからでしょう」

「そうだ。だが、実はもう一つ理由がある。渋沢一族十七軒の領袖として、中の家を再興できるのはお前しかいないという市郎右衛門様たってのご要望だ。お前の才覚を見込んでのことなのだ」

「……心得ました」

「頼む」

頭を下げた宗助の月代が伸びていた。白髪もある。二十八文の髪結い賃を惜しんでいる——

今や村一番の豪農で、名主を務める宗助であるのに――まだまだ父には及ばない……

秀でた者同士の話は早かった。

武蔵国榛沢郡血洗島村（埼玉県深谷市）は利根川の半里（二キロ）南に位置するものの、良田に恵まれず、五十戸の家は畑作や養蚕、製糸、藍玉の製造などを生業としている。

渋沢一族の本家でありながら、村内の百姓三十戸中二十一番目の小農になってしまった中の家の再興を、元助は固く心に刻んだ。中の家の畑は屋敷を合わせても、八反二畝十八歩（八千三百平方メートル）しかない。村最大の地主である東の家は、七町（七ヘクタール）の農地を所有している。

宗助は話が無事済んだことに安堵した。一方では、聡明な元助を手放すのは惜しい気もした。だが、もはや引き返すことは叶わない……

翌日、中の家を訪ねた宗助、元助父子は、渋沢市郎右衛門の申し出を応諾する旨を伝えた。早速、兄弟、親子の盃を交わすことになり、酒肴が用意された。

酒を運んできたのは元助の妻となる市郎右衛門の娘、えいだった。ほっそりとした容姿で笑顔が涼しい。立ち居振る舞いに品が備わっていた。酌をする仕草には純朴さがある。

元助は改めて本家、中の家の家格の高さを意識させられた。血洗島村の中央に位置する中の家は、百姓でありながらいち早く名字帯刀を許され、当主は代々市郎右衛門を襲名している。自分も、えいと祝言を挙げた後は、三代目渋沢市郎右衛門と名乗らなければならない。今は小農だが、いずれはこの中の家を自分の代で大きく再興させてみせる。それが自分に課せられた使命なのだ。自分はこの中の家を再び興すために、この世に生を受けたのだ——それは理知的で意志の強い、いかにも元助らしい覚悟だった。

竜脳菊が道の両側に咲いている。

道端の草むらで脚を大きく交互に出し、尾を上下に振りながら虫を探し歩いていた鶺鴒が動きを止めた。直後にせわしなく首を振って異変を感じ取ると、すぐに飛び立とうとした。だが、上空で鷂が舞っているのに気付くと慌てて草むらに潜り込んだ。

道の向こうから尺八(しゃくはち)の音色が響いてきた。

一尺八寸（五十四センチ）の竹から吹き鳴らされる柔らかい調(しらべ)。ブォ〜という低音がいつの間にかププゥ〜と高くなり、さらに音がうねってプ〜ォ〜という高音へと変化する。尺八に続いて長持唄(ながもちうた)が聞こえてきた。

――ハアァー今日はナァー日も良いしィー　ハアァー天気もォ良いしィ――

伸びやかな歌声が青空に吸い込まれていく。

大勢の足音が揃って、律動的に響く。先頭を進んでくるのは、紋付(もんつ)きの羽織袴(はおりはかま)に唐草模様(からくさもよう)の風呂敷包みを背負(しょ)った宰領(さいりょう)で、この男の歩み通りに行列は動いた。

宰領に続いて尺八の吹き手が頭を揺らしながら歩いている。その後に鎧櫃(よろいびつ)の轅(ながえ)を担いだ二名が従い、刀持ち、槍持ちが一名ずつ続いている。

――結びナァー合わせてヨォー――

具足櫃に倣うように長持が長持唄に合わせて進んできた。長さ五尺五寸（百六十五センチ）、幅、高さともに二尺三寸（六十九センチ）の長持は小振りで、中の衣装や寝具の嵩が推測できた。家格の割に少ない。使い込まれた長持は古く、花菱の家紋や合わせ蓋の漆が所々剥げている。長持棹を担ぐ小者二名に重たそうな素振りは見られない。

――ハアァー縁となるナーエェー　ハアー竜よォー虎よとヨォー――

血洗島村の東から中央へと婿入り行列は移動した。道端で行列を見送る群衆は、村一番の長者である東の家、渋沢元助の婿入り道具の少なさを口にした。その慎ましさがいかにも東の家らしいという者もいた。倹約は宗助、元助父子の主義であり、それはどんな晴れやかな日、どのようなめでたい席でも厳守された。さらに、往時の勢いを失くした中の家に対する配慮もあった。増長してはならぬ――それは東の家の家訓のように代々受け継がれていたものだった。

――ハアァー育てた男子ォー　今日はナァー　晴れてのヨォー――

行列は長持の後ろを歩く仲人夫妻の次に、花嫁である、えいとその父、二代目渋沢市郎右衛門こと渋沢敬林、その妻が続いた。花婿である三代目渋沢市郎右衛門こと元助と父・宗助、その妻・まさは花嫁側の後ろだった。夫になる元助が妻となる、えいの家に入るのだから、嫁入りとは全てが逆である。

結納品の子生夫と寿留芽も、えいの中の家から元助の東の家へ届けられていた。

――ハアァーお婿入りだァーエェー　ハアァーさあさナァー　お立ちだヨォー――

嫁方の縁者が歩みを進め、婿方の縁者、迎え見参と呼ばれる嫁方の招待客が続き、最後に婿方の見参がゆっくりとした足取りで行列を締めくくった。

村の中だけでの婿入り行列は、長持唄の壱だけで終わりそうだった。

――ハアァー　お名残り惜しやァー　今度ナァー　来る時ヤヨォー――

角隠しの花嫁は初々しく、歩幅の狭い徒歩で進んでいく。元助は伏し目がちに歩くその白いうなじを、眩しいものでも見るように目を細めて眺めた。村の若い衆で江戸に行った折、廓に上がったことはあったものの女人の経験は乏しかった。えいを見ていると、年に似合わず胸の鼓動が高まり、息苦しさを覚えた。えいは元助が知っている他の女人とは違っていた。

――ハアァー　孫連れてナァーエェー――

元助はえいの小綺麗な容姿に目を奪われながら、これからの段取りを想い浮かべた。婿入り行列が本宿である中の家へ着けば、後は祝言を行うだけだ。
挨拶の儀があり、三度御神酒を酌み交わす三献の儀があり、誓詞を述べる。固めの杯を両家が同時に飲み干す。寄り合ってくれた人へ三度の礼で感謝する三礼の儀があり、最後に祝宴となる……
明日からは心機一転、中の家の百姓仕事に邁進しなければならない。立冬（十一月七日）が近付き、麦は播種期を迎えている。中の家ではこれまで、この辺り一帯で広く行われている撒播というばら撒き方法だったというが、自分は条播と呼ばれる筋撒き方法でやってみよう。畑に畝を作る分だけ手間も掛かり、種撒きの時間も食うが、収量は多くなる。

　当たり前のことをやっていたのでは、当たり前の結果しか残せない。楽をしていれば、楽をした分だけ実入り（みい）りは少なくなるのだ。自分が中の家にきた目的を忘れてはならぬ。麦も藍（あい）も蚕（かいこ）も今までの方法ではなく、新しい方法で試すのだ……三代目渋沢市郎右衛門は自分を戒（いまし）めるように自身に言い聞かせた。

二　飢饉

立っている者はどこにも見当たらなかった……

いたる所で襤褸(ぼろ)をまとった骨格標本のような人体が、這(は)いつくばって少しずつ移動している。尻を地につけたままいざってくる女の薄く垂(た)れた乳房は、干からびた大根のようで、あばら骨が浮き出た胸は、薄汚れて畳まれた白張(しらは)り提灯(ちょうちん)を想わせた。風が吹くたびに蓬髪(ほうはつ)が枯れすすきのように揺れ動いた。

道端(みちばた)で群れている烏(からす)を手で追い払った女は、内臓を喰い尽くされた犬の死骸(しがい)の後(うし)ろ脚(あし)に喰らいついた。わずかに残された肉片を頭を振りながら骨からこそぐと、大慌てで飲み込んだ。前歯が二本しかなかった。

隣に這ってきた男が犬の頭蓋骨(ずがいこつ)を抱え込んだ。目玉があった穴に人差し指を突っ込むと、指に付着してきた粘液をぴちゃぴちゃと舐めた。異臭も気にならない様子だった。

これでは地獄と寸分も変わらぬではないか――

とてもこの世のこととは思えなかった。言葉に尽くせない。しかし、三代目渋沢市郎右衛門はこの惨たらしいありさまから目をそらさなかった。

……この惨状を脳裏に焼き付けておくのだ。目も当てられない異様な光景は現実に起きていることなのだ。犬の死骸に群がっている者たちは、逃散もせずに牛馬と競うように働き、ひもじさに耐えて年貢を納めてきたのだ。餓鬼にあらず。善良な民、百姓なのだ。

武州藍の買い付けにきた市郎右衛門は、行き倒れや屍が続く道を真っすぐ前を見て歩いた。食物を求めて枯れ枝のような手を伸ばしてくる病人も、すぐに力尽きてその場に倒れ込む。明日まで持たないだろう……

市郎右衛門はなす術がない現実を目の当たりにして、己の非力を思い知らされた。変えなければならない。このような世の中は断じて変えなければならない。市郎右衛門は涙を堪えながら、自身に言い聞かせた。

天保四年（一八三三）春に始まった天候不順は、月を追うごとに深刻さを増した。穀雨（四月二十日頃の雨）とは名ばかりで、田植えの時期に全く雨が降らず、干からびた田は地割れを起こした。田植えができぬ地は領内三割に及んだ。一転、立夏（五月五日）を過ぎると、七日も降り続いた冷たい雨が泥流となって、あちこちで洪水を引き起こした。分厚い暗雲によって太陽が遮られ、昼でも夜の暗さだった。日中でも気温は上がらず、田や畑や里のそこかしこが濡れそぼって震えた。

夏至（六月二十一日）になっても低温が続き、大暑（七月二十三日）を過ぎても稲は野蒜のようで、畑は大葉子や杉菜に侵食された。その大葉子や杉菜も食用となる部分は全てこそぎ取られて、細い繊維だけが荒れ筵のようにささくれ立っていた。

雪の花が初めて舞ったのは秋分（九月二十三日）で、百姓も町人も白く冷たい結晶を見上げては、恐ろしさにおののいた。先年までは月を観た時期に、今年は田も畑も真っ白になった。雪の中から雪を掻き分けて直立した稲を刈り取ったものの、穂は出ていなかった。

霜降（十月二十四日）を過ぎたというのに、袖の取れた単衣一枚を纏い、裸足で寒さに震えながら宿場のごみを漁る子供がいる。大人も寒さで動きの鈍った蛇を見つけると、目の色を変えて追いかけ、一匹の蛇を何人もで奪い合った。男も女もなかった。集落から牛馬が姿を消し、犬猫が絶え、鼠や蜥蜴、蛙でさえも喰い尽くされた。

冷害に見舞われた天保四年の全国の作柄は、三分から七分で殊に陸奥（陸奥・陸中・陸前・磐城・岩代）や出羽（羽前・羽後）、下野、上野、武蔵は三分作という大凶作になった。

誰もが野山に食物を求めて分け入り、背に腹はかえられず、百姓は種籾や種芋まで喰って辛うじて命を繋いだ。職人は暴騰した米を手に入れるのに道具を手放し、商人は商い物を雑穀に換えた。

当然のことながら翌天保五年はさらに窮乏を深め、餓死者、行き倒れ、離散、逃散が前年以上に相次いだ。

農村は荒廃し、離散した家には疫病に冒された病人、足腰が弱って立つことも適わない年寄り、そして、餓死寸前の母親と乳飲み子が取り残された。

村では、馬を処分してしまったために、馬喰が自身で荷車を引いていた。荷台に置かれた叺には解体された馬の脚が入っている。馬の脚は商家へ持っていくと、前脚が一本一両三分、後ろ脚は三両一分で売れた。だが、それも馬喰の所有する最後の一頭だった。

天保六年の夏はそれまでと違って比較的天候には恵まれたが、農村にはもはや米、麦、畑の作り手が残っていなかった。童は口減らしのために鐚銭二十五枚で他所へ売られ、娘はわずかばかりの銀と引き換えに、女衒に無理やり連れていかれた。

米ばかりでなく、雑穀も実が入るか入らぬうちに刈り取られ、夜になると畑から豆や蕎麦が何者かによって盗まれた。翌日の夜には畑の作物を再び盗もうとした老爺が、見張っていた百姓たちに鍬や長柄鎌で殴り殺された。死骸はその場で解体され、肋骨の浮き出た屍は部位ごとに切り分けられた。手拭で頬かむりをした男たちは、ぎらつく眼で自分の分の骸を筵にくるむと、大急ぎで筵を背負子に括り付けて逃げるように立ち去った。

天保七年……三度冷害に見舞われた全国各地は、大凶作となった。食物以外にも綿や麻、藺草が育たず、百姓も職人も町人も困窮を極めた。米の値は暴騰し、武士階級以外の全ての民が飢えた。

脂肪が落ち、肉がそぎ落とされた顔は、骸骨に耳や目鼻が付いただけの、誰もが同じ面付きで般若に似ていた。乾いた鼻血が口の周りをどす黒く染めている。手や足も骨に皮がへばりついた一様の痩せ方で、骨がない皺だらけの腹は、細ってうねる腸の形が浮き出ていた。

人里は荒廃し、各地で身命を賭した一揆や打ち壊しが頻発した。

餓死寸前の窮民の生への執着は凄まじく、残された最後の力を振り絞って、大店、高利貸し、大庄屋、代官所を襲った。鋤や竹槍を手にして蔵へ殺到し、分厚い漆喰の扉を丸太を打ち当てて破壊した。いたる所で、大店や高利貸しが雇い入れた徒士同心や、代官所警護の足軽と壮絶な殺し合いが繰り広げられた。

大庄屋は蔵の扉を開放すると、着の身着のままで一家揃って逃げ出した。積み上げられた米俵や麦俵、蕎麦の身が入った叺、味噌樽、箪笥や柳行李の着物までが次々に運び出されて、蔵の中はすぐに空になった。

この大飢饉の惨状に対して、幕府は囲い米を放出したり御救い小屋を建てたりした。御救い小屋では、一人当たり八勺（百二十グラム）の米を粥にして朝夕に与えたが、飢えて殺到する人々に対しては焼け石に水だった。血走った目の百姓や貧民の怒りは一向に収まらず、幕藩体制は衰退した。

天保四年に三一九八万人だった日本の人口は、天保九年には三〇七三万人まで減少した。五年間で一二五万人が飢えや病気で命を落とした。

三　誕　生

「ひい、ふう、みい、よう、いつ、むう、ななーッ……ひい、ふう、みい、よう、いつ、むう、ななーッ……」

天保十一年（一八四〇）二月十三日暮れ六つ（午後六時）、中の家は殷賑を極めていた。火鉢が置かれた奥の間では、燭台に七寸（二十一センチ）蝋燭が何本も灯され、その真ん中で年老いた産婆のツネが、えいの背後から抱き付いていた。

白い裾除けと肌襦袢で藍染の布団の上にしゃがんだ、えいの腹は大きく膨らみ、雌蛙にしがみつく雄蛙のようにツネが両手をえいの腹に回している。小柄なツネの両手は辛うじてえいの腹に届いた。そして、皺だらけの節くれ立った両手は力強かった。

「ほら、私の息に合わせて……ひい、ふう、みい、よう、いつ、むう、ななーッ……もう一遍。ひい、ふう、みい、よう、いつ、むう、ななーッ……ななで思いっ切り息張んだ」

二人を見守る三人の女房たちも、思わず握りしめた拳に力が入る。三人ともツネの呼吸に合わせて息をした。

　梁から垂らされた荒縄を両手に巻き付けたえいが、声を出しながら縄を引きちぎらんばかりに力んだ。

「ひい、ふう、みい、よう、いつ、むう、ななーッ！」

「んだ。んだ。もっと強く、もっともっと。力一杯息張れッ」

　ツネが叱咤する。女房たちも息を呑んで見守る。えいは髪をほつれさせ、苦しそうな表情で、額にびっしりと汗を浮かべている。縄を引く両手に力が入り、縄が拳に食い込んだ。梁に巻かれた縄がギシギシと鳴った。

「ひい、ふう、みい、よう、いつ、むう、ななーッ！　ひい、ふう、みい、よう、いつ、むう、なッ！　ア、アアーッ！」

　えいが大声を出して後ろに倒れこんだ。女房たちが思わず身を乗り出す。ツネがましら(猿)のように前に回り込んだ。出たーッ！　ツネは出てきた嬰児を逆さまに持ち上げると、背中をぴしゃぴしゃ叩いた。女房の一人が湯気の立つ盥をツネの脇に運ぶ。年配の女房がえいの枕元に回り込むと、えいの頭を膝に乗せて額の汗を拭いた。

だが、嬰児は声を発しない。ツネは羊水と血で濡れた嬰児の顔を濡らした晒しで拭うと、口の中も人差し指に巻き付けた晒しできれいにした。嬰児を二幅の木綿の上に寝かせると、小刀で臍の緒を切り、素早く縛った。嬰児はまだ声を上げない。布団に横たわったえいが、顔を上げると心配そうに嬰児を見た。

ツネは額の広い嬰児の両足を左手で握ると、再び逆さまに持ち上げた。

「いい加減、母さまに挨拶しろ、ほれ」

そういいながら右手で背中をぴしゃぴしゃ叩いた。嬰児はうんともすんとも声を出さない。それどころか、口から泡が立っていた。えいの顔から血の気が引いた。女房たちも言葉が出ない。

「ええい、このあんぶく（泡）童がァ！」

ツネが今度は強めに背中を叩いた。ビタッ！　ビタッ！　ビタッ！

真剣な表情で、もう一度ツネが背中を叩こうとした時だった。

おぎゃあ！　おぎゃあ！　おぎゃあ！　おぎゃあ！

嬰児がその小さな身体のどこから出るのかと思うほど、大きな声で泣いた。

一番若い女房は、奥の間から駆け出して台所へ走った。市郎右衛門や敬林らが縄を綯いながら待つ板の間へ駆け込むと、大きな声を上げた。

「生まれなさった！　生まれなさった！」

「どっちだ？」

市郎右衛門の問いに若い女房は嬉しそうに答えた。

「付いてます、ちゃんと」

それを聞いた市郎右衛門の顔が輝いた。綯いかけの縄を置いた市郎右衛門に続いて、全員が一斉に立ち上がった。

栄次郎、栄次郎、栄次郎……渋沢栄次郎……市郎右衛門は奥の間に向かいながら、前々から考えていた名前を口の中で繰り返してみた。響きがよかった。女子の名前は初めから考えていなかった。幸先がいい。飢える人がいなくなるような世の中、望みを持って暮らしていける世の中、そういう世の中を拵えられる人間に育って欲しい……

ツネに嬰児を抱かせてもらったえいは幸せを感じながら、安らかな気持ちで廊下から響いてくる足音を聞いていた……

四　乳飲み子

――げんこぉ　みやまの　　（拳個　御山の）
たのきどの　　　　　　　（狸殿）
むなぢ　はむて　　　　　（胸乳　飲むて）
ねぇぶって　　　　　　　（眠って）
むだいて　かたぐいて　　（抱いて　担いで）
また　あくる――　　　　（又　明日）

乳飲み子を負ぶって唄いながら、えいは畑に向かった。鍬と鋤の入った籠を背負って、市郎右衛門が一間（一、八メートル）先を歩いている。籠の一番上には小石の入ったエジコ（嬰児籠）が乗せられていた。エジコを空で運ぶことは、忌み嫌われている。

えいは畑に着くと、福寿草の脇に腰を下ろして乳飲み子に乳を含ませた。栄次郎は強い力で乳を吸った。喉（のど）がしっかり動き、目をつぶったまま一心不乱に乳を飲んでいる。前の男子（おのこ）は薄（はく）命（めい）だった。栄次郎は何としてでも無事育てなければならない。

乳を飲み終えた栄次郎は満足したように欠伸（あくび）をした。えいは、優しく揺すりながら栄次郎の背中を叩いた。栄次郎はゲプッと大きなおくびをすると静かになった。

――げんこぉ　みやまの
たのきどの
むなぢ　はむて
ねぇぶって
むだいて　かたぐいて
また　あくる――

えいの童歌（わらべうた）と揺れが一致すると、栄次郎はスヤスヤと眠ってしまった。えいはエジコから小石を取り出すと、栄次郎をエジコの中の木綿布団（もめんぶとん）の上に寝かせて、薄い絹布団を掛けた。空気は冷たいが、エジコの中は寒くはない。

今日中に市郎右衛門と二人で、春蒔(はるま)きの長葱(ながねぎ)の苗床(なえどこ)を作り終えなければならなかった。春分(三月二十一日)に種を蒔くためには、二週前までに堆肥(たいひ)と元肥(もとごえ)を鋤(す)き込み、表面を平らにならしておかなければならない。時間がなかった。明日は元肥を蒔かなければならない。葱は元(もと)肥焼(ごえや)けを起こしやすいので、元肥は少なめにする必要がある。

種を蒔いて発芽したら、一寸(三センチ)間隔に間引いて、一月後(ひとつきご)に追肥(ついひ)を施(ほどこ)して、丈(たけ)が一尺五寸(四十五センチ)になるまで育てる。植え付け二十日前には畝(うね)を立てて、溝に堆肥を鋤き込んで、よく耕す。葱苗(ねぎなえ)を一本ずつに分けて、畝の真ん中に深さ一尺(三十センチ)の植え溝を鍬の幅で掘ったら、植え付けだ。二寸間隔で苗を置いて、根が隠れて苗が倒れないほどに土をかけて、根元には藁(わら)を敷いて……

葱だけでも大変な手間だった。その収穫はずっと先の師走(しわす)になる。その間にも麦(むぎ)や養蚕(ようさん)や他の畑仕事が山ほどある。藍玉(あいだま)の商売も――

市郎右衛門は畑に出ると、脇目もふらずに鍬を振るった。元々が方正(ほうせい)の士だったが、中の家(なかんち)の再興を自分に課してからは、一層その特質が際立った。

日が暮れるまで百姓仕事に打ち込み、畑から帰ると、夜は夕餉もそこそこに蝋燭を灯して、書物に没頭した。

誰に学問の手ほどきを受けたというわけではなかったが、毎晩独学でひたすら読書に励んだ。儒教の代表的な古典である「大学」「中庸」「論語」「孟子」は、栄次郎が生まれる前に読み終えた。今は、聖人の著作として尊重される古典「易経」「書経」「詩経」「春秋」「礼記」に取り組んでいた。

市郎右衛門は実直な気質であったが、一方では平仄、韻律に基づいて四言・五言・七言絶句の詩を作ったり、卑俗・滑稽を中心とした俳諧連歌なども拵えるという風流な一面もあった。

雨で野良仕事ができない時には、母屋の奥の間で「論語」を読んで聞かせた。やっと這うようになった栄次郎の前で、真剣に――

「学びて時にこれを習う、また説しからずや」

学んだことを実際に行うというのは、嬉しいことではないか。お前にもいずれそのような時がくればいいがのう。

訳を口にする市郎右衛門を、這うのを止めた栄次郎は不思議なものでも見るように見た。

「人知らずして慍みず、また君子ならずや」

他人が解ってくれないからといって腹を立てないのが、立派な人間だ。誉を求めてはならぬ。自身に恥ずべきところがなければそれでいいのだ。今のままの無垢な思いを持ち続けよ。栄次郎は顔を上げたまま、ジッと市郎右衛門の顔を見ている。

「巧言令色、鮮し仁」

言葉ばかり巧みでこびへつらう人は、誠実さに欠けるものである。お世辞や表面だけの愛想のよさに騙されてはいけない。栄次郎が、ア、アア、と声を出した。市郎右衛門のいっていることが解るのだろうか。言葉は解らないにしても、表情や声の調子で、何かを感じ取っているのだろうか。

「おやおや、誰と話しているのかと思ったら」

襁褓を手にして部屋に入ってきたえいが、呆れたようにいうと、栄次郎の脇に正座した。

「父さまにいっておあげなさい、栄次郎はまだ一歳ですよって」

えいは栄次郎を寝かせると、素早く濡れた襁褓を外した。

「三つ子の魂百まで、というではないか」

「速やかならんと欲することなかれ。小利(しょうり)をみることなかれ……ですよ」

「……」

えいに論語で返されて、市郎右衛門は黙り込んだ。栄次郎は自由になった両足が気持ちいいのか、パタパタと足で畳を叩いている。えいが乾いた襁褓をしめ終えると、栄次郎を抱き上げて乳を含ませる。栄次郎は喉を鳴らしながら乳を飲んだ。

「所詮(しょせん)母親には敵(かな)わん」

「いずれ父親の方がよくなるものですよ。殊に男の童(わらわ)は」

「そうであろうか」

「論語をあれだけ知っているのに、そんなこともご存知ないんですか。父さまは可笑(おか)しいねェ、栄次郎」

栄次郎は、返事の代わりに大欠伸(おおあくび)をした。

――坊やはよい子だ　ねんねしな

ねんねのお守（もり）は　何処行った
あの山越えて　里行った
里の土産（みやげ）に　何もろた
でんでん太鼓（だいこ）に　笙（しょう）の笛
起上（おきあが）り小法師（こぼし）に　振鼓（ふりつづみ）——

えいが子守歌に合わせて静かに揺すると、栄次郎は瞼（まぶた）を閉じた。えいの右手が優しく栄次郎の背中を叩く。コフッ！　軽いおくびをして栄次郎は眠りに落ちた。

「やはり……母親には逆立ちしても敵わん……」

えいと栄次郎の様子を見ていた市郎右衛門がしみじみという。

「せいぜい後（あと）二、三年のことですよ」

えいは自身も身体を揺すりながら、栄次郎の寝顔を目を細めて見つめた。母の胸で眠る栄次郎は、屈託（くったく）のない安らかな顔をしている。このまま大らかに育って欲しい……

栄次郎の耳の中では、論語も子守歌のように心地よく響いているらしい。

五　二歳児

襁褓(むつき)はとれなかったが、摑(つか)まり立ちができるようになった。這(は)うだけの視界から、立ち上がっての視界は、世界をぐんと広げるらしく、栄次郎(えいじろう)は事あるたびに立ちたがった。柱や障子まで素早く這っていくと、両手で摑まりながら立とうとする。柱に額をぶつけて泣いたり、障子の桟(さん)で口の中を切ったりしたが、一時(いっとき)すると再び摑まり立ちして、前のめりになりながら嬉しそうに歩いた。アー、アー、アーと声を発しながら、自分の意志で身体を移動させるのが面白いらしく、部屋中を歩き回り、縁側(えんがわ)へも出ようとする。

えいは気が気ではなかった。縁側で雑巾がけをしながら、栄次郎が部屋から出てきはしないかと、常に背後に気を配らなければならなかった。

部屋の中でも、床の間の掛け軸に摑まって立とうとし、紙の縁で指を切ってからは、掛け軸を丸めて仕舞ってしまった。

襁褓を交換する間も、身体が解放される裸は気持ちがいいらしく、手足をバタバタさせた。

えいが身体をくすぐると、キャハハと声を出しながら笑った。居らず居らずばあっ！　とえいが両手を開いて顔を見せると、ケタケタと喜んだ。動作が素早く、表情も豊かで、反応がはっきりした二歳児だった。


市郎右衛門は栄次郎のあやし方が解らず、相変わらず論語を読み聞かせた。

「これを知るをこれを知るとなし、知らざるを知らざるとなせ。これ知るなり」

知ったかぶりをしてはならない。知らないことは知らないということこそ、本当に知ることである。これを理解できない大人が大勢いる。理解できても実践しない大人も多い。どうすればいいのかのう……


市郎右衛門が真剣に論語を唱えると、栄次郎はヨタヨタと歩みを止めて、首を傾げた。大きく澄んだ目が、光を湛えて市郎右衛門を見つめている。お前は解っておるのか？

アウ。栄次郎が発した声は、返事のように市郎右衛門には聞こえた。まさか！

市郎右衛門は栄次郎の様子を伺いながら、論語を唱えてみた。

「故きを」

アウ。

「温めて」

アウ。

「新しきを」

アウアウ。

「知る」

アウ。

「もって師と」

アウアウ。

「なるべし！」

アウ！

最後の一節を唱え終わると、それまでやっと立っていた栄次郎が、ストンと尻餅(しりもち)をついた。

恐らくは、市郎右衛門の言葉の抑揚(よくよう)を真似て声を出しているだけなのだろうが、その高低と長短は言葉の長さに見事に合っていた。驚いた。

「えい！　えい！」

市郎右衛門の緊迫した呼び声に、えいが小走りに廊下を渡って部屋に入ってきた。

「どうかしましたか？」

「栄次郎は論語を理解しておる！」

「まさか。大きな声を出すから何事が起きたかと思えば、全くばかばかしい……」

「真ぞ。よいか、見ておれ」

市郎右衛門は、栄次郎の前に両手を差し出した。座っていた栄次郎がその小さな手で、市郎右衛門の大きな手に摑まる。野良仕事で培われたごつごつした手を、芋虫のような小さな白い指が握った。両手に力を込めて、栄次郎がヨロッと立ち上がる。市郎右衛門は立ち上がった栄次郎の瞳を覗き込んだ。えいも市郎右衛門の後ろで、栄次郎を見つめる。市郎右衛門が論語を唱えた。

「義を」

えいが市郎右衛門の肩越しに栄次郎の顔を見た。声を出さずに口を大きく開ける。

アウ。えいの真似をした栄次郎が声を発した。

「見て」

市郎右衛門が唱える。えいが口を開けてみせる。

アウ。栄次郎が口を開ける。

「せざるは」

市郎右衛門の後ろで、えいが口を二回パクパクさせた。

アウアウ。栄次郎が真似をする。

「勇」

市郎右衛門は驚きながら論語を口にした。えいが声を出さずに口真似をする。

アウ。声を出した。

「なき」

市郎右衛門は我を忘れて栄次郎にいった。

アウ。栄次郎が反応した。

「なり！」

市郎右衛門の後ろで、えいが大きく頷（うなず）きながら口を開けた。

アウ！

自分の一言一言に栄次郎が反応した、と市郎右衛門は思った。

「どうだ。論語に反応しておるであろう」

「はい、はい。そういうことにしておきましょう」

えいは栄次郎を抱き上げた。優しく揺すりながら、市郎右衛門に背を向けて、舌を出す。

「今はまだ早いにしても、漢文の素読はいつから始めればよいかのう」

「まだまだ先ですよ。過ぎたるはなお及ばざるがごとし、というではありませんか」

「ムムム……」

市郎右衛門は黙らざるを得なかった。数カ月前にも、えいからいわれたばかりだった。

……速やかならんと欲することなかれ。小利をみることなかれ……

その通りだった。いかん、いかん。論語読みの論語知らずになるところだった。意味を理解していてもそれを実践できなければ、知らないのと同じではないか。市郎右衛門は自分に言い聞かせた。急いてはならん、決して急いてはならんぞ。

えいは抱いた栄次郎をゆっくり左右に揺すりながら、眠らせ歌を唄う。

――雪やこんこ　霰やこんこ
お寺の柿の木　いっぱいいつもれ

こーんこ　こーんこ　こんこんこん――

栄次郎は小さく温かな手で、えいの胸にしがみついたまま、安心したように目をつぶった。睫毛(まつげ)が長い。えいには栄次郎の身体の温かさが、ありがたく感じられた。

六　麦踏み

栄次郎は、えいの品性を色濃く受け継いでいた。即ち——柔和な性格。誰に対しても常に優しく穏やかだった。争いごとを好まず、忍耐強くもあった。一方、市郎右衛門は厳格な性格で、どのように些細なことでも、四角四面に考えた。負けず嫌いでもある。この市郎右衛門の血も、栄次郎の身体の中を流れていた。

冬の乾いた寒い時期、四歳になった栄次郎は市郎右衛門と麦畑に出かけた。初めての麦踏み——畑までは半里（二キロ）の道のりだった。

麦畑に着くと、市郎右衛門は背負い籠を降ろし、手拭で風よけの頬かむりをした。尻端折りをすると、草の上に腰を下ろして草鞋の緒をきつく締め直す。側面の乳の小さな輪と踵から出る返しの長い輪に通した緒をぎゅっと引き締め、足首に巻いた。草鞋を締め直した市郎右衛門は栄次郎を座らせると、小さな童草鞋の左右を固く引き締めた。栄次郎は、足袋に密着して足許を包み込んだ草鞋で、足が軽くなったような気がした。

「よいか。麦を踏むと茎が折れ曲がったり、傷がついたりする。しかし、苗が傷つくことにより、かえって茎が太くなって丈夫になるのだ」

「ジョウブ、ジョウブ、ナル」

　麦特有の農作業である麦踏みは、麦の苗をまんべんなく踏む必要がある。麦は踏まれることによって傷つき、水を吸い上げる力が弱まる。それが返って麦の中の水分を減らし、寒さや乾燥に強い苗を作るのだ。

「吾のやる通りにせよ」

　市郎右衛門は、畝に沿って横向きに麦を踏んだ。足踏みをするように少しずつ横に移動する。足の動きに合わせて、音頭を唄い出した。


　――ハァーエ　鳥も渡るか　あの山越えて　鳥も渡るか　あの山越えて　コラショ――

　栄次郎も覚束ない足取りながら、横向きに麦踏みを始めた。不安定な麦の上をよちよち歩きの幼児のように、身体を傾けながら移動した。

――雲のナァーエ　雲のさわ立つ　アレサ　奥秩父（おくちちぶ）――

市郎右衛門は、大きな声で節（ふし）や詞（し）をはっきりと唄った。節にのせて足を動かし、滑（なめ）らかに麦を踏んでいく。栄次郎が遅れる。

――ハァーエ　咲くは山吹（やまぶき）　躑躅（つつじ）の花よ　咲くは山吹　躑躅の花よ　コラショ――

栄次郎は左右に傾いたり、前後に揺れたりして、なかなか上手（うま）く横に進めない。

――秩父（ちちぶ）ナァーエ　秩父銘仙（ちちぶめいせん）　アレサ　機（はた）どころ――

市郎右衛門は、己の気持ちをはるか遠くの峰々にでも届けるように、腹の底から声を出した。栄次郎の足の動きに合わせているようにも聞こえる。

――ハァーエ　花の長瀞(ながとろ)　あの岩畳(いわだたみ)　花の長瀞　あの岩畳　コラショ――

栄次郎も市郎右衛門の声に合わせて、懸命(けんめい)に足を動かそうとするのだが、ばらばらの足の動きが節と一緒になることはなかった。どんどん市郎右衛門から離される。

――誰をナァーエ　誰を待つやら　アレサ　朧月(おぼろづき)――

市郎右衛門の声は、ますます朗々と響いていく。自身の発する声と身体の動きが見事に合致していた。市郎右衛門の背中が段々小さくなって、栄次郎は不安になった。上手く踏もうとすればするほど、足がもつれた。歯痒(はがゆ)かった。

――ハァーエ　三十四カ所の　観音巡り　三十四カ所の　観音巡り　コラショ――

アーン……上手く麦を踏めない栄次郎が、とうとう泣き出した。しかし、市郎右衛門は構わず唄い続けて進んでいく。栄次郎を待つことはなかった。

——娘ナァーエ　娘十九の　アレサ　厄落とし——

喉を緩めて地声を響かせ、澄み渡る高音も身体全体から発していた。音頭と足の刻みが同調している。疲れはないようだ。栄次郎を置いて市郎右衛門は畑の奥へと遠ざかる。

——ハァーエ　一目千本　万本咲いて　一目千本　万本咲いて　コラショ——

ウッウウッウッウーッ……栄次郎は涙でぐしゃぐしゃになった顔を、しゃくりあげながら袖で拭う。声を押し殺して泣いた。だが……足も動かし続けた。ウッウウッウッウーッ……我慢する泣き声の代わりに涙がぼろぼろと落ち続けた。

——霞むナァーエ　霞む美の山　アレサ　花の山——

市郎右衛門はたっぷりと息を吸い、腹で呼吸をする。怒鳴るのではなく、身体で響かせるように声を出す。声に合わせて、足踏みをする。麦を踏む。

——ハァーエ　好いて好かれて　好かれて好いて　好いて好かれて　好かれて好いて
　コラショ——

何列目かの畝（うね）を踏みながら、市郎右衛門が折り返してきた。栄次郎の前にくると、ゆっくりと足を動かしてみせる。

——やがてナァーエ　やがて世帯（せたい）は　アレサ　血洗島（ちあらいじま）——

ウーッウーッ……栄次郎は泣きながら、見よう見まねで足を動かす。麦の苗に草鞋が引っ掛かった。顔から乾いた畑に倒れた。顔を打った。ビタッ！　鼻と上唇（うわくちびる）に痛みが走った。麦の苗の青臭い匂いが鼻につく。

「エ、エーッ！　エーッ！」

とうとう大声を上げて泣いてしまった。涙と鼻に混じって鼻血が出た。鉄の臭いがする。

「ゲホゲホッ」

噎せた。どうしたらいいのか分からなかった。倒れたまま泣き続けた。


突然、歌が止んだ。

「父は……父は……前にしか進まんぞ」

市郎右衛門は、身体の向きを変えると、畝の奥へと麦を踏んでいった。栄次郎は、前より激しくしゃくりあげながら立ち上がると、地団太を踏むように麦を踏みながら父の背中を追った。

夢中で麦を踏む以外、道がなかった。


――ハァーエ　庄司重忠　ゆかりの秩父　庄司重忠　ゆかりの秩父　コラショ――

市郎右衛門は栄次郎が泣きながら付いてくるのを、背中で感じていた。音頭を唄う声は前と変わらずよく通る声であったが、それまでの力強く響く地声と違って、少しばかり声が裏返っているようにも聞こえた。最後の節は……震えているようだった……

……麦は……踏まれて傷つくことによって……茎が太く丈夫になる……寒さや乾燥に耐えられるようになる……

……栄次郎……強い麦になれ……飢饉（ききん）のときに幾万（いくまん）の民を救う強い麦になれ……強い麦になって飢える民の腹を満たせ……栄次郎ォ……

七　源五郎虫

「ウ、ウーッ！　こ、こんな、ウ、ウ、む、むぎなんか、くわねッ！」

ビシッ！

「もう一遍いってみろッ！」

「ウ、ウーッ！　オラ、こ、こんな、ウ、ウーッ！　め、めし、いらねッ！」

ビシッ！

「もう一遍いってみろッ！」

「ウーッ！　ウ、ウ、ウーッ！　な、な、なんべんでも、ウ、ウ、い、いって、やる。お、おら、ウーッ！　ウッウッ、こ、こんな、むぎめし、いらねッ！」

三度、右手を振り上げた市郎右衛門に、えいがしがみついた。栄次郎の左頬は腫れ上がって赤くなっている。その頬を滂沱と涙が伝っていた。

「米が返ってこねかったら、麦を喰えばいいべ！」

声を張り上げた市郎右衛門に、栄次郎が泣きながら反発する。

「ウッ、ウーッ！　か、かりたものを、か、かえさねのは、ウッ、ウッ、どろ、どろぼうだッ！」
その途端、市郎右衛門の右腕にしがみついていたえいの顔色が変わった。市郎右衛門の右腕を抑えつけていた手を離すと、栄次郎の奥襟に握り替えた。そのまま栄次郎を引きずって玄関に向かう。上がり框から下駄も履かずに土間に降りた。栄次郎も稚児下駄を履く暇さえない。えいに無理やり土間に引きずり降ろされた。

月下の野道を急ぐえいと栄次郎の裸足の足は、薄や狗尾草、薊の葉で切れて、血だらけになった。それでもえいは栄次郎の奥襟を握ったまま、歩き続けた。一里（四キロ）近くも歩き続けて、栄次郎が泣き疲れて声も出なくなった時、一軒のあばら家に着いた。間口三間（五、四メートル）、奥行き二間（三、六メートル）の掘建て小屋同然の隙間だらけの家……

入口に垂らされた筵を潜って中に入る。
「御免ください」
声を掛けながら、えいは栄次郎を中に引きずり入れた。

息を呑んだ！

三和土の奥の暗い囲炉裏の周りで大小五人がうごめいていた。五人が手にしていた夕餉は小振りの一椀のみ。自在鉤に下げられた鍋の中身は、何やら黒い虫と大きめの葉っぱ。父親はおらず、母親の周りに四人の子供たちがいた。一番上の男の童でさえ七歳になるかならぬかだ。オラと同じくらい……

囲炉裏の奥に、筵に寝かされた枯れ枝のような老婆がいた。筵の敷き布団に叺の掛布団！目は開いたまま、あらぬ方向を向いている。歯のない口を開け、涎を垂らしていた。

「これはこれは中の家の奥様」

椀を置いた母親が、額を板の間に擦りつけんばかりにして手をついた。脇に置かれた椀の中身は、藜の葉っぱと源五郎虫――

栄次郎は目を疑った。子供たちは源五郎虫で頬を膨らませ、藜の葉っぱを小米空木の箸で口に押し込んでいる。口を動かすたびに、シャリシャリという源五郎虫を噛み砕く音がした。垢だらけの痩せた身体に巻き付けた着物は、全員が当て布だらけの一張羅。帯の代わりに縄を巻き、中には袖が取れて肩と腕が剥き出しになった童もいる。立冬（十一月七日）を過ぎたというのに……

「相すみません。お借りした米は秋に返す約束でしたが、ご覧の通り米どころか何にも喰う物がありませんで。申し訳ねえです。来年の秋には必ずお返ししますんで。申し訳ねえです。申し訳ねえです」

蓬髪の母親は土下座して詫びながら、申し訳ないを繰り返した。

「手を上げてください。今日はこの子があなた方に対して失礼なことをいったので、詫びにきました」

「坊ちゃまが何とおっしゃったのかは分かりませんが、約束を果たさなかった我が悪いのでございます。どうか勘弁してください」

母親はまたもや額を床につけて詫びた。

「栄次郎！　この方たちを何と呼んだか、この場でもう一度いってみなさいッ！」

いえるはずがなかった。襤褸を纏った裸同然の、粉を振ったように疥だらけで白い顔の、伸び放題で乱れた髪の、痩せてあばら骨が浮き出た者たちが口にしているのは、沼や川に棲む虫ではないか。黒くて堅い殻を持つ虫ではないか。言葉が出なかった。ウーッ！　ウ、ウ、ウーッ！
ア、ア、アーッ！　アーッ！　泣くしかなかった。
「この子がいったひどい言葉は、二度といわせませんので、どうかお許しください……」

　えいが地べたに両手をついて謝った。

「奥様、御手を上げてください。来年こそ借りた米をお返ししますので、もう一年だけ待ってください。さ、さ、もうお立ちください。お願いですから」

　母親の言葉にえいが立ち上がった。

「幸い我が家は麦がありますから、どうか、無理をなさいませんように。それから、これは返す必要がありませんから、そのお子たちの腹の足しになる物を」

　えいは懐から一枚の天保通宝を取り出すと、母親の手に握らせた。母親は目を見開いて、天保通宝とえいを交互に見た。ほつれ髪の額に楕円の天保通宝を掲げると、押し頂くようにした。くしゃくしゃの顔に涙が流れていた。百文という価値の銭で、この一家は何日間喰い繋げるのだろう……

　えいがお辞儀をして帰ろうと背を向けた時、年嵩の男の童が素早く立ち上がって三和土に飛び降りた。自分の草鞋を手にすると、栄次郎に差し出す。今にも擦り切れそうな粗末な草鞋だったが、裸足よりはいい。栄次郎が黙って受け取ると、今度は母親の草鞋をえいに差し出した。えいは、何度も頷きながら草鞋を受け取り、その場で履いた。栄次郎もえいに倣って草鞋を履いた。

栄次郎は月明かりの野道を、えいに従って歩きながら悔いていた。なぜ素直に謝れなかったのだろう。あの人たちは決して泥棒なんかじゃない。そんなことは分かっていた。なのに……謝ることができなかった。

それに比べて、オラと同じ年頃のあの童の振る舞いはどうだ。オラにあのような振る舞いができるだろうか。あの童と母親は新しく草鞋を編むまで、裸足で過ごさなければならない。だが、あの場で感謝の気持ちを伝えるには、ああするしか仕方がなかったのだ。

負けた……と思った。

八　大学

ジイッ、ジイッ、ジーッ、ジーッ、ジィー、ジィー、ジイジイ、ジ、ジ……

油蝉の声が暑さを掻き立てていた。

――大學之書　古之大學　所以教人之法也――

「大学の書は、古の大学、人を教うる所以の法なり」

「だいがくのしょは、いにしえのだいがく、ひとをおしうるゆえんのほうなり……」

――蓋自天降生民　則既莫不與之以仁義禮智之性矣――

「蓋し天の生民を降してより、即ち既に之に与うるに仁義礼智の性を以てせざる莫し」

「けだしてんのせいみんをくだしてより、すなわちすでにこれにあたうるにじんぎれいちのせいをもってせざるなし……」

──然其氣質之稟　或不能齊──

「然れども其の気質の稟、或いは斉しき能わず」

「しかれどもそのきしつのひん、あるいはひとしきあたわず……」

ジーィッ、ジーィッ、ジーッ、ジーッ、ジィー、ジィー、ジ、ジ、ジ、ジ……

樹上で鳴く油蝉の暑苦しい声も聞こえないかのように、経典が読誦されている。奥まった書院の間で、栄次郎は市郎右衛門と向かい合っていた。床の間を背にした市郎右衛門の前には高さ一尺五寸（四十五センチ）、栄次郎の前には一尺（三十センチ）の読誦台があり、儒教の四書の一つ「大学」が広げられていた。市郎右衛門が読んだ通りに、栄次郎が繰り返す。

──是以不能皆有以知其性之所有　而全之也──

「是を以て皆以て其の性の有する所を知りて、之を全くすること有る能わざるなり」

「ここをもってみなもってそのせいのゆうするところをしりて、これをまったくすることあるあたわざるなり……」

――一有聰明睿智、能盡其性者、出於其間、則天必命之、以爲億兆之君師、使之治而教之、以復其性――

「一たび聰明睿智にして、能く其の性を尽くす者の、其の間に出ずる有れば、則ち天は必ず之に命じて、以て億兆の君師と為し、之をして治めて之を教え、以て其の性に復らしむ」

「ひとたびそうめいいちにして、よくそのせいをつくすものの、そのかんにいずるあれば、すなわちてんはかならずこれにめいじて、もっておくちょうのくんしとなし、これをしておさめてこれをおしえ、もってそのせいにかえらしむ……」

意味は摑めなかった。だが、音読することによって、その言わんとするところはおおよそ見当がついた。言霊の力かもしれない。

「ずいぶんと精が出ますねえ。一息ついたらどうですか?」

えいが盆に三杯の汁椀を載せて、書院の間に入ってきた。

「それでは一休みするべ」
市郎右衛門の言葉を受けて、栄次郎は頭を下げた。学んでいる間は父と子ではなく、師と弟子である。生真面目な市郎右衛門らしい考え方だった。

ジーイッ、ジーイッ、ジーッ、ジーッ、ジィー、ジィー、ジ、ジ、ジ、ジ……

経典を閉じた栄次郎は、改めてたくさんの油蟬が鳴いているのに気が付いた。「大学」に熱中するあまり、甚兵衛の背中が汗ばんでいるのにも気付かなかった。奥会津産の涼しいからむし織であるというのに……

えいが白玉の入った汁椀を市郎右衛門と栄次郎の前に置く。冷水の中で光る白玉には、貴重な白糖が掛けられている。栄次郎の大好物だ。目が輝いた。
「いただきます！」
練って丸められた餅粉が、冷たい水の中に沈んでいる。一番大きな白い玉を一気に口に入れた。ろくすっぽ噛まずにツルンと喉に流し込む。冷気が身体を貫いた。続けてもう一個。ツルン。またもや身体が冷えた。遅れて甘みが口の中に広がってくる。さらにもう一個、ツルン。

冷たい、そして、甘い……

白玉がなくなると、キンと冷えた井戸水を喉に流し込んだ。品のある甘み。身体が目覚める。

ゴクゴクッ！　あっという間に椀が空になった。


「これも食べなさい……」

えいが自分の椀を栄次郎に差し出してきた。

「でも、それはお母(かあ)の……」

「お母は腹一杯です」

――嘘(うそ)だと解っていた。しかし、食べたほうがお母は喜ぶと思った。またまた一気に喰った。

白玉を喰い終えると、冷えた水を喉に流し込んだ。甘い香りがした。熱が奪われて火照(ほて)っていた腹が冷たくなった。満足した。お母の気持ちを無駄にしなかったことに満足した。

えいが優しく微笑んでいた。市郎右衛門も満足そうな表情でこっちを見ている。栄次郎は学問に没頭できる悦(よろこ)びを噛みしめた。

九中庸

リーン、リーン、リーン、リーン……リ、リ、リ、リ……

鈴虫が鳴くつるべ落としの秋の日の、薄暗くなった畦道を二つの影が歩いていた。一つは大きく、一つは小さい。大きい影が背負った籠には、鍬や鋤、鎌、そして山での収穫物である何本かの自然薯が入れられていた。小さい影が背負った籠には、里芋の上に茄子が乗せられている。夕陽を受けた影たちは、疲れを引きずるようにゆっくりと歩いた。

リー、リー、リー、リー……リ、リ、リ、リ……リリリリリ……

影たちが近付いて行くと、鈴虫の鳴き声は用心するような音色に変わった。大きい影が小さい影に向かって話しかける。

「栄次郎、疲れてはおらぬか?」

「オラ、平気だ」

「そうか。疲れていれば今夜の学問はなしにしようと思ったのだが」

「オラ、学びてえ」

「学問は面白いか？」

「面白くて面白くてたまんねえ」

「変わっているな、栄次郎は」

そういいながらも、市郎右衛門（いちろえもん）の顔はほころんでいた。夕陽が二人の顔を赤く照らしている。

市郎右衛門は、栄次郎がこのまま育ってくれるようにと夕陽に願った。

和紙が貼られた置行灯（おきあんどん）が、二つの読誦台（どくしょうだい）を淡く照らしている。菜種油（なたねあぶら）で燃える木綿（もめん）の灯心（とうしん）は弱々しく、書院の間の真ん中だけを浮き上がらせている。


――中庸何爲而作也――


「中庸（ちゅうよう）は何（なに）の為（ため）にして作（つく）れる」

「ちゅうようはなにのためにしてつくれる……」

――子思子憂道學之失其傳而作也――

「子思子道学の其の伝を失わんことを憂えて作れり」

「しししどうがくのそのでんをうしなわんことをうれえてつくれり……」

――蓋自上古聖神繼天立極　而道統之傳有自來矣――

「蓋し上古の聖神天に継いで極を立てしより、道統の伝は自って来ること有り」

「けだしじょうこのせいしんてんについできょくをたてしより、どうとうのでんはよってくることあり……」

――其見於經　則允執厥中者　堯之所以授舜也――

「其の経に見るるには、即ち允に厥の中を執れというは、堯の以て舜に授くる所なり」

「そのけいにあらわるるには、すなわちまことにけつのなかをとれというは、ぎょうのもってしゅんにさずくるところなり……」

リーン、リーン、リーン、リーン……リ、リ、リ、リ……

コロコロ、コロコロ、リー、リー……コロコロ、コロコロ、リー、リー……

障子が開いて、競うような虫の音が聞こえてきた。

「もう宵五つ（午後八時）を過ぎましたよ」

えいが盆に汁椀を載せて書院の間に入ってきた。薄暗がりの中で、慎重に汁粉の椀と箸を置く。小豆と白糖と餅の匂いが立ち昇った。甘い香り。湯気が立っている。

「では、一休みだ」

市郎右衛門の言葉を受けて、栄次郎は経典を閉じると、師に向かって一礼をした。箸を取る。

「いただきます」

餅を一口で頬張ると、甘い汁を流し込んだ。温かい汁が喉を潤していく。煮込まれた小豆が、ほろほろと胃に落ちていく。腹が温かくなる。餅を喰う。甘い汁を吸う。餅、汁、小豆の喉越し。椀が空になった。

「これもお食べなさい」

えいが自分の汁椀を押して寄越した。

「はい。では母上の分もいただきます」

母は最初から食べるつもりがなかった。栄次郎が気兼ねなく喰えるように、自分の椀に装ってきたに過ぎない。

「ファーア、しばし横になる……」

汁粉を喰い終えた市郎右衛門が、大きな欠伸をして後ろ向きになると、肘枕をして横になった。

「過ぎたるは猶及ばざるが如し、ですよ。其方もほどほどにしておやすみなさい」

えいが諭すようにいうと、盆に空の椀を載せて部屋を出た。

クー、クーッ、クーゥッ……ガー、ガーッ、ンガーッ……

市郎右衛門が鼾をかき始めた。栄次郎は押し入れから掻巻をだすと、そっと市郎右衛門に掛けた。

クオーッ、クーッ、クーウゥ、クーゥ、クー……

鼾が小さくなった。栄次郎は密やかに中庸を読み出した。

――人心惟危　道心惟微――

「……ひとのこころこれあやうく……みちのこころこれかすかなり……」

クー……クー……ク……市郎右衛門の鼾が止んだ。市郎右衛門は栄次郎の読誦を、子守歌のように聞いていた。そして、心の中で呟いた。

……栄次郎、先ほどの振る舞いこそが中庸ぞ……

十　尾高塾

地面を這うように斜めに立ち上がった葉が道端を緑に彩り、五弁の小さな黄花があちこちで咲いている。脚絆を巻いて草鞋の緒を固く結んだ足許が、弾むように片喰の脇を通り過ぎる。

中山道（国道十七号）を往来する人が増えていた。七年も続いた天保の大飢饉が治まりを見せてから、さらに七年が経っている。民衆は長年の窮乏や疲弊の憂さを晴らすように、こぞって伊勢神宮へ抜け参りをした。抜け参りと呼ばれるゆえんは、奉公人は主人に無断で、子は親に無断で参詣することにあった。道中も信心の旅ということで、沿道の施しを受けることができる。

中山道の深谷宿では、上野（群馬）、下野（栃木）からきて、お伊勢参りをする人が宿を取り、身体を休めた。深谷宿は東海道の取り付きである日本橋まで二日の距離にある。

その若者は浮き立って深谷宿に出入りする旅人に目をくれることもなく、宿を素通りして武蔵国榛沢郡下手計村へ急いだ。宿から村までは一里半（六キロ）、一刻（二時間）もかからない。若者が背負った風呂敷の中には、江戸の書物問屋で求めてきた「国史略」五巻と「日本外史」二十二巻があった。

　望んでいた書物を手に入れた尾高新五郎は、満ち足りた気分だった。幼少時から書物が好きで、ひもといた書は和漢を問わず、砂に水が染み込むように脳裡に入ってきた。家は下手計村でも名の通った養蚕農家だが、自分はできれば学問で身を立てたいと願っていた。

　今、その願いが叶いつつある。十七歳になったばかりだったが、学問の弟子入りを望む者が数名おり、一昨日も七町（七百メートル）隔たった血洗島村の八歳の童、渋沢栄次郎が訪ねてきた。栄次郎の父は、新五郎の母やいの弟で、栄次郎は新五郎の従兄弟にあたる。新五郎は栄次郎を一目見てその聡明さに驚かされた。瞳が澄んでおり、話すときにもこちらの顔をじっと見つめて話す。言葉遣いは到底八歳の童とは思えないほど語彙が豊富で、その使い方も正確である。自分を修飾しようという気配が全くなく、木綿のような素朴さが備わっていた。水のように透き通って落ち着いている。

栄次郎の父、市郎右衛門からは、見込みなきときには気兼ねなく破門するようにといわれていた。その方が本人のためでもあると。いくら滋養に富んだ桑の葉を与えても、蚕が消化できなければ、その蚕は繭を作ることができないのだと……

だが、それは市郎右衛門の杞憂だった。初めてきた日、栄次郎は新五郎の前で両手をついて挨拶すると、自分の読誦台に「論語」を広げた。新五郎の読誦台にある書物はまだ開かれておらず、和綴じの表紙には何も記されていない。


「これがなぜ論語だと解った？」

「しょもつがあつい」

「この厚さの書物は他にもある」

「ろんごはがくもんをはじめるのによいしょもつ」

「では、読んでみよ」

「はい。まなびてときにこれをならう、またたのしからずや」

「意味は？」

「まなんだことをおこなうのはうれしい」

「一つ飛ばして読んでみよ」

「はい。ひとしらずしてうらみず、またくんしならずや」

「どういうことか?」

「ひとがわかってくれなくともうらまないのがりっぱなひと」

「三つ飛ばして読んでみよ」

「はい。あやまてばすなわちあらたむるにはばかることなかれ」

「どういう意味だ?」

「まちがったらすぐになおすことがだいじ」

年相応の幼い口調であるが、その意味は正しい。いや、言葉に余計な装飾がない分、より真意に迫っている。


「論語は父上(ちちうえ)に習ったのか?」

「はい」

「いくつのときだ?」

「にさい」

「二歳？　襁褓は取れていたのか？」

「とれてない。オラのむつきがとれたのはみっつのとき」

アッハッハッハ……新五郎は大声で笑った。

「襁褓をしたまま論語を学んだのか。それは大したものだ。アハハハハハハ……襁褓をした論語読みには初めて会った。ハッハッハハハハ……」

栄次郎の中では少しもおかしいことではなかった。襁褓が取れるのと、論語とでは全く関係がない――

掴み所のない童だった。物事に動じない性格なのか、それとも人物が大き過ぎるのか、計りしれない。新五郎は、この童は大物になるという予感を抱いた。

十一　蝸牛角上の争い

ゴォーン、ゴォーン、ゴォーン、ゴォーン、ゴォーン……

嘉永二年（一八四九）啓蟄（三月五日）の静まった村。寺の明け六つ（午前五時）の鐘が鳴っていた。夜明け前だが、目は覚めている。眠られなかった。昨日の喜作との諍いが栄次郎の頭の中をぐるぐると廻っている。

「末生り瓢箪～ッ！　青瓢箪～ッ！」

尾高塾での読誦に向かう栄次郎を、嘲りの言葉で囃し立てたのは、渋沢喜作だった。囃しながら身体を左右に揺らし、両手を垂らしてブラブラさせた。瓢箪がぶら下がっている様子を真似ているのだろう。渋沢喜作……中の家の分家である新屋敷の家の渋沢文左衛門の長男で、栄次郎の従兄弟。栄次郎よりも二歳年上で、今年十二歳になる。

「瓢箪鯰は埒もない～ッ！」

今度は足許から身体をくねくねさせ、腰を振った。はじめは無視した。どうせ尾高の塾に通えぬ鬱憤を晴らしているだけだ。喜作は家の野良仕事を嫌々手伝わされて、塾通いを許されているオ分をやっかんでいるのだ。だが……

「末生り瓢箪～ッ！　青瓢箪～ッ！」

喜作にさらに二人の童が加わっての囃子言葉には、我慢がならなかった。額に疥のある童と鼻の脇に黒子がある童。見覚えがある。二人とも栄次郎と同じ年頃だ。だが、百姓であっても、名字帯刀を許された家の子弟であるなら、争いも一対一ですべきだった。三対一というのは、卑怯以外の何物でもなかった。四角四面の市郎右衛門の子……栄次郎。

「瓢箪鯰は埒もなッ……」

最後まで許さず、書物の入った風呂敷包みを地面に叩きつけた栄次郎は、一番年嵩の喜作に体当たりした。喜作は上背で三寸(九センチ)、栄次郎を上回る。腹に頭突きを受けた喜作がひっくり返った。倒れた喜作に組み付いてきた栄次郎の胸を、喜作は右足で蹴とばした。尻餅をついた栄次郎の両腕を、左右から疥の童と黒子の童が倒れ込むようにして、抱え込んだ。栄次郎の両腕を力一杯捻り上げ、無理やり背中へ回そうとした。

「離せ」

立ち上がった喜作が二人の童にいった。疥の童はすぐに手を放したが、黒子の童は喜作の声が聞こえなかったかのように、栄次郎の右腕を取ったまま、栄次郎を立ち上がらせると喜作の前に引きずった。

「離せったら離せッ！」

凄い剣幕だった。黒子の童は怯えて手を離した。自由になった両手で、栄次郎は喜作の衿を摑んだ。顔面に思いっきり額を打ちつける。額に衝撃が走った。喜作の鼻が潰れたのが分かった。喜作の鼻からツーッと血が流れ出た。

片目をつぶって顔をゆがめた喜作が鼻血を啜った。鬼の形相になって自分の額を栄次郎の眉間に思いっきり打ち当てた。目の前が真っ暗になって、栄次郎の意識がとんだ。空と地面がグルリと回って入れ替わった。ヨロヨロと足を縺れさせながら、栄次郎は地面に崩れ落ちた。

四つん這いになった栄次郎の腹を、喜作が鋭く蹴り上げた。腹に激痛が走った。のけ反って、仰向けに倒れる。後頭部を打った。頭がくらくらする。無意識に立ち上がった栄次郎の衿を摑んだ喜作が、右拳を伸ばしてきた。握り締められた指関節の盛り上がりが視界いっぱいになって――

ビターンッ！　大きな手で包まれた。栄次郎の顔の前で、浪人笠を被った武士が喜作の右拳を自分の右掌で受け止めていた。栄次郎の左脇で背筋を伸ばし、両足を少し開いた自然体で立っている。浪人笠の下から覗く顎は引かれ、笠越しの視線は真っすぐ喜作の顔に向けられている。若い武士のようだ。

「もうよかろう……」

喜作は栄次郎の眼前で固定された右拳を、武士の握り締められた右手から引き抜こうとした。力を込めて引いたが、ビクとも動かない。蟻組みで接いだ組手のようだった。ありったけの力を込めて、右拳を引く。その瞬間、武士が右掌を開いた。蟻組みのようだった指が、八手の葉の形に開く。

アッ！　強烈に締め付けられていた右拳が支えを失って、喜作の目方が全て後ろにかかった。

背後にいた疥の童と黒子の童を下にして、喜作もひっくり返った。

「……先ほどから見ていた。衆に頼らぬ戦いは立派だ。だが、これ以上傷つけ合うこともあるまい……」

「先に手を出したのは栄次郎の方だッ」

武士の言葉に喜作が反発した。

「取るに足らぬ蝸牛角上の争いだ……」

「かぎゅうかくじょうォ？」

喜作はその意味が解らなかった。

「荘子の言葉だ。蝸牛の触角の上の国の争いという意味だ」

栄次郎が喜作に諭すようにいった。


「其方、名は何という？」

武士が栄次郎の知識に驚きながら訊いた。

「渋沢栄次郎！」

「何歳だ？」

「十(とお)になった」

「栄次郎、学問は好きか？」

「好きで好きで堪(たま)んねえ！」

「そうか。これからは武芸よりも学問で世の中を治めていく時代になる。精々(せいぜい)学問に励め」

「ウン！　オラ、学問で偉くなりてエ！」

「その志を忘れるな……」


武士は背中を向けると、何事もなかったかのように歩き始めた。浪人傘の視線は遠く前方に向けられ、背筋を真っすぐに伸ばした歩みは端正(たんせい)だった。

……冬ごもりの虫が地中から這(は)い出るように、栄次郎は布団から這い出した。今日から藍(あい)の種蒔(たねま)きが始まる。昨日の喧嘩(けんか)で、額が腫(は)れて視界が悪い。後頭部にもたん瘤(こぶ)ができている。胃がむかついて、昨夜は晩飯(ばんめし)が喰えなかった。しかし、野良仕事を休むわけにはいかない。藍玉作りと買い付けは、家の最大の収入源だ。

弥生（やよい）（三月）は藍の耕作を始める季節だった。毎年啓蟄（けいちつ）（三月五日）を待って苗床（なえどこ）に種を蒔く。耕地に直接種を蒔くよりも、苗床に種を蒔いて育て、苗丈が三寸三分（十センチ）になったら植え替えをする。その方が生育（せいいく）が揃う。一手間（ひとてま）増えるが、植物も人も、手を掛ければ掛けただけのことはあるのだ。

朝飯前に苗床の中心線に、三分（九ミリ）の深さの穴を指で開けなければならない。そして五、六粒ずつ種を蒔き、うっすら土を被（かぶ）せる。その後は土が乾かないように、水やりを怠ってはならない。七日経つと芽が出てくる。

父母と一緒に種を蒔き終えると、朝四つ（あさよっ）（午前十時）の鐘が鳴った。家に戻ると、玄米を漬（つ）け茄子（なす）で掻（か）き込んだ。昨夜から何も喰っていなかったから、いつになく旨（うま）い。口を動かしながら、風呂敷に書物を包み、下手計村（しもてばかむら）へと道を急ぐ。尾高塾では、今日から南宋（なんそう）の子類（しるい）の一つ、「小學（しょうがく）」六巻を読誦することになっている。小學は朱子（しゅし）とも呼ばれる朱熹（しゅき）が、儒学（じゅがく）の基礎を学ぶための少年向けに指南書として編集させたものだ。朱子学（しゅしがく）の祖の手によって編まれた儒教（じゅきょう）の入門書——楽しみだった。

「渋沢栄次郎、参りました」

尾高塾へ着くと、玄関で杉下駄を脱いで向きを変える。土間に見慣れない稚児下駄が三足、揃えてあった。階段を上がって、いつもの二階奥の八畳へ入る。襖を開けると、新しく弟子入りした鳶口髷の童、三人が新五郎の前で読誦をしていた。三人は入ってきた栄次郎を見ると、にっこり笑った。アッ！　栄次郎は息を呑んだ。

三人は、喜作と疥の童、菊池正五郎、そして黒子の童、飯島薫平だった……

十二　南総里見八犬伝

「おのれ、化け猫め！　遂に正身体を現したなッ」

「相撲で勝負だ！　暴れ牛なぞすぐに取り押さえてくれるわ」

「食らえ！　火遁の術」

「この弓手にあるは仁の玉なるぞ。命が惜しくなくばかかってこいッ」

四人ともそれぞれ得意の八犬士になって、得意の口上を述べ、刀代わりの竹や朴の枝で打ち合った。打たれた者は、その部位がどこであっても、刀を放り出してバッタリと倒れなければならなかった。

栄次郎は正五郎と遠間で向かい合った。正五郎は隙がない中断の構え——剣尖が自分の喉を指している。

栄次郎も剣尖を正五郎の鳩尾の高さにした。右足全体を軽く地に着け、左足の踵を地から浮かせて、顎を引く。右足を小さく踏み出し、左足を引き付ける。間合いが詰まった。視線は正五郎の目から離さない。

一足一刀の間――互いに一歩踏み出せば打突できる緊張の間合い。今度は正五郎が送り足でツーッと寄せてきた。手を伸ばせば打突できる危険な近間！　正五郎の目に光が走った。一瞬、その視線が栄次郎の眉間を見た。正五郎の竹が栄次郎の額に打ち下ろされた。栄次郎は反射的に正五郎の竹を左に払い、そのまま朴の枝を正五郎の右腕に振り下ろした。パシッ！

グエエーッ！　正五郎が大声を出しながら竹を落とすと、鷹の爪のように指を曲げて虚空を摑んだ。白目を剥いて口をパクパクさせ、ばったり倒れ込む。倒れてなお最後の力を振り絞って口上を述べた。

「チュ、チュ、忠の玉、レ、レ、礼の玉を感じたりィ……テ、テ、悌の玉、ジ、ジ、仁の玉はいずこにィ……」

歌舞伎の名場面のようだった。力尽きた正五郎はガクッと首を垂れて動かなくなった。芸達者な童だった。

「犬山道節、見事なり～ッ！」

栄次郎の代わりに喜作が叫んだ。笑いが起きた。正五郎が着物の埃を払いながら、立ち上がった。

「栄次郎、何でオラが面にいくと解った？」

「正五郎の目が一瞬、オラの額を見た」

「そっか。頭のいい奴はやっぱ違うな。学問ができきっと剣道まで強えのか」

「たまたまだ」

「んじゃ、オラも明日から剣道が強くなるように学問に励むべ」

「無理だ。二兎を追うものは一兎をも得ずって諺、知らねのか」

喜作が口を挟んだ。

「一石二鳥って諺もある」

「一挙両得ともいうでねえか」

正五郎の言葉に薫平も付け足した。

「……格物致知」

「どういう意味だ？」

栄次郎が呟いた格言を三人は知らなかった。

「その意を誠にせんと欲する者は、先ずその知を致す。知を致すは物に格るに在り」

「オラたちにも分かるようにいってくれ」

喜作の言葉に栄次郎が応える。

「自分の心を偽らない者は、最初に知識を極める。知識を極めれば物事を突き止められる」

「……やっぱ無理だ。難し過ぎる」

「オラにも理解できね」

「どうすればいいのかさっぱり分かんね」

「簡単だ。懸命に学べばいいんだ」

栄次郎の言葉に喜作が反論する。

「それが一番難しいっていってんだ」

「……でも、それしかねえ。楽をして身に付く学問なんてねえんだ」

「栄次郎を見てると、とてもそうは思えね。苦労して学問してるようには見えねエ。やはり、オメはオラたちとは違う」

「でも……」

「何だ？」

正五郎の戸惑いの言葉を喜作が受け止めた。

「やるだけやってみる値打ちはある」

「オラもそう思う」

薫平が正五郎に同調した。

「やりもしねで諦めるのは、男でねえ」

「んだ、んだ」

「そうだな。オメたちが正しい」

「明日からまた学問に精進すっぺ！」

「栄次郎みてに何でもスラスラ読めるようになっぺ」

三人は元気を取り戻した。栄次郎は心の中で三人を励ました。

……んだ、んだ。一緒に頑張っぺな……これからは百姓でも学問で幾らでも偉くなれんだ。

誰でも太閤様になれんだ……

栄次郎たちは「南総里見八犬伝」に没頭した。八犬伝は、不思議な縁で結ばれた八人の若者が、反目し合ったり憎み合ったりしながらも、最後は堅い友情で結ばれ、ともに敵に向かっていくという痛快な読み物だった。動きのある格闘場面や無垢な心が描かれていて、少年たちを虜にした。その瞼にまざまざと心躍る情景を浮かばせた。その場に立ち会っているかのような臨場感が彼らを興奮させた。四人の間にも知らず知らず、打算を排した純粋な友情が生まれていた……。

「それは良い。読書に親しむには読みやすい書物から入るのが一番良い」

塾の師である尾高のお墨付きを得た四人は、ますます八犬伝にのめり込んだ。大長編である八犬伝を読み終えた者は、今度は「通俗三国志」を手に取った。栄次郎は通俗三国志も面白くて面白くて仕方がなかった。あっという間に読み終えて、正五郎に渡す。

栄次郎は続いて浄瑠璃本の「俊寛島物語」を読み始めた。

俊寛島物語――宝暦七年（一七五七）に初演されたという近松門左衛門作の時代浄瑠璃は、

栄次郎の想像力を掻き立てた。

人里離れた洞が嶽にある山賊の隠れ家。その頭領である巌窟の来現こそ実は俊寛であり、高倉天皇の子を宿した子督の局を匿っていたのだが、いつの間にか栄次郎の頭の中で、来現は栄次郎自身に入れ代わっていた。

むくつけき山賊の手下たち、喜作、正五郎、薫平が慣れないお産に直面して、右往左往オロオロするばかりなのに、かどわかしてきた武士の女房、お安とその娘、子弁の働きで子督の局は無事男子御子を出産した。

「源氏の運が開いた」と思わず口にした栄次郎をお安が問い詰めると、栄次郎は自らが俊寛であると明かす……

素早い展開と登場人物の多彩さ、人間臭さ、次々に発展していく物語、起伏があって盛り上がりがあって、栄次郎はすっかり俊寛島物語の世界に入り込んだ。血湧き肉躍るというのは、こういうことをいうのだろう。栄次郎はいつの間にか俊寛島物語の主人公になっていて、絶体絶命の危機を乗り越え、悲劇に涙した。自分の運命の不思議さに戸惑いながら、物語を夢中になって読み終えた。

「今は八犬伝でも通俗三国志でも俊寛島物語でも、何でも面白いと思ったものを、心を留めて読みさえすればそれでよい。そのうち『外史(がいし)』も『十八史略(じゅうはっしりゃく)』も『史記(しき)』も『漢書(かんしょ)』も追々面白くなるであろう……」

　この師の言葉は正(まさ)しくその通りで、栄次郎は読書が以前にも増して好きになった。

　十二歳の正月には、年始の挨拶回りで「外史」を読みながら歩き、溝の中へ落ちてしまった。せっかくの晴れ着を泥だらけにしてしまって、帰ってから母に大変叱られた。

「着物を汚したことを咎(とが)めているのではありません。二つのことを同時にしようとして、片方を疎(おろそ)かにしてしまったことをいっているのです。二兎を追う者は一兎をも得ず、というではありませんか」

「……」

　母のいうとおりだった。ただ、「外史」は咄嗟(とっさ)に両手で頭の上に掲(かか)げ、全く汚さなかった。無意識のうちに……

十三　家業

「折り入って話したいことがある……」

読書、習字、撃剣などの稽古で充実した日々を送っていた栄次郎だったが、立冬（十一月七日）の日、父に奥の間に呼ばれた。改まった奥の間での話は、決まって深刻な問題だったり、秘密の用件だったりした。栄次郎は、緊張した面持ちで父の前に座した。


「幾つになった？」

「……」

父が歳を聞いているのでないことは、すぐに解った。

「我が家の家業は何だ？」

「……」

父が何をいいたいのか、察しがついた。

「儒者にでもなりたいのか？」

「いいえ……」

半分嘘で、半分は本当だった。儒学を修めて、儒子になるのも悪くない。一生儒学を追及して、人生を閉じることができれば、それはそれで幸せな一生かもしれない……

――だが、儒学者になろうとすれば、自分が静まった部屋で漢書を開いている間、父と母は二人だけで、疲れた身体に鞭打って藍の刈り取りをしなければならない。炎天下での一番刈りは文月（七月）、二番刈りは長月（九月）、うまくいけば、三番刈りまでできることもある。しかし、藍の葉の収穫は広い畑で腰を屈めての辛い仕事だった。

葉を刈り取った後も、細かく刻んだり、乾燥たり、たっぷりの水を与えたりと休む間がない。自家栽培以外にも、近隣の藍栽培百姓家を廻って、葉を大量に買い付けなければならない。桑や麦や葱など他の作物の畑仕事、蚕の世話までやるべきことは山ほどある。

祖父は年々老いてきており、姉・なかも病気を押して三度三度の飯の用意などをしていたが、無理がたたって寝込んでしまった。仕方なく、飯炊き女を雇い入れて、飯の支度となかの看病をしてもらうことになったばかりだった。

――冬には冬で、九月から小屋に積んで寝かせ、水を打って湿らせながら発酵させた藍の葉、蒅を搗き固めて藍玉にしなければならない。臼で搗き固めて乾燥させた楕円形の小さな塊は、蒅に比べて値がよく運搬も容易だった。離れた土地の多くの得意先に大量に送ることができる。

この藍玉を信州や上州に送って、追々勘定をしてもらう掛け売り商売が成功し、市郎右衛門の代になってから、中の家は村うちの百姓三十戸中二十一番目であった財産を、東の家に次ぐ二番目にまで増やしていた。ひたむきな市郎右衛門の努力の賜物だった。

他に繭も麦も年々その生産量、収穫量が多くなっている。

「お前ももう十四歳なのだから、百姓仕事や商売に心を入れなければならぬ」

「はい……」

「学問や書物は、油断なく心を用いていれば、生涯学び得るものであるから、先ずは家業に精を出してもらいたい。今のように読書三昧では困るのだ」

「はい……幼い時は父上に、物心がついてからは新五郎先生に読み書きを指南していただいたお陰で、一通りの書物は読めるようになりました。これから先は家業に差し支えないように、読書することといたします」

「お前の本心は解っているつもりだが、これは中の家に生まれた宿命だと思ってくれ」

「心得ました……」

二人の話を、えいは奥の間の廊下で聞いていた。正座した膝元の盆に、金時豆（きんときまめ）の入った椀が三つ、湯気を立てながら載っている。昨夜から水に浸した金時豆を朝から長時間、コトコトと甘蔗糖（かんしゃとう）で甘く柔らかく煮つけてあった。栄次郎の喜ぶ顔が見たかった。

「学問の才があるお前にとっては、甚（はなは）だ辛いことであろうが、人はその本分を忘れてはならぬ。お前の本分とは……」

「ご心配には及びませぬ。学問も読書も時と場所を選びませぬゆえ……我が心の持ち方次第で何とでもなります。先ずは家業に専念します……」

障子越しにその言葉を聞いて、えいは栄次郎がずいぶん成長したことを感じた。あれは確か栄次郎が五歳の時だったか――

えいに手を引かれて初めて撃剣の道場へ行く途中だった。桜が舞い散る野辺の道で、栄次郎が突然、立ち止まった。

「オラ、どうじょうなんかさ、いきたくねえ。いえで、えぞうしをよんでいてェ」

「なりませぬ！」

「いやだ！　オラ、いえさかえりてェ」

えいの手を振り切った栄次郎の目には、涙が溜（た）まっていた。

「分からず屋！　我が家は何のために名字帯刀（みょうじたいとう）が許されていると思っているのですかッ！　それでも中の家の跡取（あとと）りですかッ！」

「オ、オラ、あととりなんかなりたくねェ」

栄次郎の目からボロボロボロッと大粒の涙が落ちた。えいは構わずに栄次郎の手を握ると、引きずるようにして歩き出した。背中を向けたまま声を荒げた。

「父上を見なさいッ！　父上がなぜあれほど苦労していると思っているのですかッ！」

「オ、オ、おじいのため、オ、オ、おかあのため……」

泣きながら答える。その瞬間、栄次郎はぐいと右手を引っ張られて、よろめいた。

「其方（そなた）のためですッ！」

立ち止まって振り向いたえいが、腰を屈めた。真っすぐに栄次郎の両眼を見つめる。

「父上が歯を食いしばって、辛く苦しい思いに耐えているのは、全て其方のためですッ！」

両腕を痛いぐらい強く握られて、揺すぶられた。

「！」

「父上が寝る間も惜しんで家業にいそしむのは、其方のためだからです！　其方のためだけです。そんなことも解らないのですかッ！」

普段は人一倍優しい母が、般若の形相になっていた。栄次郎は、母の苦悩の表情を初めて見た。哀しいような、困ったような、今にも泣きだしそうな顔……

「……」

母が可哀想だった。栄次郎は、母の方が辛いのだと思った。

恐ろしいと思った般若の目に、今まで見たこともなかった涙が光っていた。えいは唇を震わせながら、必死に涙を堪えていた。堪えていた涙が一粒、蕗の葉の上の水滴のようにころころと頬を伝った。

その晩、栄次郎は置行灯の明かりを落とした男子部屋の布団の上で、卯月（四月）の寒さに震えながら正座していた。眠られなかった。自分が父に、母に、大変な苦労を強いている。父と母は病気のなかを庇いながら、日の出とともに起きて畑仕事をし、水を汲んで朝餉の支度をし、昼餉の握り飯を作り、藍の買い付けや売り歩きに出掛け、陽が沈むまで畑をうなって種を蒔き、蚕の世話をし、夕餉を用意し、夜は土間で縄を綯い、風呂は烏の行水だ。毎日がそうだ。一日だって楽をしたことがない。母は、白玉もお汁粉も自分の分は喰ったことがない。全て栄次郎に譲っていた。おかあ、こんどはオラがおかあにはらいっぱいうまいもんをくわせてやる。もういいというぐらいくわせてやる……

月明かりに栄次郎の頬が濡れて光っていた……

「お前の志を果たしてやれず面目ない。すまぬ」

市郎右衛門が栄次郎に向かって頭を下げた。様子を察したえいは障子を開けると、努めて明るくいった。

「さあ、話はそれくらいにして。一休み、一休み。腹が減っては戦はできませんよ」

金時豆の椀を差し出す。栄次郎の顔が輝いた。それは五歳の頃の嬉しさに満ちた表情と少しも変わらなかった。しかし、二杯目を喰ったほうがいいかどうか、迷っていた。

十四　買い付け

木枯らしが街道沿いの莢蒾（がまずみ）の枯れ葉を舞い上げている。初秋に二分（六ミリ）ほどの赤い実をつけていた落葉低木は、食用になる枝先の実を残らずこそぎ落とされたせいで、竹箒（たけぼうき）のように見えた。裸の枝先を、寒風が道端（みちばた）の埃とともに吹き抜けていく。

大雪（たいせつ）（十二月七日）の候、まだ暗い明（あ）け六（む）つ（午前五時）。屋根に煙出しの天窓（てんまど）がある大きな養蚕百姓（ようさんびゃくしょう）の囲炉裏端（いろりばた）は、賑（にぎ）わっていた。囲炉裏では柴が焚かれ、式台（しきだい）、土間、玄関には行灯（あんどん）が灯されている。能の舞台のようだった。

囲炉裏の横に、粗織（あらおり）の大きな木綿（もめん）の風呂敷（ふろしき）が広げられている。藍色（あいいろ）ではない生成（きなり）の風呂敷は、正に紺屋（こうや）の白袴（しろばかま）だった。藍玉（あいだま）を売る商売でありながら、自家の生地（きじ）、反物（たんもの）は藍に染まっていない。他家のために藍玉を扱うことはあっても、自分の家のために藍を用いることはなかった。清貧（せいひん）は市郎右衛門（いちろえもん）には美徳であり、理想でもあった。えいも私欲を捨てて清貧に甘んずる市郎右衛門を好ましく思っていた。

風呂敷の真ん中には、見本である藍玉を入れた中形の行李が置かれ、その上部に着替えや手拭、硯箱や通い帳、巾着を入れた小形の行李が置かれた。風呂敷の下端を上端と結んだ市郎右衛門は、風呂敷を式台の板敷きに運んだ。

式台の板敷きに腰を下ろすと、固く草鞋の緒を縛る。腰に予備の草鞋をぶら下げているからには、長旅になるのだろう。

菅笠を被って風呂敷を背負い、胸の前で右端と左端をきつく結んだ。土間に降りて、家人と向かい合う。

「行って参ります。祖父さま、栄次郎との藍の買付、何分よろしくお願いいたします」

一礼する。

「ああ、分かった。お前も遠くまでご苦労なことだのう」

敬林も顎を引いて、軽く頷いた。白髪が薄くなり、腰も曲がって小さくなっている。

「えい、留守を頼んだぞ」

「かしこまりました。お気を付けていってらっしゃいませ」

　えいが頭を下げる。

「栄次郎、今年の二番藍はすこぶるできがいいから、お祖父さんを見習って駆引きを覚え、たくさん買い付けるのだぞ」

「はい。そのようにいたします」

　栄次郎も頭を下げた。

「なか、病(やまい)は天から授かったお前の性分(しょうぶん)だ。悲観してはならん。気長に養生(ようじょう)せよ」

「……はい」

　病床(びょうしょう)から這(は)い出してきたなかは、囲炉裏の側で弱々しく頷いた。

「てい、姉様は身体が大変だ。わがままをいって困らせるのではないぞ」

「あたい、おりこうにする」

　えいに手を引かれたていが、無邪気(むじゃき)に答えた。

「そうだ。イヌ、今まで通り、なかの面倒を見てやってくれ」

「承知いたしました。旦那様」

　イヌは、深々と腰を折ってお辞儀した。

「では、行ってくる。栄次郎、胸を張って遠くを見るのだぞ。足許ばかり見ようとすればついつい俯いてしまう」

「はい……」

栄次郎の返事に、市郎右衛門はくるりと背を向けると、そのまま振り返ることなく、足早に玄関を出て信州（長野県）と上州（群馬県）の紺屋廻りに旅立った。

翌日、師走八日の暁七つ（午前四時）、目を覚ました栄次郎は布団をはねのけた。褞袍を羽織って、囲炉裏の間へ行くと、行灯を灯す。火箸で火床の炭を掘り起こし、消し炭を継ぎ足す。欅の茶箪笥の一番上、引戸棚から分厚い和綴じを一冊取り出した。

表紙には墨痕淋漓、真ん中に大きく太い文字が躍っていた。

――藍葉買付帳　嘉永元年・二年・三年・四年・五年――

市郎右衛門がつけていたここ五か年間の藍葉の買付筆録だった。栄次郎は和紙に記された一枚一枚を最初から丹念に読んでいった。

藍葉は二間(にけん)（三、八メートル）筵(むしろ)を丸めて作った俵に詰められる。二十六貫目(かんめ)（百四キロ）詰め一俵にして、四人がかりで運ぶ。馬車を曳(ひ)いた藍玉商に売り渡すのだが、葉の色の良し悪しで相場が決まった。葉の色の良し悪しは、肥(こや)しに魚肥(ぎょひ)や〆粕(しめかす)を用いたか、十分に乾燥させたか、枯れた葉が混じっていないかなどで違ってくる。

『嘉永元年　霜月(しもつき)（十一月）十一日
横瀬村(よこぜむら)
喜八(きはち)　一俵十五貫（百六十四キロ）　十八両
肥し　軽(かろ)し
与左衛門(よざえもん)　二俵十三貫（二百六十キロ）　二十九両
肥し　〆粕に非(あら)ず
小林清吉(こばやしせいきち)　一俵八貫（百三十六キロ）　十五両
乾燥(ほし)　悪(わろ)し
権八(ごんぱち)　一俵十九貫（百八十キロ）　二十両
茎断(くきた)ち　不良
山崎六三郎(やまざきろくさぶろう)　二十五貫（百キロ）　十一両

下葉(したば)　枯れ数多(あまた)
一俵三貫（百十六キロ）　十三両……
宮ケ谷戸村(みやがやとむら)　増岡辰衛門(ますおかたつえもん)
霜月十二日

栄次郎は買付帳を丹念に読んでいった。最後の一枚、嘉永五年の大塚島村(おおつかじまむら)まで目を通した頃には、明け六つ(あむ)（午前六時）を過ぎており、夜が白々と明けていた。慌てて行灯を消す。奥の間や使用人部屋からは戸を開け放つ音や、足音が聞こえてくる。夜明けとともに母やイヌが起き始めたようだ。

栄次郎は買付帳を懐(ふところ)に仕舞うと、厠(かわや)に向かった。念のため朝餉(あさげ)の前にもう一度、目を通そうと思った。買い付けの時、何かの役に立つかもしれない。

朝餉が済んだら、お祖父(じい)と一緒に近在の村に藍の買い付けに行かなければならない。父が同行しない藍の買い付けは初めてだったが、不安はなかった。自分が十分この家の役に立つというところを見せたかった。お父(とう)のように……

お祖父との買い付け仕事は、不満が渦巻（うずま）いた――

お祖父は歩くのも遅く、栄次郎がお祖父に合わせた狭い歩幅でゆっくり歩いても、半里（二キロ）歩いては立ち止まって、

「一休みすべえ」

と、道端に腰を下ろした。寒い寒いといいながら、なかなか立ち上がらない。

ようやく矢島村（やじまむら）に着いて、二軒の藍作人（あいさくにん）である百姓家（ひゃくしょうや）からわずかばかりの藍を買い入れた。

しかし、お祖父のその求め方はぞんざいで、一俵になっている藍葉は目方（めかた）を確かめることもせず、中（なか）という屋号を書いた。一俵に達しない俵は、発条秤（ばねばかり）で藍葉の目方を俵ごと計ると、掛け合いもせずに、相手の言い値で決めてしまう。

買付帳面（かいつけちょうめん）に相手の名前と藍葉の目方、買値（かいね）、買付日（かいつけび）、渡した手付金（てつけきん）の額と後の受渡日を記すと、血洗島村（ちあらいじまむら）の中の家（なかんち）の場所をくどいぐらい細かく説明する。相手は分かった、分かったといっているのに。

たった二軒から藍を買い付けただけで、昼方になってしまった。二軒目に買い付けた藍作人が、自分の家の囲炉裏端で弁当を遣うように勧めてくれた。

囲炉裏端で暖を取りながら、母が持たせてくれた握り飯を喰う。お祖父はぽろぽろと米粒を落とした。藍作人の女房が、欠けた茶碗で白湯を出してくれる。熱くて美味い。お祖父は白湯も口の端からだらだらとこぼした。


栄次郎は、藍を自分一人で買い付けてみたいという衝動にかられた。その方が老いさらばえたお祖父よりはるかに上手く藍葉を買い付けられる——

昼餉を終えた栄次郎は、お祖父に申し出た。

「お祖父さま。我は午後は横瀬村へ買い付けに行きたいと思うゆえ、少しばかり金子を預けてくださいませぬか。帳面もしっかりつけてきますゆえ」

「お前一人で行っても仕方があるまい」

「いえ、一人で買い付けができなければ、見てくるだけでも意味があると思われますから」

「そうか……」

栄次郎は、お祖父からいくらかの金子を受け取ると、胴巻きに入れた。日暮れまでには家に帰ることを申し合わせて、お祖父と別れた。

横瀬村に入ると、藍が刈られた畑を見つけては、その畑の持ち主である藍作人を訪ねた。栄次郎は、「血洗島村の藍商だが、藍を買いにきた」と吹聴するものの、鳶口髷の少年では一向に信用してもらえない。二軒目の百姓家でも全く話を聞いてもらえなかった。そして三軒目でも端から相手をしてもらえなかった……

意気消沈して横瀬村を出た。情けなかった。口惜しさと涙を堪えて冬枯れの野道をとぼとぼ歩いていると、空に母の顔が浮かんだ。

……しっかりしなさい！　そんな弱虫に育てた覚えはありませんよ……だって、其方はあんなに嫌がっていた撃剣の道場へ、ついには泣かずに一人で行けたじゃありませんか……

オラ、なかね、オラ、なかねで、どうじょういく――しゃくり上げながら、涙をこぼしながら、毎日毎日頑張って道場へ行ったじゃありませんか。師の渋沢新三郎先生が仰っていましたよ。

——栄次郎は見所がある。道場にくるまで泣きじゃくっていたのに、道場へ入る時は袖で涙を拭って、必死に涙を堪えて入ってくる。あんなに土性骨のある童は見たことがない。あの根性があれば、将来どんな困難にも立ち向かっていける——

その言葉を聞いた時、母は自分のことのように嬉しくなりました。不覚にも涙をこぼしてしまいました。其方は母のためにあれほど頑張れたではないですか。一つの村で藍が買えないくらい何ですかッ！　父上を見習いなさい！

母に代わって父の顔が冬空に浮かんだ。父は穏やかに話しかけてきた。胸を張って歩け、栄次郎。父の行いを思い出せ、栄次郎……栄次郎の瞼に買い付け先の藍作人の百姓家で、これは肥しが足りないとか、乾燥が悪いからいけないとか、下葉が枯っているとかいって、しっかり駆引きをしていた父の姿が浮かんできた！　そうだ！　その手があった！

栄次郎は父がつけていた買付帳の評価を、口の中で呟いてみた。肥しが少ない、軽すぎる——肥しが〆粕でない——乾燥が十分ではないからよくない——茎の切り方が悪い——下葉が枯れている——

栄次郎は新野村（しんのむら）へと急いだ。新野村へ入ると、藍作人の家へ行き、血洗島村の藍商だが今年の二番藍はできがいいそうだから、藍葉を見せて欲しいと頼んだ。藍作人は年若い栄次郎の突然の申し出を訝（いぶか）しんだ。顔に警戒の色が浮かんでいる。栄次郎は少しでいいから藍を見せてくれるように重ねて頼みこんだ。必死だった。ようやく案内された土間で、保管された藍葉を見ながら、父の言葉と過去の買付帳の評価を思い出し、その藍葉に合いそうな言葉をいってみた
――この藍葉は乾燥が十分でないから、よくない。もっと乾燥に手間を掛ければできがよくなる――

藍作人は、信じられないという顔をして栄次郎を見た。驚きと同時に信頼の眼差（まなざ）しだった。早速その家で藍の買い付け額と大方の目方、受渡日を決めると、村の名、藍作人・康平（こうへい）という名前とともに帳面につけた。

次の家には、康平が案内してくれた。二軒目の大作（だいさく）の家では、案内された藍置き場の藍葉を見て、肥しが〆粕でないうえに量も足りていないから、見かけより藍葉が軽い――というと、大作も驚愕（きょうがく）の表情をする。年若いのに、なぜそれが解りましたか？　と、真剣に聞かれた。それからはとんとん拍子に、訪れた全ての藍作人の家々で藍葉を買うことができた。都合（つごう）二十一

軒の藍葉を買った。

月の明かりを頼りに暗くなってから家に帰り着くと、お祖父に買い付けの報告をした。お祖父は栄次郎の帳面を見て驚き、明日も一人で買い付けることを許してくれた。

烏（からす）の行水のように、栄次郎は少しの間風呂に浸かるとすぐに出て、白菜漬けで湯漬けを掻（か）き込んだ。明日のために、去年までの宮ケ谷戸村（みやがやとむら）の買付帳に目を通す。藍作人のそれぞれの評価を何度も何度も口に出しては、頭に叩き込んだ。

翌朝は朝、昼二食分の握り飯を持って、日の出とともに家を出た。宮ケ谷戸村は血洗島村から西に半里四町（二、四キロ）。余裕で朝飯前に着ける。着いたらすぐに刈り取られた藍の畑を見て廻るつもりだった。藍葉を買い付ける前に、収穫された畑を見ておくのも何かの役に立つかもしれない。

作付けの広さ、刈り取りの鎌跡（かまあと）、土の質、柔らかさ、水はけ、周囲の川などに心して藍の畑を見て廻った。

朝の握り飯を食べてからの、宮ケ谷戸村での買い付けも順調だった。

三日目には、大塚島村や内ヶ島村辺りの藍葉をしきりに買って歩いた。その日は、お祖父が自分も一緒に行かねばならぬ、というのを制し、一人でも大丈夫ですといって、またもや一人で買い集めた。この三日間で、この年の藍葉はほとんど買い集めることができた。

二日後に紺屋廻りの旅から帰ってきた父は、栄次郎が買い付けた藍葉の帳面を見て、目を丸くした。

「よくぞこれだけの藍葉を買い付けたものだ。大した手際だ」

「はい。祖父さまとは別に一人で買い集めました。しかも、祖父さまよりもはるかに安く、嵩も多く求めました」

「……」

父の顔が曇った。褒めてくれると思ったのに。なぜだろう……

「祖父さまは藍作人の言い値で買い付けましたが、私はそれより安く買い付けました」

「……栄次郎、お祖父さんはどのような掛け合いをしていた？」

「掛け合いらしきことは一切なさいませんでした。ただ、目方を計り、しかも俵まで含んだ目方で。さらには相手の言い値で買い付けていました」

「その後はどうした？」

「何もしませんでした。ただ、勧められるままに囲炉裏の側で弁当を遣い、白湯を貰い、米のでき具合や年貢（ねんぐ）の高（たか）などの世間話をして……それだけです。祖父さまの掛け合いは役に立ちませんでした」

「栄次郎……お前が買い付けた藍作人の家で、囲炉裏端に上がるように勧めてくれた家はあったか？」

「ありませんでした……」

「お前が握り飯を喰っている時、白湯を持ってきてくれた藍作人はいたか？」

「いえ……」

「藍に限らず、米の出来不出来（できふでき）や年貢の高を教えてくれる者はいたか？」

「……」

「何を見ていたのだ、栄次郎。お祖父さんがお前に伝えようとしたことを、お前は全く分かっていない」

「しかし、現に私は祖父さまより安く買い付けました」

栄次郎の言葉を聞いた市郎右衛門は、がっかりしたように首を振った。

「人間、一両で売りたいというものを銀五十九匁(もんめ)に値切られたら、どう思う？　逆に一両と銀一匁だったらどうだ？」

「それは高い方に売るに決まっています。得ですから」

「値はわずかな差だが、気持ちの差は大きい。人は、決められた値より少しでも得になると、ずいぶん得をしたような気持ちになるものだ」

「！」

――そうだったのか！　お祖父はそこまで考えていたのか！　浅はかだった！

「速(すみ)やかならんと欲することなかれ。小利(しょうり)を見ることなかれ……何のことだか解るな」

「はい。論語(ろんご)の一節です。成果をあげようと焦ってはならない。目の前の小さな利益に捉(とら)われてはならない……」

「そうだ。故(ふる)きを温めて新しきを知る、もって師となるべし」

「古いことを探求して今に活(い)かせるものを知る、そういう人が師になることができる……」

「お前はいずれ師になれる人間だと我は思う。だが、今のままではだめだ。もっと人の気持ちが解る人間になれ。商売はお互い様だ。自分だけが儲かればいいというものではない。栄次郎……もっともっと遠くを見ろ」

「……」

栄次郎は、初めてお祖父の気持ちが解ったような気がした。すると、これまでのお祖父の行いは全て辻褄が合っているように思われてきた。自分の小ささを思い知らされた……

十五　御用金

――ひが～しいちばん、なかにばん～うしろにあっても、まえのいえ～とお～くはなれて、えんざい、えんぜん～あた～らしいのは、こしんたく～ぶんけのはじまり、あらやしき――

血洗島村で、女童たちが和紙の手毬をつきながら、戯れ歌を唄っていた。手毬歌になるほど、渋沢一族は注目されている。中でも名字帯刀を許された渋沢一族十七軒の本家でありながら、一昔前に落ちぶれて、貧農になってしまった中の家の行く末は、村中の関心の的だった。その中の家に東の家の元助が婿養子で入り、三代目渋沢市郎右衛門を継いでからは、傾いていた家運が日の出の勢いで回復してきていた。

市郎右衛門は麦を中心とした百姓仕事や養蚕の他、仕入れた藍葉で藍玉を作って売る商売にも人一倍熱心で、これが大当たりした。藍を耕作する藍作人から買い付けた乾燥藍葉は、過酷なまでの重労働で細かく刻み、土蔵の土間に広げ、散水し、攪拌した後、筵の覆いをして発酵させる。その後も五日ごとに散水を行い、二十回目からは間をおいて清酒を散布する。二十五回目には草木灰の上澄み液五斗（九十リットル）を散布して、流動体の蒅にする。蒅にわずかに砂を混ぜて藍玉に搗き固める。百六十匁（六百グラム）の藍玉は和紙に包まれ、一俵に十貫（四十キロ）ずつ詰められた。

市郎右衛門はまるで生き物を扱うように細心の注意を払って、藍玉作りに取り組んだ。藍葉を買い付けてからおよそ百三十日もの間、藍葉を細かく刻み、広げ、水を打ち、撹拌し、寒ければ筵を掛け、発酵を促し、手間を惜しまず丹精を凝らした。

年季の入った造り酒屋の杜氏のように、市郎右衛門は目に見えぬ菌によって藍葉を自然に発酵させることに長けていた。市郎右衛門が作った藍玉は評判となり、信州、上州、秩父の紺屋に高値で引き取られていく。時には自分で馬の背に藍玉を二俵（八十キロ）ずつ振り分けて積み、轡を取って得意先に納めに行った。相手が大店だと、一軒の紺屋で年に二百両も売り上げた。

三代目市郎右衛門の代に、中の家の実入りは藍玉だけで年間一万両にもなった。

血洗島村がある武蔵国岡部藩の領主は、安部摂津守信宝という岡部藩十二代藩主だった。二万石余りしかない岡部藩の所領は、さらに三地方に分かれてしまっている。本拠である武蔵国榛沢郡十カ村の石高は、五千石ほどしかない。近郷近在の評判になっている大尽の、東の家や中の家に御用達という名の献金を命じても不思議はなかった。


「栄次郎、一つ頼みがある……」

「はい、何でしょう」

いつになく神妙な面落ちの父の表情に、栄次郎は用件の大義を感じ取った。

「このたび、摂津守様より御用金五百両を命じられたが、私は用事があって岡部村の代官所へ持参することができない。ついてはお前が私の名代として、代官所へ行き、御用を確かめてきてはくれぬか？」

「かしこまりました」

「血洗島村からは、他に二人がやはり五百両ずつの御用金を命じられている。東の家の我が実父・宗助様と新屋敷の文左衛門様だ。頃合いを申し合わせて諸ともに行くがよい」

「はい。そういたします」

——チィーチィーチィー、チッチッチッ、チィーチィーチィー、チッチッチッ、チィーチィー……

にいにい蟬が鳴く小楢の下に低い空木があり、その根元で直立する禊萩が牡丹色の小花を咲かせている。花は茎の両側に数個ずつまとまって咲き、大型の紫蘇の花に似ていた。露草の鮮やかな青色の大きな花も、油照りのせいで涼しげには見えなかった。

道端に丈の長い草が生い茂っている。晩夏とは名ばかりの猛烈な暑さの大暑（七月二十三日）に、栄次郎は代官所のある岡部村へと三人で連れ立っていた。血洗島村から岡部村までは一里（四キロ）余り。代官所の武骨な陣屋門が見えた時には、三人とも汗だくになっていた。

やはり汗を滴らせながら槍を手にした門番に、宗助が用向きを伝える。

「血洗島村の渋沢宗助、渋沢文左衛門、渋沢栄次郎と申します。若森御代官様にお渡ししたい物がございまして、持参したのですが」

「そうか。入って主屋の庭で待て」

　これまでにも幾度か御用金を納めにきたことがある宗助と市郎の顔は、門番も見知っているようだった。門番の視線は初めてきた栄次郎の顔に注がれたまま離れない。

　栄次郎は、今日は市郎右衛門の名代なのだと自分に言い聞かせながら、胸を張ると黒い大きな門を潜った。


――これではまるで御白洲で取り調べを受ける罪人ではないか――

　炎天下の土の上で汗を滴らせながら正座して待つこと四半刻（三十分）、脚の痺れが耐え難くなってきた頃、ようやく代官の若森が広縁を踏ん反り返ってやってきた。広縁に座ると横柄に口を開く。

「待たせたの。何か儂に渡したい物があると聞いたが？」

「はい。これはほんの私の気持ちばかりの物ですが……」

　宗助は汗の染みた懐から袱紗の包みを出すと、立ち上がって広縁の端に置いた。若森は袱紗を握ると右手の上で弾ませ、その重さを確かめた。天保小判五百枚だと一貫五百匁（六キロ）

になるはずだ。袱紗は十分にその重さを感じさせた。

続いて立ち上がった文左衛門も袱紗を広縁に置く。

「これは私の気持ちばかりの物でございます」

若森は文左衛門の袱紗を、宗助の袱紗の隣に並べると、背を丸めて態勢を低くし、高さを見比べた。高さは一緒だった。


若森が栄次郎を見た。当然、栄次郎も五百両を包んだ袱紗を差し出すものと思っている。栄次郎は立ち上がらなかった。若森は顎（あご）をしゃくり上げて、栄次郎に立ち上がって袱紗を差し出すように催促（さいそく）した。栄次郎は正座したまま答えた。

「私は本日は父、渋沢市郎右衛門の名代として参りました」

「そんなことは分かっておる」

「宗助様や文左衛門様と違って、一家の当主ではありませんから、本日は御用金を持参できませんでした」

「それならなぜ参った？」

「御用の趣（おもむき）を伺いに参上いたしました」

「戯言を申すなッ！」

若森の怒気を含んだ大声に、広縁の空気が凍りついた。ジ、ジ、ジ……庭の羅漢松で鳴いていた油蝉が鳴き止む。

「御用金の値は前に伝えてあるはずじゃッ！」

「承っております。このたびの御用、本日しかと飲み込めましたので父に申し伝え、重ねて伺うことといたします」

「戯けッ！」

若森は怒り狂って怒鳴った。

「お前も女の一人や二人知っている歳だ！　女郎は買ったことがないのか！　これまで数多の女郎を買ったと思えば、三百両や五百両は何でもないはずだ」

「……」

何をいっているのだ、この男は。呆れ果てて物がいえなかった。沈黙が続いて、日照りの庭に静寂が訪れた。

「それではこうしようではないか。其方は分別が足らぬゆえ、儂のいう通り父に伝えよ。よいか。先ず、御用を達すれば追々身柄も好くなる。今日の五百両が後に一千両にも二千両にもなって還ってくるのだ。そればかりではない。世間に対しても名目になる。どうだ、分かったか」

その言葉で栄次郎が理解したのは、若森の浅はかさだった。思慮の足りなさが言葉の端端に出ていた——父はこれまでに何度も御用金を調達してきた。御姫様がお嫁入りするだとか、若殿様が御乗出し（元服）で江戸城に登城するとか、先祖の御法会だとかで、これまでに二千両以上を用立てていた。もちろん、それらは一両とて返されたことはない。それ以上に栄次郎が我慢できなかったのは、若森の仕打ちだった。御用金を持参した者たちを罪人のように地べたに正座させ、炎天下で四半刻も待たせたことだった。殊更自分を大きく見せようとして踏ん反り返り、広縁から大声で相手を罵倒する若森の態度だった。虎の威を借る狐とは、まさにこの男のような者を指すのではないだろうか。名奉行と謳われた大岡越前守忠相を気取っているのかもしれないが、器の違いに全く気付かないことで、図らずも己が無知であることを曝け出してしまっていた。

極めつけはこの言葉だった。

「論語にもあるではないか、長い物には巻かれよ、とな」

耳を疑った。開いた口が塞がらなかった。この程度の人物が代官を務めているのかと思うと、何もかもが馬鹿らしくなった。逆らう気力を失くした。

「委細、承りましたゆえ、その趣を父に伝え、御請けをいたすということであれば、そのようにいたします」

「何を訳の分からぬことを申しておる？　これだけいってもまだ分からぬか。本当に貴様はつまらぬ男だ。恥ずかしくはないのか？」

「……」

「孔子はこう諭しておるのだ。力の強い者に従えば、いずれ自分にもいいことがある、とな。明日こそは五百両を持参いたせッ！　分かったかッ！」

御代官様こそ恥ずかしくはないのですか……長い物には巻かれよというのは、唐の故事で、長い物とは象の鼻のことでございますよ。孔子様のお言葉ではありません。この程度のことは、尾高塾の年端もいかぬ童でも知っておりますよ……

灼熱の太陽が、道に転がる石を焼いた。道行く人は誰もが道の反射にも痛めつけられて、暑さを逃れようと、一里塚の大樹の下の湧き水や茶屋を目指して歩く。道の両側に立ち並ぶ赤松の下は日陰になっていて、日差しを遮るものがない道の真ん中を歩く人は少ない。栄次郎は、道の真ん中の、熱い大気と白く眩い日差しの中を、両脇の宗助と文左衛門に合わせて歩いていた。横一列で歩くには、道の真ん中の方が歩きやすかった。

「しかし、市郎右衛門は、何故栄次郎を名代として来させたかのう？」

「父は今日、用事があるからと申しておりました」

栄次郎は父に聞いたままを宗助に答えた。

「そうだとしても、栄次郎に五百両を持たせなかったのは、どういう訳であろうか？」

「そうよのう。今の中の家にとって五百両は即座に用意できたはずじゃが」

文左衛門の疑問に宗助も、市郎右衛門の真意を測れないでいた。

「恐らくは……」

立ち止まった宗助の顔を、栄次郎と文左衛門が見た。宗助は額から汗を滴らせている。

「獅子は我が子を千尋の谷に落とすというが、それではあるまいか？」

「敢えて、手ぶらで栄次郎を御代官の元へやって、どう切り抜けるか試したと仰られるか」

文左衛門が宗助の横顔を見ながら問うた。

「市郎右衛門ならやるかもしれぬ。わざと栄次郎に困難を与えたのだ。勿論、栄次郎ならその困難を乗り越えられると信じて」

「なるほど。栄次郎が本当に市郎右衛門殿の名代として務まるかどうか、試練を与えたのかもしれぬな」

「そうだとしたら、栄次郎の今日の振る舞いは、見事名代を務めたといえるのではあるまいか？　のう、文左衛門殿」

さすがは我が息子・市郎右衛門だ――宗助が感心しながら歩き出す。栄次郎と文左衛門も歩調を合わせた。相変わらず日差しは強く、三人ともそれっきり黙り込んだ。陽炎が揺れる白い道を黙々と歩く。あと数町（数百メートル）で冷たい湧水が出ている一里塚に着く。


チリィー、チリィー、リー、リー、リー、リー、チリ、チリ、チリ、リーン、リーン、チリィー、チリィー、リー、リー、リー、リー……

夜風が吹く庭で、鈴虫が鳴いている。昼間の灼熱から解放された鳴き声は、いっそう涼しさを感じさせた。

障子が開け放たれ行灯が灯された奥の間で、栄次郎は市郎右衛門に本音をぶつけていた。

「……私は、あまりの馬鹿馬鹿しさに百姓を罷めたくなりました」

「罷めてどうする？　武士になるのか？」

「武士になれるかどうか分かりませんが、人に尊敬される賢者になりとうございます」

「百姓は賢者にはなれぬのか？」

「そうではありませんが、徳川政治では、不肖の代官が智能を有する百姓や商人を、その役職のみにて軽蔑、愚弄しております。

そもそも年貢を取った上に、返済もせぬ金品を、貸した物でも取り返すように当然のごとく取り立てるのは、合点がいきません」

栄次郎は憤懣やるかたないという口調で、市郎右衛門に訴えた。

「このまま百姓をしていると、全く知恵分別もない代官に嘲弄され続けることになります」

「あの代官は、そんなにひどいのか？」

「論語には、長い物には巻かれよとある、といっていました」

ハハハハハ……イーヒッヒッヒッ……ハハハハハ……

市郎右衛門は、笑いが止まらなかった。それでも必死になって笑いをこらえながら、栄次郎の目を見つめていう。

「儂もそれに似た言葉を、論語で読んだぞ」

「どのようなお言葉ですか？」

栄次郎は論語には似た言葉が思い当たらず、市郎右衛門に真剣になって訊いた。

「……師曰く、泣く子と地頭には勝てぬ、イーヒッヒッヒッ……」

市郎右衛門は自分の言葉に大笑いした。栄次郎も可笑しくなった。

「孔子様でも、道理の通じない相手や権力者には従うしかないのですね」

「そうだ。論語にそんな文言があったとは。いや、勉強不足も甚だしい」

「私も一から論語を学び直さねばなりませぬ」

アーハッハッハッ、イーッヒッヒッヒッヒッ……仕舞いには二人揃って大笑いした。

翌日、栄次郎は父から手渡された五百両を持って、再び代官所を訪ねた。若森は上機嫌で、栄次郎が差し出した袱紗の包みを受け取った。栄次郎は、若森に教えてやりたい気がした――

長い物には巻かれよの故事の成立は唐の時代で、孔子様はそれよりも千数百年前の春秋時代にお生まれになっているのですよ――

十六　一見

安政五年（一八五八）師走（十二月）七日、血洗島村から東へ七町（七百メートル）隔たった下手計村の尾高家は、夜明けと同時に殷賑を極めていた。

幅十一間半（二十一メートル）、奥行き七間（十三メートル）の「油屋」の屋号で呼ばれる二階建ての豪壮な商家は、黒い屋根瓦が母屋と土蔵を貫禄ある建物に見せている。黒漆喰と黒拭きの壁板は、重厚で落ち着いた佇まいだった。

商家の中では、大勢の人たちが慌ただしく動き回っている。二十一坪の広い三和土は、竈の三口全てに大釜や大鍋が掛けられ、もうもうと湯気が立っている。火吹き竹を吹いている女房は姉さん被りの手拭を取ると、びっしりと浮かんだ額の汗を拭った。

印半纏を羽織った下男が顔を真っ赤にして、隣接する土蔵から薦被りの四斗樽を抱えてきた。薦を外された四斗樽の蓋が、掛矢で叩き割られる。三本の柄杓が突っ込まれて、鶴と亀が描かれた二合徳利に酒が注がれる。何十本もの徳利が、板の間の長角盆の上に並んでいた。

通称新五郎から名乗りを変えた尾高家の長男尾高惇忠は、羽織袴で勢いよく玄関から走り込んでくると、黒緒の本畳草履を脱ぐのももどかしそうに、三和土から六畳へ駆け上がった。手前の六畳を抜け、次の六畳の襖も開け放ったまま走り、一番奥の八畳の襖を開ける。

「ちよ、何をしておる！　今しがた、妙光寺の明け六つ（午前六時）の鐘が鳴ったのが聞こえぬか」

「聞こえております。まだ、六つ目の鐘の音が響いているではありませんか」

惇忠より十一歳年下の妹、花嫁姿のちよは紅を引きながら落ち着いて答えた。

「ならば、急がぬか。諏訪神社には既に宮司様始め、禰宜、権禰宜様まで全ての神職、巫女が御揃いだ」

「それは神職の方々は、神社で色々と準備がおありなのでしょう。私は朝五つ（午前八時）にくるように、といわれております」

「エエイ、まるで他人事のように。早いに越したことはないではないか。減らず口を叩くな！」

「子路第十三……子曰　君子　泰而不驕　小人　驕而不泰」

「その論語がどうした？」

「孔子様が仰いました。人格者はゆったりとして驕り高ぶらない。器量のない人は驕り高ぶってゆったり構えられない……」

「私がそうだというのか？」

「さるお方です。私が十二、三歳の頃、女子も論語くらいは知っておいた方がよいと仰って、塾で細やかに指南してくれました。感謝しております」

「……お前が生まれてくるのが、後二、三十年遅かったら、新しい世の中でさぞかし存分に働けただろうに……」

「私の代わりに、今日から亭主になる人に存分に働いてもらうことにします」

「そうか。その手があったか。いや、栄次郎も苦労させられそうだのう」

フフフフ……ちよは悪戯っぽく笑った。角隠しの下の白粉を塗った顔は、晴れ晴れとしていた。十八歳の何の屈託もない麗しさだった。

花婿は……搔巻の中で明け六つの鐘を聞いた。暁七つ(午前四時)に目は覚めていたのだが、そのまま行灯の灯で、太田錦城の「梧窓漫筆」を読み耽った。梧窓漫筆は栄次郎の生年と同じ十九年前に出された書だった。学芸道徳に関する六巻の随筆で、栄次郎は五巻を読み終え、最後の巻を読んでいた。梧窓漫筆では、千古の英雄も豪傑も、皆取り分け高貴な出自とは限らないとなっている。武門の出でなくとも、勇猛な武将が多くいた。

漢の高祖は沛から興って四百余州の帝王となった。豊臣秀吉は尾州の百姓の出ながら、太閤まで昇り詰めた。徳川家康も三河の小大名から出て、将軍にまでなった。顧みるに、自分はどうであろうか。

確かに、十七歳の頃から十八、十九とここ三年ほどは、家業に精を出してきた。藍玉を売るにしても、藍葉を求めるにしても、年に四度は信州、上州、秩父の三カ所を廻るのに精力を傾けた。自分で引き受けてやってみれば、どんな小さな仕事であっても、商売上の駆引きがあってなかなか面白かった。百姓や商いの仕事は、無能な士族から見下されて馬鹿馬鹿しいという思いがある反面、家業をもっと盛り立てたいとか、阿波（徳島県）に負けない藍を作ってみたいという願望も湧いてきた。

しかし……五年前にペルリが黒船で伊豆の下田にやってきて以来、日本は国を挙げての大騒ぎとなっている。半年前の暑い盛りには、江戸幕府がとうとう我が国にとってこよなく不利であるという、日米修好通商条約なるものを結んでしまった。孝明天皇が条約締結の勅許を拒否されていたというのに……

栄次郎には、やはり攘夷こそ正しい道のように思われた。水戸の烈公も攘夷を主張されていると聞いた。尊王を重んじ、外国を排撃して鎖国によって日本を護らなければならぬ。儒教思想を学び、「十八史略」や「日本外史」に慣れ親しんできたのは、正にそのためではなかったのか。今は百姓や商いをやっている場合ではないのではないか……

「栄一！　いつまで床に潜っているのですか。亀みたいに」

搔巻の中で、腹這いになって梧窓漫筆を広げていた栄次郎の枕元に、丸に違い柏の家紋が入った黒留袖を着たえいが立っていた。いつもは穏やかなえいが、眉に皺を寄せて険しい表情をしている。

「明け六つを過ぎたのですよ。早くしないと一見に間に合いません。急いで尾高様のお宅へ伺わなければ。今日からは渋沢栄一で今までとは違うというに。いずれ其方は中の家の跡目なのですよ」

　気が付くと、行灯の灯は消されていて、障子の和紙に濾された淡く上品な日差しが、柔らかく栄次郎を包んでいた。そうだった、今日からは栄次郎ではなくなるのだ。渋沢栄一……これからどう生きていこうか。


　尾高家までは、急ぐえいと市郎右衛門を尻目に、羽織袴の礼装でゆっくり歩いても、四半刻（三十分）も掛からなかった。すっくと伸びた柘植の樹が、二階の瓦を見下ろしている。玄関の格子戸の前にいた惇忠が、栄一を見ると慌てて駆け寄ってきた。

「遅いぞ！　栄次……栄一！　早く一見を終えて、諏訪神社へ行かねば」

　尾高家へ入ると、大勢の人たちが入り乱れて働いていた。鎮守の森で繰り広げられる盆踊りのようだ。惇忠が使用人を掻き分けるようにして、奥へと走っていった。栄一も三和土から畳の部屋に上がる。尾高家大番頭がすぐに三人を一番奥の間に案内した。

　白無垢、角隠しのちよを挟んで、上手に仲人の東の家二代目・渋沢宗助宗休、長兄・惇忠、下手に宗助の妻・まさ、そして母・やいが座していた。五人は床の間を背にし、惇忠の前には弟・長七郎、平九郎が、やいの前には惇忠の妻・き世、妹・みつ、かう、くにが緊張した面持ちで座していた。惇忠のすぐ前には、二人分の座席が空けられ、やいの前にも一人分の席が用意されていた。

ちよの父・尾高勝五郎は、つい先だっての秋口に、三女の晴れ姿を見ることなく、五十六歳で逝ってしまった。今は惇忠が当主であり、父親の代わりでもある。仲人の誂えも挙式の段取りも、尾高家側の差配は全て惇忠が取り仕切った。今日は惇忠の苦労が報われる日でもあった。

栄一は、惇忠の前に正座した。市郎右衛門も左隣に座す。栄一と向かい合ってえいが座った。

三人が席に着いたのを見計らって、仲人が口を開いた。髪だけではなく、髭も眉も白い。市郎右衛門の実父・渋沢宗助……渋沢一族を束ねる名主にして、渋沢家一の名門、東の家の頭領

……

「……本日は渋沢一族の本家である中の家の渋沢栄一と、学問の誉れ高い尾高家のちよとの婚姻が、無事整ったためでたい日である。残念ながら、ちよの父である勝五郎殿は、先だって娘の白無垢姿を見ることなく旅立たれてしまった。

残された者は、若輩ではあるが、この前途洋々たる二人の門出を祝し、見守り、今後は何く

れとなく力にならねばならぬ。

栄一とちよは互いを認め合い、補い、留まることなく歩んでいって欲しい。それが勝五郎殿へのこの上ない供養だ。よいか？」

宗助の問いに、栄一とちよは二人同時に頷いた。

「それでは一見に移るとしよう」

宗助が三和土との境の障子に向かって、手を挙げた。

障子の陰から様子を見ていた大番頭が、板場に向かって目配せする。間もなく六名の厨女が長角盆で飯椀と汁椀、徳利を運んできた。

参列者の前の蝶足膳は、外側が黒、内側が朱の漆塗りの祝い膳である。その上に飯椀と煮ぼうとうの椀、徳利、朱塗りの盃が置かれた。汁椀の中身は、幅広のほうとうを特産の葱を始め、白菜、大根、人参、牛蒡、干し椎茸、鶏肉、油揚げなどを加えて、醤油で煮込んだものだ。もうもうと立つ湯気と、醤油の匂いが食欲をそそる。この地方一帯で、特に冬にはよく食される郷土料理だった。

「中の家と尾高家の縁結びの印としては、特別な馳走もなく申し訳ござらん。代り映えもせず、変哲もない煮ぼうとうでござるが、我が家のしきたりであるゆえ、ご容赦願いたい。ささ、召し上がられよ」

惇忠が仲人に続いて、栄一と市郎右衛門の盃に酒を注ぐ。やいも仲人の妻の次に、えいの盃を酒で満たす。栄一は盃を干すと、膳の上に伏せた。

惇忠の挨拶通り、血洗島村と下手計村の名家同士の顔見世にしては、地味な一見だった。尾高家も名門でありながら、その家柄を誇示することはなく、質素を旨とする家風が煮ぼうとうに表れていた。

「いただきます！」

鋭気に満ちた声が響いた。盃を置いた栄一がほうとうの椀を手にすると、フーフーいいながら、煮ぼうとうを掻き込み始めた。煮ぼうとうは栄一の大好物である。ほうとうをズルズル啜りながら、うまい、うまいを連呼した。えいが、周りを気にしながら声を潜めて栄一に注意する。

「……これ、栄一、もっと落ち着いて静かにいただきなさい。滴がとんで羽織が汚れるではありませんか……」

ク、ク、ク、ク……ちよが山鳩(やまばと)の鳴くような笑い声を立てた。ちよは煮ぼうとうに形だけ口をつけると、箸(はし)を置いていた。

「栄一、これからはこれまでと違って、先の読めない大変な世の中になる。ちよをよろしく頼むぞ」

惇忠の言葉にも栄一は黙って、ほうとうを喰っていた。座の者たちは、高邁(こうまい)な学問の師である惇忠の頼みに、栄一が責任の重さを痛感しているのだろうと考えた。

栄一は迷っていた……煮ぼうとうをお代わりするかどうかを……煮ぼうとうをお代わりする前に、飯椀の飯を喰うのが礼儀というものだろう。先に飯椀を空にしてから、お代わりを頼むのが筋だ……しかし、飯を喰ってしまっては、煮ぼうとうがこれ以上喰えなくなる……エエイ！

決めた！

栄一は惇忠の顔を見つめると、一気にまくし立てた。

「兄上、お願いがございます！」

「何だ？」

惇忠は酒を含みながら訊いた。めでたい席で、ややこしい話でなければいいのだが……

「煮ぼうとうをもう一杯所望したいのです！」

座がざわついた。惇忠の妹たちからは笑い声が漏れた。ちよも声にこそ出さないものの、下を向いて細い肩を震わせている。

「これ、栄一……」

「かまいませぬ。オーイ、煮ぼうとうのお代わりを持って参れ！」

惇忠はえいを制して、離れた障子の陰で待機している大番頭に大きく声をかけた。大番頭が「へい」と返事をして、板場に向かう。

栄一は幼い時から大物だとは思っていたが、ここまでとは……惇忠は栄一の器を計り切れなかった。常人とは物差しが違っていた。

十七　神前式

師走の白い光を浴びて、諏訪神社の鳥居前に三人の神職と二人の巫女が、唇を紫にして立っていた。日差しはあるが、暖かくはない。朝の冷気が、袖を握って足踏みする迎え人を、小刻みに震えさせていた。

狩衣の装束を身に着け、烏帽子を被った三人の神職で、笏を手にしているのは紫の袴を履いた宮司だけで、禰宜や権禰宜は何も持たず、袴の色も浅黄色だった。巫女は白衣に朱の袴を身に着け、後ろで一本に束ねた垂髪を和紙の丈長で飾り結びにしている。

仲人夫婦を先頭にした輿入れの一行を認めると、三人の神職と二人の巫女は急いで鳥居に向かい合い、一行が後ろに並んだのを背中で感じ取って二礼した。背筋を伸ばして厳かに鳥居を潜る。鳥居の下を通り過ぎると、そこから先は神の領域となる。

狭くて急な石段を登り詰めると、境内に出た。本殿の前では左右に狛犬がいて、神様を護っている。

本殿に足を踏み入れた一行は鈴を鳴らした宮司に倣い、二礼、二拍手、一礼をもって神様に来訪を告げた。本殿の格子戸は、八枚全てが開け放たれており、畳の奥に小さな神殿が見える。神殿の紙垂が下げられた注連縄の手前で、五本の蝋燭が灯され、神殿の奥の狭い空間に、鈍い光を放つ丸い神鏡が立てられていた。

神殿に向かって座した宮司が、二礼、二拍手、一礼をもって神様に挨拶した。両脇の禰宜、権禰宜、両隅の巫女も合わせる。

「……修祓を行います。御低頭下さい」

宮司の言葉に、栄一とちよを始め、中の家と尾高家の参列者皆が首を垂れた。立ち上がって幣を手にした宮司が、参列者の頭上で幣を振り、お祓いをする。

「……お直り下さい」

参列者が頭を挙げる。あちこちで深い息が漏れ、衣擦れの音がした。宮司が神殿に向き直って正座する。禰宜たちも神殿の方を向いた。

「……祝詞を奏上いたします」

その場の誰もが背筋を伸ばし、耳を澄ます。冷え込んだ本殿内が静まり返った。

「……高天原に～ィ神つまります～ゥ大天主太神の～ォ命もちて～ェ……」

宮司の厳かな声が一同の動きを止めた。

「……天之八重雲を～ォ伊都の千別きに～ィ千別きて～ェ天降りたまひき～ィ……」

一同が敬虔な気持ちになって宮司の低音に聞き入る。

「……国中に成出でむ～ゥ天の益人等が～ァ過犯しけむ～ゥ雑々の罪事は～ァ……」

「……昆虫の災～ィ高津神の災～ィ高津鳥の災～ィ畜仆し蠱物せる罪～ィ……」

「グーゥ……スーゥ……」

「グ～ゥ……グガァ……ンガッ！」

大きな鼾が響いた。栄一だった。首を垂れて船を漕いでいる。

「……ク、ク、国津神は～ァ、タ、高山の末に～ィ、短、短山の末に～ィ、ノ、上りまして～ェ、タ、高山のいほり～ィ、ヒ、短山のいほりを～ォ……」

宮司の祝詞がよれよれに乱れた。座の者たちは固唾を呑んで栄一を見る。栄一は前に倒れそうになると、反動で背筋を伸ばすが、またすぐにこっくりこっくり始めてしまった。

「……へ、舳解放ち～ィ、艫解放ちて～ェ、オ、オ、大海原に～ィ、押放つことの如く～ゥ、ヲッ、ヲッ、彼方の繁木が本を〜ォ、ヤ、焼、焼鎌の敏鎌もて打掃ふことの如く〜ゥ、ノ、遺る罪はあらじと〜ォ……」

「ウガアッ！　ガアーッ！　グガァ……ンガッ！」

宮司が後ろにいる栄一を横目で睨んだ。額に血管が浮き出ている。

栄一の揺れはますます大きくなって、ちよの肩に頭を載せてきた。ちよは左手で栄一の頭を押し戻す。栄一が再び頭を載せてきた。強く押し返す。栄一の頭が真っすぐになった。

「……根、根の国底の国にます〜ゥ、ハ、速佐須良比売という神〜ィ、持佐須良比失ひてむ〜ゥ、かく失ひては現身の身にも〜ォ、心にも罪といふ罪はあらじと〜ォ……」

祝詞に集中しようとする宮司の努力が実を結んで、奏上が落ち着いてきた。

「ガッ！　ガアーッ！　グガァ……ンガッ！　ガッ！　ガッ！」

栄一の鼾が一段とけたたましくなった。

「祓いたまへ清めたまへと白すことを所聞食せと、恐み恐みも白す」

最後は、宮司が慌てて祝詞の奏上を終えた。語尾の余韻はなかった。

バチーンッ！　祝詞の終了と同時に大きな打撃音が響いて、座の者たちの度肝を抜いた。

「エ？　エ？　アレーッ？」

額を赤くした栄一が目を覚まして、キョロキョロと周りを見回した。ちよは憮然とした表情で、宮司の次の言葉を待っている。栄一を思いっきり引っぱたいたちよの白い左手は、わなわなと震えていた……

「……これより三献の儀を執り行います」

宮司の触れで、禰宜が神殿でお祓いを受けた柄樽を下げてきた。権禰宜が長い角のような柄のついた樽の栓を抜くと、年上の巫女が持つ朱塗りの屠蘇器に注いだ。若い巫女が三方の上の小さな朱の盃を栄一に渡す。目を覚ました栄一は、年上の巫女が小さな盃に注いだ御神酒を三回に分けて飲んだ。若い巫女に返された盃がちよに渡される。ちよもやはり、注がれた御神酒を三回に分けて飲んだ。

次は、中の盃でちよから始められた。ちよに続いて栄一が三口で飲み終えると、若い巫女に盃が返された。残るは、大きな盃である。

ちよは不安になった。栄一は酒が飲めない。極端に酒が弱いのだ。煮ぼうとうや甘い物なら人の倍は喰うが、酒はからっきし駄目だった。口をつける真似だけして、そのまま返杯してくれればよいのだが――

そういうことができる器用な男ではなかった。ちよの心配した通り、栄一は大振りの朱塗りのお神酒を、作法に則って三口で飲み干してしまった。

ちよに盃が渡された時、地震が起きた。ぐらッと栄一がちよの方に傾いてきた。ちよは思わず、神殿前の蝋燭を見た。蝋燭は真っすぐにその炎を上げている。地震ではなかった。

もたれかかってきた栄一を、ちよは必死に突っ張った右肘で支えながら、巫女が注ぐお神酒を受けた。急いで大きな盃を空ける。三度に分けて口をつける余裕はなかった。栄一の頭がちよの右肘に乗っかっている。お、重い！　この頭でっかちの論語読みがア！

腹立たしかった。このような大事な時に！　この神聖な場で！　何を考えているのだ、この男は！　兄上はこの男のことを稀に見る才能の持ち主だとも、その天分は計り知れないともいっていたが、一体どこがそうだというのだ！　もう、いい加減にしろ、この、唐変木ッ！

栄一は大海へ漕ぎ出していた。

川でも海でも航行できる五大力船で、血洗島村から利根川を下り、下総（千葉県）の銚子から海路へと乗り出した。外海の波は荒く、河川も航行できるように浅い喫水で、船幅も狭くなっている帆船は、激しく揺れた。舳で仁王立ちになった栄一は、波飛沫を浴びながら、水夫を激励する。帆を降ろせーッ！　棹走りに着けーッ！　皆で力を合わせて、力一杯棹を漕げーッ！

　そう怒鳴っている間にも、長さ十七間（三十一メートル）、幅一間二尺（二、四メートル）、積荷百石足らずの船は大きく持ち上げられる。かと思うと、次の瞬間には二間（三、六メートル）も落下し、栄一の胃の内容物を逆流させた。身体を水平に保つことが困難だった。波はますます激しく、ドーンドーンと船腹に体当たりしてくる。栄一の身体がぐらぐらと揺れた。

水夫の親玉が念仏を唱え始めた。

「朝風夕風の吹掃ふことの如く〜ゥ、大津辺にをる大船を〜ォ」

　戯け者！　念仏を唱える暇があったら、棹を漕げーッ！　そもそもそのように呑気な念仏があるかッ！　しかも、念仏を唱えているのは一人ではなかった。

　三人の船方が重々しく声を揃えて、吟じている。エエイッ！　何をしておる！　この荒れ狂う海を見よッ！　この揺れが尋常でないことが解らぬかッ！　全く何を考えておる、この非常時に。何だ、その七福神のような恰好は！　それでは、まともに棹を操れないであろう！

　バチーンッ！　額に激しい衝撃があった。何かが当たった。隣にいる女人の水夫が、憎しみの表情で栄一を見ていた。死を覚悟しているのか、白装束だった。

「ま、待て。この様態は永くは続かぬ。今少しの辛抱だ」

栄一は、女人に言い訳がましく告げた。他の二人の女人も栄一を非難の眼差しで見ている。その二人もやはり白装束だった。

「舳解放ち〜ィ、艫解放ちて〜ェ、大海原に〜ィ、押放つことの如く」

栄一も必死になっておかしな念仏を唱えた。念仏など唱えたことがなかったのに、口上がすらすらと口をついて出てきた。不思議だった。習ったことがない念仏なのに聞き覚えがあった……

「誓詞をご奏上ください」

宮司の言葉で、目が覚めた。慌てて懐から誓詞を取り出す。大急ぎで畳まれた和紙を開く。目を疑った。そこに書かれていたのは式次第で、誓詞ではなかった。もう一度懐を探った。ない！　誓詞がない！

「……私共は今日を佳き日と選び……」

いつの間にか、ちよが誓詞を広げており、駒鳥のように高く澄んだ声で、誓詞を朗読し始めた。栄一も焦って誓詞の右端をつまむと、唱和し始める。

「……諏訪大神の大前で祝言をいたし候ふ……」

神職も、二人の後ろに座している肉親たちも、一言一句に聞き入っている。

「……此方よりは信と思とを以て輔け合ひて良き家を作営みたく存じ候ふ……」

ちよは一つ一つの言葉をはっきりと口にし、栄一は文字に引きずられた。

元々が声に出して書物を読むことはなかった。黙って目で書物の文字を追うと、その内容が自然と頭に入った。それが長年、栄一が行ってきた読書だった。書物を他人に聴かせるために読んだことはない――

「……平に幾久しくお護り給へ……」

このように事事しい文言でなくとも、もっと易き言葉で十分ではないか？　要は、自分たちの決意がしっかりと述べられていればいいのではないか？　荘厳であったり、華美であったりすればするほど、その本質は伝わらないのではないか？

「ンッ！　ウンッ！」

ちよがわざとらしい咳ばらいをしながら、右肘でドンと栄一の脇腹を小突いた。慌てて誓詞に目を落とすと、ちよに合わせて日を述べる。

「……安政五年（一八五八）師走（十二月）七日……」

――惇忠の家で幕府の独断専行に憤ったのは、確か水無月（六月）末だった。幕府が孝明天皇の勅許を得ないで、日米修好通商条約に調印したのが、水無月十九日。攘夷論者の孝明天皇が、無断調印した井伊大老を勅諚で非難したのが葉月（八月）。幕府の権威が傷付けられたと怒った井伊大老が、水戸藩を中心とした攘夷論者を次々に逮捕・弾圧して始まった安政の大獄。それからたった三カ月しか経っていない。弾圧はますます過激に走り、激しく揺れ動く世の中に、時はついていけない――

ズンッ！　再びちよの右肘が栄一の左のあばら骨を痛打した。グッ！　息が止まった。最後に名乗りを上げるのを忘れていた。

「……し、渋、渋沢、栄次郎……」

「栄一ッ！」

後ろから母の鋭い声が飛んできた。

「……し、渋沢、栄一……」

うろたえながら言い直した。しまった！　何ということだ。よりによって自分の名前を間違えるとは……

「渋沢ちよ」

ちよは淀みなく新しい名前を述べた。その口調は明るい希望に溢れていた。

とにもかくにも、花婿が居眠りをしたり、酔っ払って船を漕いだりする前代未聞の神前での婚姻は終了した。

惇忠は、栄一が偉才の持ち主なのか、凡才なのか、分からなくなった……

市郎右衛門（いちろえもん）は、これこそが栄一の真の姿だと思った。栄一は、蚕（かいこ）が吐く繊維（せんい）が多ければその大きな繭（まゆ）の中で大きな蛹（さなぎ）となり、吐き出す繊維が少なければ小さな繭の中で小さな蛹となる。しかも周りに合わせて自然に。それが栄一の天稟（てんぴん）だと思った。栄一は自分で繭の大きさを自在に変えることのできる、稀有（けう）な蚕だった……蚕室（さんしつ）に紛れ込んだ天蚕（てんさん）かもしれなかった……

十八　由井正雪の乱

文久元年（一八六一）弥生（三月）二日、強い南風が吹く中を、二人の若者が中山道を東進していた。三度笠が煽られ、道中合羽がはためく。二人とも右手でしっかり三度笠を押さえ、左手で道中合羽の袷を握り締めた。

日本橋まで十七里（六十八キロ）、熊谷宿の手前に差し掛かった所で、二人は茶屋の床几に腰を下ろした。

「栄一、本当にいいのか？　二月も江戸へ行って、中の家は大丈夫なのか？」

喜作がほっとした表情で三度笠を取り、道中合羽を脱ぎながら訊いた。

「ああ、父上からは二十二にもなったら商売に専念しろといわれたが、百姓仕事が忙しくなるまでの二月だけ、江戸で学問させて下さいと頼み込んで、何とか許しを受けた。あ、団子を二串、頼む」

栄一も三度笠と道中合羽を脱ぎながら、茶を運んできた娘に注文した。

「かしこまりました」

「待て待て」

　盆を抱えて茶屋の奥に向かおうとする娘を、栄一が呼び止めた。

「団子二串は私の分だ。喜作さんは？」

「私も団子だ。ただし、一串でよい」

「はい。かしこまりました」

　娘は吹き付ける春一番に裾を乱されないように、片手で押さえながら奥へと消えた。

「長七郎は自分と同い年だが、幼少より撃剣は非凡であった。惇忠師は長七郎を撃剣家にするつもりらしい」

　喜作が茶を啜りながらいう。

「海保塾での学問の成績も優れていると師から聞いた。私も自分の学問が、江戸の名門塾でどの程度通用するのか、確かめてみたい」

　栄一も、長七郎を評した惇忠の言葉を伝えた。惇忠の八歳下の弟・長七郎は江戸へ出て剣術の稽古をしながら、海保章之助という儒学者の名の通った塾にも入っている。その長七郎を頼って、ぜひ江戸の空気に触れてみたいと、栄一と喜作は血洗島村を出てきた。百姓仕事をするだけでは、激動の時代に取り残されるような焦燥感が、二人にはあった。

「お待たせいたしました」

娘が、みたらし団子の串を載せた笠間焼の楕円皿を運んできた。

「一串四文、三串で十二文でございます」

「算用ができるのか。どこで習った？」

喜作が感心しながら尋ねた。

「門前の小僧、習わぬ経を読む。茶屋の娘は、真似て勘定する。ご存じないのですか？」

「誰の言葉だ？」

「江戸いろはがるたですよ。茶屋の娘はの部分は、私の勝手な綴りです」

ハハハハハ……喜作と栄一は声を揃えて笑った。

「よくできておる。ますます江戸での学問が楽しみになってきた」

栄一は懐から巾着を取り出すと、喜作の分も含めて十二文を盆の上に置いた。

「かたじけなし……」

「何の、何の」

栄一はみたらし団子の味と、大きかった串刺しの四玉の団子に満足して、道中合羽の衿紐を結び、三度笠の緒を強く縛った。

――今日中に大宮宿まで行くことができれば、明日夕方には下谷練塀小路（千代田区神田練塀町）にあるという海保塾に着けるだろう――江戸は初めてではなかったが、江戸の有名塾での学問は経験がなかった。多少の不安はあるものの、楽しみの方が勝っていた。

栄一と喜作は生温かい向かい風をものともせず、胸を張って顔を上げながら熊谷宿に向かった。中山道は人の往来が多く、大層賑わっていて、馬車や籠までが二人の背中を後押ししてくれているように思われた。ようし、今の世の中がどうなっているか、江戸でしっかりと見てくるぞ！

栄一の情熱はたぎり、足早に歩いても疲れは感じなかった。醤油と砂糖の甘辛い団子が、腹の中で新しい力になっていた。

弥生（三月）四日――

夜明けと同時に旅籠の二階で目を覚ました栄一は、急な階段を下りて厠へ立った。昨夜は、長七郎馴染みの一膳飯屋で、看板まで議論を交わした。栄一は酒は呑まなかったが、長七郎と喜作は、酒の勢いもあって、顔を赤くしながら大声で天下国家を論じた。周りにも大勢の酔客がおり、店は賑わっていた。宵五つ（午後八時）を過ぎても、あちこちに行灯が灯された店内は活気を帯び、血の気が多い男たちの濁声や胴間声が飛び交った。田舎で行われるところの祭事のようで、暮れ六つ（午後六時）には星の下でひっそりと静まり返る村とは、趣が違った。

用を足すと裏庭に回って、井戸の水を汲み、顔を洗う。江戸の水は血洗島村の水よりも微温く、緩く感じられた。血洗島村の水は、江戸の水よりもはるかに冷たく、清冽で、厳しかった。水の優しさに、栄一は江戸での学問も何とかなりそうな気がした。

栄一も喜作も、学問には少しばかり自信があった。手計村の尾高塾には、近在から向学心に燃える若人が集まってきていた。師の惇忠は武州でも十指に入る学者であり、教育者でもある。そこで学んだ自分たちは、海保塾の塾生たちに、尾高塾の学問水準の高さを示さなければならない。これまでの読書量は生半可なものではないはずだった。明日の学問所での漢文の講義が楽しみだった。今は往来物を用いて「孟子」を学んでいるという。

「孟子見梁恵王。王曰、『叟不遠千里而来。亦将有以利吾国乎』」

驚いた！　海保章之助に指名された武沢という年若い塾生が、孟子の原文を漢語で読んだ。

栄一の手元にも和綴じの孟子本があったが、音韻はうまく発声できない。栄一はただ文字を目で追いかけて、その意味するところを理解するだけだった。

「書き下し文にせよ」

章之助が塾生に命じた。

「はい。孟子梁の恵王に見ゆ。王曰はく、『叟千里を遠しとせずして来たる。亦将に以って吾が国を利する有らんとするか』と」

「よし。では次の所を、渋沢栄一、先ずは原文で読んでみよ」

「は、はいッ。孟子、た、対、対曰、『王何、ひ、必曰、利。え、亦有、亦有仁義……』」

「よし、分かった。もうよい。渋沢喜作、読んでみよ」

「も、もう、孟子、申し訳ありません。昨夜大声を出し過ぎまして、上手く声が出ません」

「出ておるではないか」

ハハハハハ……章之助の言葉に塾生の笑いが弾けた。

「中村、原文で読んでみよ」

「はい。孟子対曰、『王何必曰利。亦有仁義而已矣。王曰何以利吾国、大夫曰何以利吾家、士庶人曰何以利吾身、上下交征利而国危矣……』」

度肝を抜かれた。章之助に指名された中村は、武沢よりも流暢に読んだ。やはり栄一よりも若く、まだ二十歳前だろう。自分の漢文の読誦は、中村の足元にも及ばない。

「書き下しは」

「はい。孟子対へて曰はく、『王何ぞ必ずしも利と曰はん。亦仁義有るのみ。王は何を以って吾が国を利せんと曰ひ、大夫は何を以て吾が家を利せんと曰い、士庶人は何を以て吾が身を利せんと曰ひ、上下交利を征れば国危ふし……』」

歯が立たなかった。原文で読むことはおろか、その解釈の速さ、正確さにおいて栄一の技量を遥かに超えていた。喜作などは驚きのあまり、ぽかんと口を開けたまま、夢でも見ているような顔付きだった。他の塾生たちは平然としているところを見ると、中村や竹沢だけが特別抜きん出ているわけでもなさそうだ。海保塾、恐るべし……

栄一は考えを変えた――

これまで以上に学問に精を出す。寸暇を惜しんで読書する――という遣り方をあっさり捨てた。元より自分の狙いは、有名塾で自分の学問がどの程度に位置するかを計ることにあった。多少の自惚れもあって、海保塾を甘く見ていたが、それは大いなる間違いだったと気付かされた。しかも初日の最初の講義で……

自分は井の中の蛙だった。自分なんかよりも学問に優れた者は、それこそ星の数ほどもいる。それならば、全国の有志に交わり、才能のある者を、事あるごとに己の味方に引き入れた方が、手っ取り早いのではないか。

かの由井正雪が謀反を起こした時がそうではなかったか。

由井正雪の乱——慶安の変が起きたのは、確か慶安四年（一六五一）だから、二百十年も前になる。栄一は以前、由井正雪が武田信玄の生涯を描いたという実録本「慶安太平記」を読み、大いに感銘を受けた。由井正雪が武田信玄の生まれ変わりだとする設定や、「太平記」の楠木正成そっくりな性格、武者修行や奥州白石城下での仇討、天草島での幻術習得など読み物として、血湧き肉躍る傑作だった。由井正雪こそ英雄の中の英雄だった。由井正雪が江戸幕府を倒さざるを得ないのなら、それは江戸幕府の方に非があったに違いない……

慶長二十年（一六一五）、大坂夏の陣で豊臣家を滅ぼした徳川家康は、諸大名を伏見城に集めた。そこで第二代将軍・徳川秀忠の命という形で武家諸法度「元和令」十三ヶ条を発布する。

武家諸法度は、江戸幕府が諸大名を統制するために制定したものだった。

関ヶ原の戦であれほど功労のあった福島正則でさえ、元和四年（一六一八）、台風による水害で破壊された居城・広島城を幕府の許可なしで修復したことが、武家諸法度違反に問われた。元和五年（一六一九）水無月（六月）、正則は領地の安芸・備後（広島県）五十万石を幕府に没収され、信濃・高井郡（長野県）と越後・魚沼郡（新潟県）四万五千石に転封されてしまった。

福島正則のような有力大名でさえ、改易されたのを目の当たりにした大名たちは、震え上がった。些細な違反で減封されたり、移封、転封される大名が続出した。

改易で領地を没収された大名やその大名に仕えていた家臣は、生活に窮し、浪人にならざるを得ない。度重なる改易で、全国の町中に浪人が溢れた。

元和七年（一六二一）、十七歳で生まれ故郷の駿府（静岡市）から、江戸の親類の元へ奉公に出てきた若者がいた。由井民部之助 橘 正雪。学問への情熱をたぎらせた正雪は、艱難辛苦の末、軍学者となる。やがて江戸で開いた軍学塾は、評判を呼び、最盛期は門弟三千といわれるまでになった。

正雪の実家が、駿河国由井（静岡県静岡市清水区由井）の紺屋であったことも、栄一に親近感を抱かせた。栄一にとって染物屋は、どこにあっても気が置けない商売仲間だった。

寛永十二年（一六三五）、第三代将軍・徳川家光は武家諸法度「元和令」に補足・追加した武家諸法度「寛永令」十九ヶ条を発布する。この寛永令では、参勤交代を義務付け、五百石以上の大船の建造を禁止、不実な行為で主家から放逐された家臣を、他家が召し抱えることの禁止など、諸大名に対してより厳しい定めが加えられた。少しでも違約があれば、容赦ない改易の仕置きが待っている。武力を盾にした恐怖政治だった。

慶安四年（一六五一）、第三代将軍・徳川家光が死去、当時十一歳の徳川家綱が第四代将軍に就任した。幕府には幼い家綱の補佐役として、保科正之という極めて有能な老中がいたものの、武家諸法度に依る苛烈な武断政治は、もはや限界に達していた。

正雪の、幕府の強圧的な武断政治に対する憤りは、凄まじかった。十一歳の家綱が将軍職に就いたのを見計らって、正雪の決意は揺るがぬものとなる。幕府打倒と浪人救済を掲げた正雪の元へは、宝蔵院流の槍術家・丸橋中弥、長州藩（山口県）毛利家で小姓を務めていた金井半兵衛、陸奥（青森県）出身の武士・熊谷直義などが即座に駆け付けた。三人とも正雪の軍学塾「張孔堂」の高弟であり、その影響力も大きく、他の門弟たちの信頼も厚い。三人が首謀者の中心に加わって、幕府打倒の機運は一気に高まった。

先ずは正雪によって、幕府打倒の草案が示された。

最初に、丸橋が配下の者を率いて幕府の火薬庫を爆破し、火事を起こして江戸の町を火の海にする。続く金井は、大混乱となった江戸市中を鎮めようと、江戸城から出てきた幕府要人を、門弟とともに鉄砲や槍で討ち取る。正雪と熊谷は各地で浪人を集めながら京へ上り、天皇に拝謁して幕府討伐の勅命を出してもらう。正雪の反乱軍は、官軍となって地方を制圧していく……

この過激で壮大な倒幕計画は、決起寸前に、正雪側の浪人によって幕府に密告される。計画に参加した指導者と浪人たちは、全員が捕縛され、処刑されてしまった。

ただ一人、江戸を脱出できた正雪も、故郷の駿府の宿で、江戸から追及してきた町奉行の同心に見つかってしまい、十数名の捕り方に囲まれて、自刃した。享年四十七歳。

栄一は二百十年も前の由井正雪の乱に心酔していた。乱自体は無謀とも思われる謀だったが、己の身を案ずることなく、権力を振るう幕府に立ち向かう正雪の姿勢は、凛々しかった。自己犠牲は尊く、打算を排した精神は高潔だった。

海保塾での学問仲間以外に、剣客の同志を得るため、栄一は神田・於玉ケ池（千代田区岩本町）にあった剣術道場・玄武館に入門した。道場主は北辰一刀流の創始者・千葉周作の次男、千葉栄次郎だった。

千葉周作は、天保十年（一八三九）に、第九代水戸藩主、烈公・徳川斉昭に請われて、水戸藩の剣術師範となった。二年後には、馬廻役（親衛隊長）として百石（米二百五十俵）の扶持を受けている。

次男の栄次郎と、三男の道三郎も、後にそれぞれ水戸藩の馬廻役となった。北辰一刀流は、水戸・尊王攘夷派の主流剣術となった。勤王に心酔していた栄一は、道場に通いながら、ますます攘夷思想を強めていった。

北辰一刀流――玄武館で指南された剣術は、それまでの形稽古中心の剣術と違って、竹刀と防具を使用しての組太刀である。その合理性に富んだ実践的な剣術は、他流派が十年かかる修業を五年で修了できるといわれた。実際、長七郎などは、千葉道場に入門してまだ五、六年しか経っていないはずだが、大兵の上に腕力もあり、剣技も冴え渡って、千葉道場でも重きを成す高弟となっていた。当時、江戸には三大道場と称された「技の千葉・玄武館」「力の斎藤・練兵館」「位の桃井・士学館」があったが、長七郎の剣術は、他道場からも一目置かれる存在となっていた。

栄一は、剣術を稽古するために、玄武館に入門したものの、やはり初日に音を上げてしまった。

礼節を尊び、自己鍛錬を実践するという精神は、十分に理解できたが、いざ実技になると、すぐに己の未熟さを思い知らされた。

座礼をしようと、正座した瞬間に、栄一は相手との技量の違いに気付かされた。相手は道場での修行年数が二年足らずの真田という若者だったが、背筋を真っすぐに伸ばした姿勢にはいささかも緩みがなく、面越しに射貫くような視線が栄一の双眸を捉えた。

帯刀から蹲踞の姿勢に移る時も、全く揺らぎがなく、両踵を上げても重心が安定している。そのまま、両肩を引き上げて立ち上がると、遠間の間合いを取る。栄一も打てないが、相手も打てない距離。相手の目を離し、面と小手に視線を移した瞬間だった。

面ッ！　バシッ！　相手の身体が左脇を疾風のように駆け抜けていた。額に衝撃が残っており、意識が霞んだ。真田は間合いを、一瞬にして遠間から一足一刀の間、さらには近間へと移行させていた。目にも止まらぬ早業で強く踏み込みながら面を打突し、栄一が気付いた時には、真田は栄一の背後で再び中段に構えていた。

脳天が痺れて、視界がぼやけた。焦点が定まらない。

小手ッ！　パクッ！　振り返った栄一の右手首に痛みが走った。真田は面の後、中段から大きく振りかぶり、裂帛の気合とともに、物打ちで正確に栄一の小手筒を叩いてきた。右手が肩までジーンと痺れ、指先がプルプルと痙攣した。竹刀が床を転がっていった。

「ま、まいっ……」

胴ッ！　パァーンッ！　右脇腹に衝撃が走って息が止まった。呼吸ができない。肩を上げて大きく息を吸い込もうとしたが、儘（まま）ならなかった。栄一はその場にしゃがみ込んだ。

　真田との稽古を見ていた長七郎が近付いてくると、栄一の左腕と肩を支えて道場の隅に運んだ。慣れた手付きで面と胴を外す。垂（たれ）の前帯も解くと、臍（へそ）の前で引っ張って腹での呼吸を促す。ヒューという笛を吹くような音がして、呼吸ができた。少し楽になった。

「そのまま、しばらく横になっておれ」

　長七郎が、栄一の小手を外しながらいう。栄一の様子を窺（うかが）っていた真田が、栄一の竹刀を拾ってくると、左脇に置いた。

「範之助（はんのすけ）、水を汲んで参れ」

「はい」

　真田範之助は、素早く面を取ると、井戸へと向かった。長七郎は、栄一の腰板（こしいた）を下げ、道着の外紐と内紐を解いて袷を広げる。栄一の呼吸に合わせ、両方の掌（たなごころ）であばら骨の内側を静かに深く圧（お）す。段々呼吸が楽になってきた。

　真田が手桶に水を汲んで戻ってくる。

「栄一の手拭を濡らして額に載せよ」

「はい」

真田は、栄一が頭に巻いていた手拭を濡らすと、竹刀を握るようにして絞った。栄一の額に載せる。スーッと涼風が吹くように、意識が戻ってきた。

冷たい手拭の感触が心地よかった。背中に、強く床を踏み込む振動が伝わってくる。下腹部に力の入った大きな掛け声も絶えない。摺足（すりあし）の連続する運びが、細かな振動となって、床を震わせている。踏み込み足の響き。竹刀の当たる音。充実した気合。気迫のこもった掛け声。打突音。スパーンという抜（ぬ）き胴（どう）の大音響。ドンという足裏全体に体重の乗った重低音……さすが千葉道場だ。自分がこれまで稽古してきた剣術などは、戯（ざ）れ事（ごと）に過ぎない。十年かかっても真田の足元にも及ばないだろう。ましてや長七郎など、剣術に関しては雲の上の存在だ……

「栄一、範之助と対峙（たいじ）した時、どこに目を付けていた？」

「……最初は、真田殿の目を見ていましたが、途中から面と小手を見てしまいました……」

「遠山（えんざん）の目付（めつけ）という言葉がある」

「聞いたことがあります。遠くの山を見るように相手を見ろ……」

「そうだ。竹刀の先や手元を見ると、かえって相手の動きに惑わされる。全体を見ることが肝心なのだ」

「判りました……」

栄一は、以前父がいった言葉を思い出していた……栄次郎、胸を張って遠くを見よ。足許(あしもと)ばかり見ようとすれば、ついつい俯(うつむ)いてしまう……

「範之助、心眼(しんがん)とはどういうことだ？」

「はい。心眼とは――物は眼(め)で見るに非(あら)ず。心で観(み)るべし。是(こ)れ即(すなわ)ち心眼という」

そうだ。真田はその教えを実践(じっせん)できている。自分は真田より年上なのに、全く実践できていない。エエイッ！　何をしている、渋沢栄一ッ！

だが……自分の限界を知ると同時に、良友と交わることで、他人の才能を自分のものとすることができる。己の小ささは、良友と同一になることにより、遥かに大きくなっていくものだと気付かされた。人は、独りにして生きていくものに非(あら)ず……

十九　攘夷思想

文久元年（一八六一）皐月（五月）、血洗島村に帰った栄一は、江戸に行く二カ月前とは人が変わったようになっていた。

元々が十七歳の頃より、権威を笠に着る役人や、年貢や御用金を納める百姓、商人をないがしろにする代官などは、鼻持ちならなかった。己の受領する扶持米が、百姓や町人からの年貢や徴税で賄われているのに、身分制度に縋り付いて威張るだけの武士は、単に搾取するだけの能無しではないか。役立たずではないのか。筆舌に尽くしがたい労働を強いられている百姓こそ、その苦労が報われるべきではないのか……

栄一は流行り病に罹ったように、熱にうなされながら国の行く末ばかりを案じた。肝心な蚕や藍玉作りの百姓仕事、家計を支える藍の買い付けの商売にはいささかも身が入らず、惇忠の家に行っては、攘夷思想の実現策などの議論に熱中した。

市郎右衛門は父として、中の家の当主として、栄一の行動をはらはらしながら見守っていた。憂国の志士を気取って、幕府の腐敗を糾弾し、攘夷に邁進する栄一の言動は、危険極まりなかった。幕府の役人に、いつなんどき捕縛され、投獄されても不思議ではない。

栄一の場合、万事の思想が開国を主張する幕府討伐に向けられ、百姓仕事と商売は全く目に入っていない。たびたびきつく叱るものの、二十二歳にもなった一角の男子が、素直にその考えを変えるわけもない。栄一は、遠方からの渡り鳥が日本で成長した後、郷里を目指して長躯飛翔するように、その理想とするところへ還ろうとしているのかもしれぬ。それに以前、遠くを目指せといったのは、何を隠そう、自分ではなかったか……

市郎右衛門の頭の中では、栄一の、理想に向かって一直線に突き進む挙動が、大変な心配の種であり、同時に嬉しさでもあった。身体の大きな白鳥は、海を渡って清国を越え、さらにその北の露西亜国まで飛翔するという。危険はあろうが、もはや自分の手元に置いておくことは叶わない。それは自然の摂理に反することなのだ——市郎右衛門は、無理やり自分に言い聞かせて、栄一の無謀な所業を己に納得させようとした。破天荒な振る舞いは栄一の美徳でもあるのだ。昔からそうではなかったか……

江戸の有名塾へは、全国から多くの攘夷論者が入れ代わり立ち代わり訪れるようになっていた。栄一はその噂を聞きつけると、百姓仕事も藍玉の商売もほっぽり出し、江戸へ飛んで行った。攘夷論者の主張に耳を傾けると同時に、発言を求め、夢中になって時勢を論じた。薩摩藩(さつまはん)の中井弘(なかいひろし)、萩藩(はぎはん)の多賀屋勇(たがやいさむ)、宇都宮藩(うつのみやはん)の広田精一(ひろたせいいち)、水戸藩(みとはん)の戸田六郎(とだろくろう)らが、表向きは文学修業などと偽って、付け焼刃の漢詩や和歌を披露していた。しかし、聴衆に紛れ込んでいた幕府の役人が姿を消すと、時勢が論じられ、栄一も熱く攘夷の正当性を述べた。

この頃栄一は、水戸(みと)の烈公といわれた、徳川斉昭(とくがわなりあき)に心酔していた。第九代水戸藩主となった斉昭は、水戸学の大家である藤田東湖(ふじたとうこ)を側用人(そばようにん)として招き、その思想を藩の精神的柱として、藩政改革にあたった。東湖の水戸学は、特に無垢(むく)な若者に熱狂的に受け入れられた。

栄一もこの時期、東湖の著書「弘道館記述義(こうどうかんきじゅつぎ)」「常陸帯(ひたちおび)」「回天詩史(かいてんしし)」「正気歌(せいきのうた)」を貪(むさぼ)るように読んだ。それらの著書は、本居宣長(もとおりのりなが)の国学を大幅に取り入れて、尊王を絶対視している。武士のみならず全ての階級の民が、自ら天下国家を論じ、関与することを求めていた。百姓は百姓仕事だけに精を出せばいい、という幕府の方針を真っ向から否定している。

東湖に代表される水戸学は、吉田松陰らの尊王攘夷派の精神的・理論的拠り所となった。栄一もその思想の基盤は、惇忠と、東湖の水戸学から学んだところが大きい。

礼儀作法に厳しかった斉昭は、水戸家を相続すると同時に、農業こそが社会や国の基本であるという農本主義を唱えた。百姓や五穀へ感謝の気持ちを示し、倹約を唱え、毎年受けていた幕府からの一万両の援助も返上した。領地で上がる三十五万石で、政も武士階級の暮らしも全て賄うべきであって、奢侈を禁じ、質素に努めるよう触れを出した。

栄一が斉昭の思想に共鳴したのは、取りも直さず斉昭が自ら、その理想とするところを実践してみせたことだった。斉昭は率先して粗衣粗食に甘んじ、範を垂れた。その後で諸役人に持高に応じた生計を立てさせ、忠勤を説いた。

栄一には、斉昭の姿勢が理想的に見えた。自分もあのようにならねばならぬ。噂に聞く烈公の潔癖な政こそ、国を救う道だ。賄賂などに目もくれず、不正を断じて許さず、己の信念を貫き通す、そのためには多少の個人的な犠牲は仕方がない。家族とて、主の清廉な行いには、一目置くはずだ。大事を成すということは、小事に拘らぬことなのだ。

文久元年（一八六一）文月（七月）朝五つ（午前七時）、四日続いた青天の日に栄一は家族に遅れて畑へ向かうと、藍の一番刈りをした。昨夜は斉昭の「土着の儀」を読み耽っている間に、一番鶏の鳴き声を聞いた。誰もいなくなった台所で、慌てて飯と胡瓜の味噌揉みを掻き込み、道具蔵に駆け込んだ。背負い籠の中に背負子や鎌を放り込んで、家を出る。

――軽輩の藩士を用いて藩政を改革し、藩士の土着を促す。農村の救済に穀倉の設置を推し進める。斉昭の行い全てが、栄一の胸中と一致した。つくづく斉昭の施政に感嘆した。栄一は畑に向かいながらも、その眼は畑への道ではなく、遠くの空に向けられていた。

数年前の夏、惇忠師から和国の程（広さ）について、説いてもらったことがあった。師曰く、「大日本沿海輿地全図」を作成した伊能三郎右衛門忠敬によると、日本がある地球という星は丸く、数多の異国があり、和国などは九牛の一毛に過ぎないという。そしてさらに、地球という星でさえ、三千大千世界の中では、砂浜の一粒の砂に過ぎないのだと。だが、それを知ることは無駄ではないということも……

畑では、四、五日ごとの雨と好天に恵まれて、藍の葉が鮮やかな緑色になっていた。十分に生育した藍の畑の中ほどで、家族が背を丸めながら藍葉の刈り取りをしている。
栄一も地際三寸（九センチ）のところで刈り取った二尺（六十センチ）の藍の茎葉を、畝の間に並べていく。一畝刈り終えると、背負い籠に移して畑の角の畔に運んだ。何度か運んで大量になると、刈り取った茎葉を背負子に山のように括り付け、家へと向かう。十五貫（六十キロ）はあるだろうか。

汗びっしょりになって、屋敷の入口近くにある弐戸前の土蔵に運んだ。

屋敷内の土蔵は四戸前まであって、壱戸前は米蔵、参戸前は道具蔵、四戸前は一階が奥座敷、二階が宝蔵となっていた。弐戸前の藍蔵は、大谷石を積み上げた半地下の造りで、藍葉の貯蔵、藍玉の製造に使用されている。
父と母、ちよと一緒に、十歳年下の妹・ていも初めての藍葉の刈り取りを手伝い、蔵へと運んできた。皆で土蔵の大谷石の窪んだ床に、藍の葉を拡げている。栄一もすぐに葉を拡げて、乾きやすいようにならす。父母とちよの手際の良さを見習って、ていも懸命に葉を拡げている。

「眠くはないか?」

父が手を動かしながら、栄一に聞いてきた。

「平気です」

「そうか。あまり無理をするな」

意外だった。朝寝してしまったことを、父に咎められると思っていた。母も、ちよも、年の離れたていでさえもその眼差しは優しく、労わるような表情だった。ひょっとして、皆、私のことは諦めてしまったのだろうか。いくら意見されても、一向に家業に身が入らず、国事に奔走したいという断ち難い思いを変えることはできないと、悟ったのだろうか。

栄一は葉を拡げながら、ちよの様子を窺った。ちよは菩薩のような笑顔で、黙々と藍葉を拡げている。だが、この笑顔に騙されてはならなかった。

ちよは裏も表もなく、竹を割ったような性格だった。損得で動くことはせず、己の信念に沿って行動した。その代わり自分に道理があると思えば、一歩も引かない。その場を繕うために、心にもないことを平気でいうような女子ではなかった。女子にしておくのは勿体ないような女子だった。妥協を好まぬ栄一は、いい女房を貰ったと思っていた。

「ちよ、少しばかり肥えたのではないか？」

栄一には、ちよの体型が以前よりもふっくらとしたように見えた。

「そうかもしれませぬ」

ちよの返事に、母が手を止めて、呆れたように栄一の顔を見た。

「栄一、日本国の将来も大事だろうが、もっと己の足元を見つめてはどうじゃ……」

「えい、栄一には栄一の生き方がある。束縛してはならぬ」

「……」

父の言葉に、母が黙り込んだ。

――すみませぬ、母上。私にはやりたいことがあります。百姓や商売ではなく、私は別の方法で国のお役に立ちたいのです。五年後にはそれが何であるか、きっとお目に掛けてみせます
……

ちよは、栄一はやはり繋いでおくことができない暴れ馬だと思った。単馬房に入れても、馬栓棒をかっても、大人しくさせることはできないだろう。だが、時には暴れ馬が駿馬に優ることだってあるのではないか。乱世では、一日に千里を走るという麒麟に、駑馬が勝つことだっ

てあるかもしれない。私は麒麟に勝つ駑馬に賭けてみよう。駿馬に優る暴れ馬を育ててみよう……

葉月(はづき)（八月）になった。青空高く入道雲が湧き、蝉時雨(せみしぐれ)がかまびすしい。

かんかんと日差しが注ぐ藍の畑で、栄一は六尺（一、八メートル）の天秤棒(てんびんぼう)を担(かつ)ぎ、畝(うね)の間の溝を歩いていた。天秤棒には、前後に径一尺（三十センチ）、深さ一尺三寸（三十九センチ）の桶が提げられ、中に鰯(いわし)や鰊(にしん)の〆粕(しめかす)が入っている。栄一の真後ろを歩くちよが、四尺（一、二メートル）の柄杓(ひしゃく)で〆粕をすくい、藍葉を刈り取った後の畝に撒(ま)いていく。高温の大気中で、青魚の発酵した臭いが鼻を衝(つ)く。人にとっては不快な臭いでも、藍にとっては欠かせない大切な栄養の一つだ。先月一番藍を刈り取った後のお礼肥(れいごえ)で、七寸（二十一センチ）程の茎葉(くきば)は、一カ月後の長月(ながつき)（九月）には二尺（六十センチ）にまで成長し、二番刈りができるだろう。それまでに、お礼肥と水をたっぷり与えなければならない。藍は手を掛ければ掛けた分だけ、より多く分岐し、葉が大きく厚くなる。正直な草木(そうもく)だった。

二町（二ヘクタール）の藍の畑に〆粕を撒き終えた時には、太陽が山の端に傾いていた。ちよは炎天下の野良仕事で、疲労困憊していた。足を引きずるようにゆっくり歩くちよに合わせて、栄一ものんびり歩いて家路についた。柿色の夕陽に照らされたちよは、また一段と肥えたように見える。昼間の疲れもあろうが、ひどく足取りが重そうだ。ちよは、身の丈五尺（百五十センチ）、目方十三貫（五十二キロ）の栄一より一回り小柄なのに、腹回りがぼてっとしてきていた。食物の中身を変えて、飯粒を減らし、畑物（野菜）を多くした方がいいのではないか。明日にでも母上に計ってみよう。今晩は汗を拭いたら、惇忠師の元へ行かねばならぬ……

栄一は家に着くと、天秤棒と桶と柄杓を参戸前の道具蔵へしまい、井戸に向かった。下帯も外し、裸になって頭から冷たい水を被ると、身も心も引き締まった。すっきりと目覚めた頭で、今夜のあらましを思い描いた。

今宵は惇忠師から、京にあるという学習院について、教えを請わなければならぬ。弘化三年（一八四六）に創立された公家子弟の教育機関である、ということは聞いているが、幕府の凋落に伴い、和漢や徳育の教育から尊王思想を鼓吹する拠点になっているらしい。そこでの教育の目的を確かめねばならぬ。惇忠師なら細かく知っているであろう。

栄一は着物を着て母屋へ戻ると、竈に残っていた蒸し芋を手掴みで喰いながら、提灯を提げて表へ出た。

囲炉裏端で横座りになり、食欲がなくとも何とか夕餉を口に入れているちよの姿は、栄一の目には入らなかった。呆れた母の詫びるような視線に、ちよは微笑みながら、静かに頷いた。それは、手の掛かる童を見つめる母親の眼差しに似ていた。いずれ栄一も気付くであろう。あと半年で曲がりなりにも父親になるのだから……

二十　初産

文久二年（一八六二）如月（二月）、寒風の中、中の家ではなかを除いて、藍の種蒔きに追われていた。栄一も連日、朝からずっと鍬で土を耕し続けた。藍の苗床は、日当たりと水はけが良くなければならない。日当たりが悪いと、ひょろひょろと茎が細くなり、植え替えても丈夫な藍には育たない。水はけを良くするために、苗床の土は細かく、軟らかくする必要があった。日を追うにつれ、栄一の背中と上腕に不快な張りが残り、腰の痛みがひどくなった。ちよも大きくなった腹を揺すりながら、栄一の後から鋤き返していった。

苗床は藍畑の一角を軟らかく耕し、土を寄せて畝を作る。畝の中心線に指で三分（九ミリ）の深さの穴を開け、去年の神無月に採取した種を五、六粒ずつ蒔いていく。父と母、ていが、開けた穴に次々と点播し、うっすらと土を被せていく。

弥生（三月）に間引きし、皐月（五月）を待って苗三本ずつを、一反歩（一、〇〇〇平方メートル）の畑に五千株ずつ植え替える。一家総出の繁忙期を迎えて、病弱なかも、家で炊き（飯炊き）、清め（掃除）、清まし（洗濯）を受け持っていた。

病に侵されていたなかが、父に連れられて転地保養かたがた、上野（群馬県）の室田（榛名町）に出掛けたことがあった。九年前、なか十九歳、栄一が十四歳の時。なかは症状から疱瘡らしかったが、治療薬はなかった。なかが父と一緒に療養で留守にしていた間に、家ではなかの病を心配した祖母・まさの勧めで、修験者三人に禊教の祈祷を依頼したことがある。修験者たちは、中の家の飯炊女を神のお告げを仲立ちする中坐に仕立て、いろいろとお伺いを立てた。即ち、なかの病の因果はいずれに拠るものでありましょうや？　当家の病人には何らの祟りがありましょうや？　祟りを清めるにはどのようにすればいいのでしょうか？

中坐役の飯炊女が告げるには、この家には金神と井戸の神が祟っている。またこの家には無縁仏があり、それが祟りをする。祟りを清めるには、祠を建立して祀らねばならない、という。

栄一は最初からこの祈祷とお告げに胡散臭さを感じていた。修験者たちは、金儲けのために祠を建立させようとしているのではないか？

そこで栄一は、無縁仏の出た時は、何年前のことでありましょうか。祠を建てるにもその時が分からなければ困ります、と尋ねた。すると、中坐はおよそ五、六十年前であると答える。栄一は重ねて、五、六十年前なら年号は何でありますか、と問い質した。中坐曰く、天保三年の頃……

栄一は即座に、中坐の間違いを正した。天保三年というと、今から二十三年前でございます。霊妙に通ずる神様が、年号を誤るなどとは、所詮取るに足らぬものでありましょう。しかし、栄一の言葉はすぐにまさに遮られた。

――栄一、そのようなことを申すものではない。年端もいかぬ者がさようなことをいうと、神罰が当たろうぞ。苦労を知らぬ若輩者が、山中で敬虔な修業を積んだ修験者さまを疑ってはならぬ――

栄一は納得できなかった。若輩者だろうが修験者だろうが、関係ない。

……この一事は誰が見ても明白な道理で、満座の人々も興の冷めた表情で、修験者たちの顔を見つめた。間が悪くなった修験者たちは祠を建てる、祀りをするということを中止した。栄一は修験者たちから、この悪童が！　といわんばかりの顔付で睨まれた。栄一は正しい知識もなく、神様を出しに使って、金を得ようとする修験者たちが我慢できなかった。神様の遣いであるという修験者よりも、牛馬のような働きをして作物を作る百姓たちの方が、大地を踏み締めて生きている正直者に思われた……

昔から強かった栄一の正義感は、ますます強靭なものとなっている。正義は栄一にとって、何物にも代えがたい大事なものだった。二十三歳になった栄一は、正義の実現には手段を選ぶべきではないと考えていた。たとえ自分の身を滅ぼしても、義は果たさなければならない――若者特有の純粋な理想が、栄一の胸で燃え盛っていた。その高遠な理想が、現実とはしばしば食い違うことに、栄一は気付いていていない。

如月（二月）の空風が吹き荒ぶ中、栄一はその日の藍の種蒔きが一段落すると、取るものもとりあえず惇忠の家に出かけた。十日余りの月が出ていて、道を照らしている。毎日毎日があっという間に過ぎていた。惇忠の家に着くと、後ろを振り返り、誰にも後をつけられていないのを確かめてから、素早く木戸を潜る。直接二階へと向かった。

ドンドンドン、ドシドシドシ、ドンドンドン――わざと大きな音を立てながら、階段を上がる。階段を上がりきると、右手に八畳の間があり、その奥に床の間や押し入れの付いた八畳の間があった。奥の部屋は三十四坪（百十二平方メートル）もある尾高家の二階、西南の隅に位置している。階段を上がってくる足音が聞こえると同時に、階段を上がりきっても、手前の八畳を横切らない限り、直接には踏み込めない配置になっていた。

この部屋ではこのところ毎晩、密議が行われていた。

その晩も行灯を取り囲んで、十名の者たちが、正座して円陣を作っていた。輪の真ん中、行灯の側には、正月十五日に起きた坂下門外での斬り付けを知らせる巻紙が、広げられている。

さらに、早飛脚が届けてきた新しい文には、緊急事態が書かれており、惇忠が周りの者に読んで聴かせた。

「……此書状師ニ届キシ候頃ハ　拙者鴻巣宿ニ泊マリ居候
朝明ケヨリ伝馬ニテ道ヲ急ギ候ハバ　朝五ツ（午前八時）頃到着致シ候
子細ハ到着後ニ詳説セシガ　此度危急ノ事態発生セリ
大橋訥庵捕縛サレ　尾高長七郎ニ逮捕ノ沙汰下セリ……」

「……逮捕の沙汰……」

惇忠の声が震えた。先刻までこの場にいた長七郎は、桜田門外での斬り付け事件の詳細を確かめるために、半刻（一時間）前に月明かりの中を、江戸に向かって発ったばかりだ。そして長七郎と入れ替わるように、早飛脚の文が届いた。

「惇忠様、私がこれから長七郎さんを追いかけて、江戸に入る前に長七郎さんに事のあらましを伝え、江戸とは逆に向かわせます」

「すまぬ。長七郎が捕縛されたら、我らの謀も水泡に帰してしまう」

「何とかします」

「頼んだぞ。これはわずかばかりだが……」

　惇忠が懐中から巾着を取り出すと、一分銀四枚を栄一に握らせた。一分銀四枚は一両の価値がある。栄一は、路銀を自分の巾着に仕舞うと、立ち上がって太刀を差した。

「では、行って参ります」

「おお、気をつけてな」

「夜の道中を怪しまれぬように、明かりを灯したほうがよいでしょう」

　真田範之助が火を入れて渡してくれた提灯を提げると、栄一は階段を駆け下りた。すでに宵五つ（午後七時）を過ぎている。早く長七郎に追い付いて、江戸行きを止めなければならない。栄一は早足でももどかしく感じられて、時々駆けた。

青い月の明かりが照らす中山道を、栄一は白い息を吐きながら急いだ。冬のこの時刻では、江戸から下ってくる者も、上っていく者もいない。稀に人と出会うのは、まとまった集落で、拍子木を打ちながら夜回りをしている老爺ぐらいだった。その夜回りも、提灯を提げた栄一に気付くと、伏し目がちに会釈して、そそくさと辻を曲がった。曲がった辻の陰から、こちらの様子を窺っているのだろう。栄一は怪しまれないように、見られている間は寒気に耐えて、ゆっくりと歩いた。しかし、視線は遠方一点に定め、さも用事があって歩いているというふうに装った。背中が緊張した。

夜回り以外にも、町の見回りをしている夜番の目明しとすれ違った。狐のような顔をした目明しは、二本差しの栄一を認めると、袖を打ち合わせて胡麻をするように通り過ぎた。しかし、すれ違いざまに一瞬、横目で栄一の着物の紋や刀の柄糸を見て、品定めをした。

栄一は町内を抜けると、再び歩を速めた。江戸に入られてしまっては、長七郎を見つけられなくなる。間もなく熊谷宿に着く。

下手計村の尾高家を出てから一刻（二時間）後、四里（十六キロ）離れた熊谷宿に着いた時だった。突如、祠の後ろの闇の中から二つの影が現れた。咄嗟に栄一は左によって、影たちをやり過ごそうとした。が、影たちも左によって栄一の行く手を阻む。その距離、五間（九メートル）。反射的に今度は右に寄った。影が同時に右に動く。距離、三間（五メートル）。明らかに敵意を持っている。邪悪な意志。影の左手が動く。カチッ！　鯉口を切る音がした。拙い……栄一の脳裏を降りかかる白刃がよぎった。思わず後ずさる。影の一つが音もなく背後に回った。背中からも殺気を感じる。背中がぞくっとした。前後を挟まれた。音を立てない素早い動きは、技量の高さを窺わせる。正面の影も見事に、栄一が手にした提灯の明かりの外に、身を置いている。隙のない立ち位置。手練だ。恐怖で膝が震えた。

　正面の影の身体がぶれて幾重にも重なった。複雑な斜め送り足で、一気に影が迫ってきた。近間の間合い。ビュッ！　太刀を振り下ろした音は、背後からだった。後ろの影が低い姿勢で、栄一の右脇を抜けていくと、太刀を握ったままうつ伏せに倒れ込んだ。

　正面の影が踏み込んでくるのと同時に、栄一は奥襟を引っ張られてひっくり返った。提灯が黒い宙に舞う。影が振り下ろした太刀は、栄一の鼻先三寸（九センチ）の闇を切り裂いた。シャッ！　同時に影の額から液体が迸り出て、ビシャッと栄一の顔にかかった。鉄分を含んだ血の臭いがする。噎(む)せた。影がのけ反ると、大きな案山子(かかし)が倒れるように、真っすぐ後ろに倒れた。ドスン！　暗い地面に仰向けとうつ伏せの人体があった。空気中に血の臭いが漂っている。二つの影はピクリともしない。

アワワワワワ……栄一は腰が抜けて、立ち上がることができなかった。が、背後に人の気配を感じたかと思うと、奥襟を握った手が、栄一を吊るして立ち上がらせた。奥襟の手が離されると、聴き慣れた声がした。

「怪我(けが)はないか？」

そう訊きながら、大兵が、仰向けに転がった人体の着物の袖で刀の血を拭(ぬぐ)った。刀を収めた武士は長七郎だった。

「エ？　長七郎さん？」

「栄一、其方(そなた)一人か？」

「ハ、ハイ。長七郎さんが発った後、は、早飛脚がきて、ふ、文が届いて、す、すぐに知らせなければと、急いで」

「待て。ここで長話(ながばなし)はまずい」

長七郎は、うつ伏せと仰向けの二つの人体の口に耳を寄せて、その死を確かめると、両方の屍の懐から巾着を抜き取った。

「長七郎さんッ！」

栄一は思わず咎める口調で、大きな声を発した。シーッ……長七郎は口に人差し指を当てて、栄一を黙らせた。

「物取りの仕業に見せるためだ。場所を変えよう。ついてこい」

長七郎は、月明かりに照らされた道から外れて、暗い杉木立の中に分け入った。夜目が利く獣のように、草叢に草鞋を取られることもなく、ずんずん進んでいく。栄一は必死になって長七郎の後についていった。


鬱蒼とした杉林の中で、長七郎が歩みを止めた。傾いだ倒木に二人並んで腰を下ろす。

「ここなら、今時分くる者もいないだろう。話を聞かせてくれ」

「はい。早飛脚が届けてきた文というのは……」

栄一は、大橋訥庵が捕縛されたこと、長七郎にも逮捕の沙汰が下ったことを伝えて、江戸行きを止めるように進言した。

黙って栄一の話を聞いていた長七郎が、おもむろに立ち上がった。

「よく知らせてくれた。このまま江戸に向かっていたら、遅かれ早かれ捕縛されたであろう。果たして拷問に耐えて、密議を守り通せたかどうかも分からぬ」

「ここのところは、日本橋とは逆に信州路を通って京へ上り、嫌疑を避けるのが上策かと」

栄一も立ち上がって進言した。

「兄者の考えは？」

「私と同じです」

「あい、分かった。兄者も栄一もそういうのなら、従おう」

「それから、これは、惇忠様から預かってきたものですが」

栄一は懐から巾着を出すと、巾着ごと長七郎の手に握らせた。

「嘘を申すな」

「嘘ではありません。わずかばかりだが、と仰って私の手に」

「兄者の巾着は芋で拵えてある。外から触れただけで、凡その中身が分かるようになっておるのだ」

「……一分銀四枚を預かりました」

「それは其方(そなた)の路銀としてであろう。私は先程の凶賊(きょうぞく)の金子(きんす)で、暫(しばら)くは喰(く)い繋(つな)ぐことができる。このまま、ここで別れよう。達者でな」

「長七郎さ……」

長七郎は夜風のように、杉木立の中に姿を消した。


栄一が下手計村の尾高家に戻ったのは、夜九(よるここの)つ（午前零時）近かった。

栄一は熊谷宿で凶賊に襲われたこと、長七郎に助けられたこと、長七郎が江戸行きを止めて京へ向かったことなど、一部始終を惇忠たちに注進すると、尾高家を出た。

身体は疲弊していたが、頭は高揚していた。世の中を変革するという野望が脳内を占め、気力が漲(みなぎ)っていた。月明かりに照らされた栄一は、勤王(きんのう)の志士の気分で家路を辿(たど)った。


下手計村の西七町（七百メートル）、血洗島村(ちあらいじまむら)の我が家に着いた時、栄一は眼を疑った。

松明が置かれた正門の奥に見える母屋は、家中で蝋燭(ろうそく)や行灯が灯され、こうこうと輝いていた。栄一が藍の種蒔きで使った鍬(くわ)や鋤(すき)を、背負(しょ)い籠(かご)に入れたまま道具蔵(どうぐぐら)に置き、一目散に下手計村の尾高家に向かったのは、入り日が没しようとする暮(く)れ六(む)つ（午後五時）だった。それから四刻（八時間）も経って、真夜中だというのに母屋は明るく、喧騒に包まれている。何かあったのだろうか。

栄一は大急ぎで正門を潜ると、母屋に入った。草鞋を脱ぐのももどかしく、囲炉裏部屋に上がる。刀を外しながら奥へ進んだ。わずかに開いた襖の隙間から、近隣の女房たち、五名が奥の間を覗いている。栄一も戸板に刀を立て掛け、爪先立ちになると、女房たちの背中越しに奥の間を覗いた。誰かが臥せっている。白い布団のふくらみからすると、どうやら、ちよらしい。晒しや盥も見えた。何事か？　前の女房に声を掛けた。

「どうした？　ちよに何かあったのか？」

振り向いた女房が、驚いて栄一を見た。

「これは、これは。若旦那様。たった今、奥様が……」

「何？　ちよが亡くなった？」

背中を丸めて奥の間を見つめていた女房たちが、一斉に振り返った。目が丸くなっている。

奥からえいが、白い布にくるまれた猿のような、金太郎のような人形を抱いてきた。

「栄一！　今までどこをほっつき歩いていたのです！」

そういいながら、白い布にくるまれた猿のような人形を、栄一に渡してきた。ずしりとした生身(なまみ)の重さがある。人形ではない。生まれたばかりの赤子(あかご)だった。

「これは……どこの赤子ですか？」

「何と戯(たわ)けたことを！　其方(そなた)の赤子に決まっておろう！」

周りの女房たちが一斉に下を向いた。その肩が細かく打ち震えている。誰もが笑いを堪(こら)えていた。

「エ？　エ、エーッ？　私の赤子？　いつの間に……」

栄一は腕の中の赤子とえいの顔を見比べながら、戸惑っていた。赤子は栄一の腕の中で、大(おお)欠伸(あくび)をした。頭に張り付いた髪は乾いておらず、赤い顎(あご)はすっきりしていて、線が細い。

「……左様(さよう)ですか。男子(おのこ)でなかったのは、残念ですが……こればっかりは選べませぬゆえ、仕方がありませぬ……」

「付いてる……」

えいがぶっきらぼうに言い放った。

「何がですか？」

栄一の問いに、堪え切れなくなった女房たちが、大爆笑した。ヒーッ、ヒーッ、ヒーッ、ヒ、ヒ、ヒ、イヒヒヒヒ、ヒイーッ、ヒイーッ、ゲホッ、ゲホッ、ゲホゲホッ、笑い過ぎて咳込む者が出た。
えいは、あきれ果てて栄一から赤子を抱き取った。赤子に語りかける。

「全く其方の父様ときたら、国の行く末は案じられるのに、其方や其方の母のことは、ちっとも案じられぬようじゃのォ、市太郎や」

「市太郎？　その赤子は市太郎というのですか？」

「そうです。門前市を成す――商売が繁盛して大勢の客で賑わうようにと、漢書から市の字をとったと聞いていています」

「鄭崇の言葉ですね。いい名だ。父上が付けてくれたのですか？」

「自分が付けた名前を忘れるとは……其方の父様は一体全体、賢いのか愚かなのか、妾にはとんと解りませせぬ。のお、市太郎や。おー、よしよし」

えいは市太郎を優しく揺すった。

「……私が付けた名前ですか？」

ヒーッ、ヒーッ、ヒーッ、女房たちがのたうち回った。

「ち、ちよは？　ちよは無事ですか？」

「……私は何ともありませんよ」

奥の間の布団の中から声がして、ちよがこちらを向いた。栄一は改めてちよを見た。髪がほつれて、額にびっしり汗をかいている。眼の下に隈ができて、やつれて見えた。

「そ、そうか、ひとまず、寝ておれ」

「お気遣い、かたじけのうございます。今朝からずっと寝ておりまするよ。才槌頭さま」

アハハハハハハハハ……

この国の現状は人一倍よく見えるのに、足許の連れ合いや自分の赤子は見えない勤王の志士が、ぼうっと産室入口に突っ立っていた……

二十一　夭　折

文久二年（一八六二）は、混沌として始まった。

正月十五日に起きた坂下門外の斬り付け事件は、公武合体派と尊王攘夷派の激しい対立を、改めて世間に知らしめた。

如月（二月）に初めて父になった栄一だが、その眼は市太郎にではなく、日本国の将来に向けられていた。この国では今までにない歴史が刻まれようとしている。居ても立っても居られなかった。

これまで以上に政情が複雑に入り組み、国全体が混乱している。さらに疫病の蔓延が、世の中を不安に掻き立てた。

五月節（六月六日）を過ぎた時期に、江戸中心部で発生した流行り病は、瞬く間に江戸市中全域に広まり、さらに野火のように周囲の村々へと感染を拡大させた。武蔵国多摩郡（東京都多摩市）などでも水無月（六月）、文月（七月）にかけ連日流行り病の感染者が次々に発生し、夥しい数の死者が出た。

流行り病は、発熱と同時に、顔や上半身に紅色の斑点が見られ、鼻、喉に炎症が現れる。目が赤く腫れて、手で触れると粘液が付く。感染力が強く、六歳ぐらいまでの童に多かった。すぐにこの病は麻疹と特定され、死亡率は高かったものの、一度罹って回復すると、二度とは罹らないことも分かってきた。

だが、長屋を中心とした大勢での井戸の使用や、川での野菜洗い、木桶の使い回し、汚れた衣類や手拭、寝具など貧困に起因する悪習が、感染を拡大させた。

旅籠屋はひっそりと静まり返り、茶屋や居酒屋、一膳飯屋、屋台からも人影が消えた。日本橋界隈や神田、浅草などの呉服屋、道具屋、魚屋も店を閉め、職人は長屋にこもり、物売りの声は途絶えた。麻疹の大流行により、江戸の人口の四分の一、二十四万人の死者が出た。墓場の前には、筵にくるまれた遺体を載せた大八車が列をなした。中山道を往来する人の数も、めっきり少ない。

日本橋から二十里（八十キロ）、血洗島村もこの病魔から逃れることはできなかった。

文久二年葉月（八月）十一日、季節も初秋となり、残暑も凌ぎやすくなった。陽が落ちれば、虫の音にも秋の訪れが感じられる。下弦の月は青く、夜風が涼しかった。

しかし、雨戸が締め切られ、行灯の周りに十名もの人間が額を寄せ合う、尾高家の二階奥の間の八畳は蒸し暑かった。


「文月（七月）六日に、水戸藩出身の俊英、一橋慶喜様が将軍後見職になられたではありませんか！　さすれば、幕府に攘夷実行を迫るか、さもなくば、幕府から朝廷に政権を返上させるか、どちらかしかないでしょう！」

「まあ、待て。朝廷は幕府への大政委任を認めるらしい。されど、国事に関しては諸藩に直接沙汰を下すことが有り得るという話だ」

惇忠が、気負い立つ栄一に対して、冷静に応えた。

「そのような玉虫色の考えでは、たとえ攘夷を唱えて蜂起しても、民は誰も付いてきてくれません！」

「俺もそう思いもす。大事っちゅうもんは、白か黒かはっきり言わんこつば、誰も信用してくれんとでごわす」

栄一の言葉に、薩摩の中井弘が同調した。

「しかし……今、民の頭の中にあるのは、流行り病のことだけではないか。どうしたら、この疫病から逃れられるか、それしかないのだ。攘夷だ、開国だなどというのは、目下どうでもいい話だ」

「喜作、本当にそう思っているのか！　目先の不安を取り除けば、民は満足するのか！」

喜作の言葉に、栄一は激昂した。

「当たり前だ！　流行り病は命に係わる問題だ！　命より大切なものがあるか！」

「ある！　命を投げ打ってでも、護るべき正義がある！」

「そんなものはない！　流行り病で死んだら、元も子もない！」

喜作も気色ばんで言い切った。

「喜作、うぬは命が惜しくなったか！」

「栄一こそもっと現実を見ろ！　自分の周りを見てみろ！」

「二人とも止めい……」

惇忠が割って入った。

「命を投げ打つ攘夷が正しい、正しくないという問題もあろうが、攘夷を実行するその時機が大切なのだ。時機を失すれば、攘夷は即ち悪事となり、時機到来すれば、即ち大義となる」

「今はどちらですか？」

「今は実行すべき時機ではない……」

「え？」

「……」

栄一も喜作も黙り込んだ。では、その時機はどうやって計ればいいのか。

「私にしばらく考える時間をくれないか……」

聡明な惇忠師がそういうのであれば、一座の者は誰も何もいえなかった。沈黙が座を覆った。

ホー、ホー、ホー……森で鳴く梟の声が聞こえてきた。


月明かりの下を、栄一は無言で血洗島村に向かって歩いていた。歩きながらも、頭の中を喜作の言葉がぐるぐると廻って、心が掻き乱された。

病が蔓延してからは、どの村も困窮し、暮らしが成り立たなくなった家々が続出した。百姓はわずかばかりの田や畑を捨て、夜逃げ、逃散する者が後を絶たない。取り残されたあばら家には、入口に垂らされた筵のすぐ奥に、打ち捨てられた病死体があった。童や年寄りの骸が多く、どの骸も一様に瘦せて、あばら骨が浮き出ていた。鼠に齧られた骸は、鼻も耳も形がなくなり、黒い穴になっていた。野良犬が入り込んだ家では、骸の腕や足がバラバラになって散らばり、臓物を喰い荒らされた腹に大きな穴が開いていた。

喜作のいう通りかもしれなかった。

確かに村人にとっては、攘夷どころの話ではないのかもしれない。明日の糧、いや今晩の米さえ口にできず、病の家族に水を与えて看取ることしかできないのだ。自身も病に侵される恐怖におののきながら。一家は散り散りになり、親子は引き裂かれ、絶望しかない。それでも生きていかなければならないのだ。

十年後の未来を説いても仕方がない。明日の糧を得る方法を説くべきなのだ。恐ろしい病から逃れる算段をつけてやるべきなのだ。それが今、求められている唯一の道だ。そのための学問ではなかったのか。栄一は、自分の歩んできた道が何だったのか、どこに向かって歩めばいいのか、分からなくなった。

月下にひれ伏した血洗島村で、一軒だけ明かりを灯した家が見えた。我が家だった。門前も母屋の中も行灯が焚かれ、祭りの屋台のようだった。

門前の行灯を見た栄一は、間違いだと思った。行灯に貼られた和紙には、黒い縁があり、忌中と書かれていた。これは不幸が生じたときの行灯だぞ。縁起でもない。

門を潜って母屋の玄関に向かう。そこでも行灯が灯されていた。左右に一対。黒縁の和紙に忌中の文字！　エ？　エ？　一体、誰が？

草鞋を脱ぐのももどかしく、刀を外しながら囲炉裏部屋へ上がると、奥へ突っ走った。


奥の間では……跪いた家族が亡霊のようにうなだれていた。その真ん中に小さな白い布団が敷かれている。三尺（九十センチ）の布団の中に横たえられた小さな身体。顔も晒しで覆われている。枕元に細くて短い二本の灯明があげられていた。

エ？　まさか……栄一は人垣を分けながら、おずおずと布団に近付いた。布団は全く上下動することもなく、時が止まっているようだ。部屋は、沈黙に支配されていた。

布団の側に正座して刀を置く。顔を上げると、ちよと目が合った。解れ髪。ちよは遠くを見るような目で、栄一を見つめた。冷たい目だった。ゆっくりと頭を振る。許しませぬぞ……その眼が語っていた。泣き腫らした赤い眼。濡れた眼差し。茄子の表面に付いた朝露に似て、大粒の涙が、左目だけからポロリと落ちた。が、それはすぐに連続した水滴となり、右目からもぽろぽろと膝の上に落ち始めた。利休鼠のちよの着物が、涙が落ちたところだけ黒くなった。哀しみの黒い染みは、たちまちその数を増した。

いたたまれなくなった栄一は、顔の上の小さな白い布に両手を伸ばした。かすかな衣擦れの音。布に触れた右手がぶるぶると震える。布の端をつまんで、恐る恐る顔から剥いだ。

「ウ！」

慄然とした。月齢六カ月の市太郎は、苦悶の表情で歯を喰いしばったまま硬直していた。うっすらと開けられた目は、充血して目やにが出ていた。盛り上がった赤い発疹が顔中にできている。首にも転々と黒ずんだ発疹があった。どれほど苦しんで亡くなったのだろうか。ちよの腕の中で、その小さな命を最後まで燃やすことができたのだろうか。

市太郎の死を心に収めきれないまま、栄一は無意識に手を伸ばした。左手を頬に添えると、右手で両瞼を閉じさせた。静かに手を放す。

目を閉じた市太郎は、笑い声を立てた。キャハハハハハ……栄一が市太郎の脇腹をくすぐって、笑わせた時の声……身を捩らせて笑った時の肉声……アウウー……のけ反った時の裏声……プ、プ、プ……アプッというちよの声に合わせるかのような諸声……

市太郎がうっすらと目を開けた。生きている！　だが……瞼がわずかに動いただけで、再び全てが静止した。静寂が訪れた。

　枕元の灯明の炎がゆらりと揺れた。二本同時に。市太郎が栄一に別れを告げたのだ、たった今……

　緑色の光を灯しながら、夜の闇を舞う蛍を見せてやりたかった。青空の下でジジジジと鳴く蝉しぐれを聴かせたかった。硬い甲虫（かぶとむし）の角に触らせてやりたかった。冷たい湧き水の中に足をつけてやりたかった。気持ちよく感じるだろうか。それとも驚いて泣き出すだろうか。無邪気に笑う顔をもう一度見たかった。市太郎が安らかに眠る側で、眠りたかった。一度でいいから、父（とう）と呼んでもらいたかった……

　栄一の右手人差し指に、市太郎が短く細い指で握った感触が残っていた。この手で、力一杯抱きしめてやればよかった。生まれた時も、死んだ時も側にいてやれなかった。

すまぬ、市太郎。すまぬ。本当にすまぬ……

二十二　看取り

市太郎の小さな命を奪った麻疹は、沈黙したまま周りの大人たちにも悪霊のように乗り移った。

市太郎も始めは熱が出ただけだった。しかし、江戸で猛威を振るっている疫病のことを聞きつけたちよは、市太郎が熱を出したその日に薬師の元に駆け込んだ。薬師の見立てでは、流行り病かどうかは分からず、熱を下げるために葛根の生薬を与えられた。

ちよは葛根の粉を水で溶いて三度三度飲ませた。必死だった。ようやく四日経って熱は下がった。熱は下がったものの、市太郎の頬の内側には、細かな白い発疹が見られた。

五日目になると、一旦下がった熱が再び出始めて、小さな赤い発疹が首や耳の後ろに出始めた。発疹は五厘（一、五ミリ）程だった。薬師の家へ負ぶって行って、葛根の生薬を処方してもらった。薬師の見立てでは、流行り病の麻疹であり、危険だといわれた。

六日目、発疹は次第に顔にも表れてきて、胸や腹、背中、手足へと広がった。赤い発疹は盛り上がってきて、胸や腹の発疹はいくつかが合わさって大きな斑点となり、色も濃くなった。市太郎は咳込むようになり、鼻汁も出した。水で溶いた葛根は、全て吐き出してしまい、重湯(おもゆ)でさえも飲み込むことができなくなった。ちよは我を忘れて、市太郎の看病にあたった。こんなとき、栄一(えいいち)が側にいてくれたら、どんなに心強いことだろう……

途方に暮れた。物は試しと乳首を咥(くわ)えさせてみる。乳の出は良くなかったが、市太郎はゴクゴクと喉を鳴らして飲んだ。ちよは嬉しくなって、二刻（四時間）おきに乳を与えた。だが、市太郎は、四度目の授乳を嫌がった。乳房をあてがっても、顔をそむける。腹が一杯になったわけではなかった。そのくらいは母親なら誰でも判る。

八日目。もうだめかもしれない。市太郎は何も口にすることができなくなってしまった。水でさえ飲もうとしない。全身に発疹が広がり、痛々しかった。

ぐったりして、全く動かなくなってしまった市太郎は、大きな博多人形(はかたにんぎょう)のようだった。精巧な彩色を施され、童布団(わらべぶとん)に横たえられた人形。瞬(まばた)きもせず、声も出さず、母親の呼びかけにも反応しない人形――白い着物を着た人形は、徐々に体温を失っていって、最後は胸に抱いたちよの体温だけで温(ぬく)もっていた。そして、力尽きた人形は冷たくなった……

市太郎を失ったちよは、悲しみに打ちひしがれた。心にぽっかり穴が開いたようで、気力が失せた。何を見ても市太郎に結び付けてしまい、夜更けに聞こえてくる狐の鳴き声でさも、市太郎が腹を空かしたときの泣き声のように聞こえる。

頭がボウッとして何も考えられなくなっていた。起きるのが億劫だった。市郎右衛門からは、しばらくの間安静にして過ごすようにいわれ、臥せることが多くなった。

咳が出始めて、額が熱い。全身がだるく、身体が重かった。洟が止まらず、目やにも出た。目が充血して、隈取りをした歌舞伎役者のような顔だった。

残暑は厳しくとも、畑の畔には可憐な群青色の露草が、今を盛りと咲き誇っているだろう。勢いづいた畑で、旬の秋野菜を収穫せねばならない。春菊、菠薐草、明日葉、蔓紫、莢隠元、莢豌豆、茄子、胡瓜、枝豆、真桑瓜、南瓜、牛蒡、里芋、馬鈴薯、玉蜀黍……茄子と馬鈴薯は栄一の大好物だ。

さらに、一番刈りを終えた藍の畑にも、お礼肥の〆粕を撒かねばならない。明日になっても雨が降らなければ、水をたっぷり与えて、長月（九月）の二番刈りに備えなければならない。

仕事は山ほどある。なのに……

身体がいうことをきかない。起き上がろうとしても身体に力が入らない。ある夜、金縛りにあったように、動けないでいるちよの夢枕に市太郎が立った。市太郎はちよの両手を開かせると、袂から出した赤い木の実をころころと載せる。莢蒾の実だった。その莢蒾の実が手の中で弾けた。飛び散った赤い液が両手にかかって、手首に赤い発疹が出た。着物の裾をめくってみると、両足にも唐辛子のような発疹がブツブツと現れた。命定めの流行り病……麻疹……

――もうどうでもよかった。市太郎があの世に旅立って、ちよにはこれ以上失う物は何もなかった。あの世に行けば、市太郎に逢えるかもしれない。ちよを案じてくれる市郎右衛門とえい、なかやていにはすまないが、もう生きなくてもいいと思った。

市郎右衛門は常にちよを慰め、励まし、家のことは何も心配せずに療養に努めよ、といってくれる。えいも、脇目も振らずに家事をこなしながら、ちよの容態だけを気にかけている。栄一があんなだから――と詫びながらちよを看病し、下男の辰吉、下女のイヌに、ちよの生薬を薬師の家に取りに行かせ、粥を運ばせ、額の濡れ手拭を取り替えさせた。自身は畑仕事を日の出から陽が落ちるまでやり続けている。

病弱なかなかは、黙々と清め（掃除）や炊き、ちよの肌襦袢の清まし（洗濯）を行い、ていは歯を食いしばって、家を顧みない兄の代わりに、市郎右衛門に劣らぬ野良仕事、力仕事をこなした。残暑と腰の痛みに耐え、太陽が照りつける藍の畑で肥し桶を担いだ。天秤棒に掛かる桶の重みで、肩の皮が剥けた。

中の家の誰もが、ちよを救おうと必死だった。作業の傍ら一心不乱に介抱する家族のお蔭で、ちよは一命を取り留めた。手厚い看病に対していくら感謝しても、し足りなかった。誰もがちよの快復を我がことのように喜んでくれた。留守がちなただ一人を除いて……


ちよにとって、市太郎が亡くなってからの一年の歳月は、瞬く間だった。

去年の夏。夜の闇に藍の畑の川辺を舞っていた蛍は、市太郎を偲ばせた。市太郎の魂がやわらかな風に乗って、ふうわりと飛んでいた。蛍は今年も変わらずその緑色の光を灯らせて、水辺を舞っている。その蛍も藍の一番刈りが終わると、いつの間にか姿を消した。

――今年の夏。ちよは一人で墓に詣でた。伸びた夏草を刈り取ると、靫草や禊萩の鴇色で墓前を彩る。線香を焚いて手を合わせるだけの侘しい一周忌だったが、踏ん切りがついた。中の家の家族は、誰もが再び家業に専念している。ちよだけが、いつまでも下を向いているわけにはいかなかった。あの男の分まで働かなければならない。

ちよは腹が膨らんで重くなった身体を引きずるようにして、畑に出た。藍の二番狩りまでには、夏野菜の収穫に力を注がなければならない。息を切らしながら、茄子や胡瓜を切り取って籠に入れた。真桑瓜や玉蜀黍を入れた背負い籠は、自身の腹の重みも加わって、背負って立ち上がるのに苦労した。玉蜀黍の茎を両手で握り、気合を込めて一気に身体を持ち上げないと、腰砕けになって畑の土に尻餅をついてしまう。

畑の脇では鮮やかな紫色の桔梗が、正五画形の花をここかしこに咲かせている。薄が丈を伸ばし、先端の穂が膨らみ、入道雲が消え、絹のような透き通った雲が青い高空を刷いていた。去年と同じ雲、同じ空、同じ青……

ちよは畑仕事をしながらも、市太郎が腹の中にいた時と同じような重さ、同じような動きを感じていた。

その日も、夏の酷暑に耐えながら、畑で南瓜の収穫を終えた。布袋様のように膨らんだ腹で、南瓜の入った重い背負い籠を背負って、やっと家に帰り着いた。

汗びっしょりになったちよが、土間に背負い籠を下ろそうとした時だった。踏ん張り切れずに、背負い籠の重みで尻餅をつくように、土間でひっくり返ってしまった。十一個の南瓜が土間を転がった。ちよッ！　囲炉裏端で火を起こしていたえいが、慌てて駆け寄ってくると裸足で土間に降りる。身体の弱いなかまでも、洗濯物を放り投げると、土間に駆け降り、ちよの脇の下に手を入れ、えいと一緒に抱え起こそうとした。

ちよは、えいとなかに両脇を支えられて、引きずられるように奥の寝所へ運び込まれた。

それから一時（二時間）の後、文久三年（一八六三）葉月（八月）二十四日暮れ六つ（午後七時）、ちよは中の家北側の六畳間の寝所で、初めての女の子を産んだ。市太郎が夭折してから一年余りが過ぎていた。赤子は、ちよが歌子と名付けた。

栄一は、幕府転覆の野望を胸に秘め、実現のための策を練ることで頭がいっぱいだった。我が子の誕生も、国を動かすことに比べたら、取るに足らない些細な出来事だった……

文久三年長月（九月）十三日宵五つ（午後八時）、中の家の母屋、奥の十畳の間に四人の男が座していた。床の間を背にした上座には惇忠、その向かいの下座に栄一、惇忠の右隣りに喜作、その向かいに市郎右衛門。師と弟子、親子、親戚で集う後の月見の宴だった。十三夜の青月が冴えた光を放っている。惇忠と喜作は客として招かれていた。

各人の前には膳があり、飯、小松菜の汁、胡瓜の香の物、鯉の膾、里芋の煮物が載せられている。その他に大振りの猪口もあったが、栄一の猪口は伏せられたままだ。

膳の横には欅の徳利袴があり、二合徳利が据えられている。栄一の二合徳利は、袴ごと惇忠の膳の脇に移されていた。

東側の障子は開け放たれ、月影が淡く光って部屋を照らしている。リリリリ、リリリ、リーン、リーン、リリリリ……鈴を振るような澄んだ虫の音色が、風に吹かれて流れてくる。涼風が秋の気配を感じさせた。夜が穏やかに過ぎていく。

「……この天下は必ず乱れるに違いありません。天下が乱れる日には、百姓だからといって、のんびり暮らしていてはならないのです。ですから今日からは、行く先を定めて乱世に立ち向かう覚悟を決めなければいけないのです。でないと……」

「待て！」

栄一の言葉は、父に遮られた。

「お前の説は分限を越えて、身分以上の無理な望みを抱くということになる。根が百姓に生まれたのだから、その本分を守って百姓に安んじるべきだ。時勢を論ずるのは妨げぬが、身分の位置を転ずることは料簡違いだから、どこまでも制止しなければならぬ」

市郎右衛門のいうことはもっともだった。しかし……

「父上の仰ることはごもっともですが、父上も日頃、世のなりゆく様を私よりも深くお嘆きになっているではありませんか！」

栄一も負けてはいなかった。

「一体全体、今日武門の政がこのように衰えて、腐敗した以上は、もはやこの国はどうなるか解りませぬ。この時勢になった以上は、百姓、町人、武家の差別はありません。血洗島村の渋沢一族・中の家一軒の存亡に頓着すべきではないでしょう！」

「……惇忠殿はいかがお考えか」

市郎右衛門は、惇忠に酌をしながら訊いた。

「……そうですねえ。孵化したばかりの蚕は、わずか一分（三ミリ）ばかりの小さな虫ですが、二十五日の間に脱皮を四回繰り返し、一万倍の重さに成長します……」

惇忠は養蚕の大家でもあった。

「栄一もそうなれるとお思いか？　自身の重みを一万倍にするのは、容易ではない」

「……私は蚕の価値は、自身の重みではなく、吐き出す糸にあると考えます……」

「自身はさほど重要ではないと、仰せられるか」

「……蚕の吐く糸は、繭一個分で十四町（千四百メートル）にもなります。日本橋までは繭五十二個、京の三条大橋へも繭三百七個を繋ぎ合わせれば届くのです……」

「何が仰りたい？」

「……栄一はそれだけの糸を吐くことができるのではないかと。しかも自分のためではなく、他人のために……」

「……」


惇忠が黙り込んだ市郎右衛門に酌をした。リュウ・リュウ・リュウ・リュウ……細くて品のいい邯鄲の鳴き声がする。市郎右衛門は静かに猪口を空けた。今度は向かい合った喜作が酌をする。

「喜作はどう思う？」

「エ？　オラは、オラは、難しいことは分かんねえだども、栄一がオラたちとはまるっきり違うってことだけは分かります」

　喜作が徳利を手にしたまま、正直に述べた。

「そうか……」

　今度は市郎右衛門が、惇忠と喜作に酌をした。惇忠はゆっくりと静かに、喜作は一気に猪口を空けた。ゴロゴロ、ホッホーッ――虫の声に梟の鳴き声が重なった。ゴロゴロ、ホッホーッ……リュウ・リュウ・リュウ・リュウ……ホーッホーッ……

「栄一……」

「はい」

「時勢がお前のいう通りに流れていることは、よく解った。しかし、我はそれを知った上で、藍を商い、蚕を育て、麦を作る。畑を耕す。生涯百姓で世を送る。幕府が無能であろうと、役人が無法な要求をしようと、服従する所存だ。然るに、お前はそれができないということであれば仕方がない。今日からその身を自由にすることを許す」

「父上……」

「もはや種類の違う人間だから、今後、相談相手にはならぬ。この上は、父子各々(おのおの)その信念に従って事を成す方が潔(いさぎよ)いというものだ」

「市郎右衛門殿！」

「市郎右衛門様！」

惇忠と喜作は、市郎右衛門の言葉を、栄一に対する決別と受け取った。栄一は父の言葉を噛みしめながら、冷めた里芋を頬張った。ねっとりした里芋は冷めても旨かった。惇忠が酌をした酒を、市郎右衛門は旨そうに干した。だが、酒を呑んだその後で、青い月を見上げた眼はどこか寂しそうだった。


翌十四日の朝五つ(あさいつ)(午前七時)、切妻屋根(きりづまやね)を載せた薬医門(やくいもん)造りの正門前(せいもんまえ)に、中の家の全員が立っていた。欅(けやき)の一枚板で作られた扉は開け放たれ、両脇には瓦屋根の白壁が連なっている。通りを背にした栄一は旅姿だった。野袴(のばかま)を穿き、丸に違(ちが)い柏(かしわ)の家紋が入った背割(せわ)り羽織(ばおり)、菅笠(すげがさ)に手甲(てっこう)、脚絆(きゃはん)。刀を柄袋(つかぶくろ)で覆い、背中で網袋(あみぶくろ)を斜めに背負っていた。

「父上、母上、ちよ、姉様、てい、歌子、辰吉、イヌ……さらばです。

父上、母上、これまで大層世話になりました。国事に一身を委ねると決めた以上は、この上ない不孝の次第ですが、速やかに自分を勘当して、養子をお定めください」

「今突然、勘当しても世間が怪しむだろうから、ともかく家を出るがよい。その後で勘当したということにしよう。今後、お前がどのようなことをして死んだからといって、罪を犯すようなことさえしなければ、この家に迷惑は生じない。これからはお前の挙動には、かれこれと是非はいわぬ」

「父上……」

市郎右衛門の言葉に、栄一は父親としての覚悟を感じ取った。同時に、自分への信頼と、口には出さないものの、心配が混在していることも分かった。

「父上のお骨折りで、中の家が再興できたことは、誠に喜ばしい限りです。本来なら、私が中の家をさらに繁盛させるべき役目なのも、重々承知しています。しかし、私にはどうしてもこの国を、百姓を、民を繁栄させる義務があると思えてなりません。どこまでできるか分かりませぬが、私の望みは国を動かすことなのです」

「判っておる。お前があくまでも道理を踏み違えずに、誠意を貫いて仁愛の深い人間と認められれば、生き死にゃ幸不幸に関らず、我は満足だ」

「……」

父の言葉には真実と重みがあった。

生まれたばかりの歌子を抱いて、黙って二人のやり取りを聞いていたちよの目から、ぼたぼたと大粒の涙が落ちた。えいが優しく、痩せて縮んだちよの肩を叩く。なかは、不憫な歌子の身の上に同情して、袂で口を覆った。ていは声を押し殺して泣いた。辰吉もイヌも一言もしゃべらない。ただ黙って下を向いている。

……申し訳ありません。すみません。本当にすみません………

栄一は心の中で全員に詫びた。私は家を捨てなければならない。それに私にはまだ秘密にしていることがある。だが、それは決して明かすことができない事柄なのだ。たとえ、かけがえのない家族であろうとも……

二十三　幕府転覆計画

江戸へ旅立つ朝、栄一は村外れで喜作と落ち合った。江戸へ同行する喜作に、栄一は京にいる長七郎に宛てて、極秘の文を出すことを打ち明けた。文の内容は——惇忠や喜作と三人で密議を重ね、練り上げた幕府転覆、異人殺害の企て。霜月（十一月）二十二日、小雪の日に決起予定の事変の詳細。計画が定まったから、必要なら京より何人でも連れて戻ってくるように——

危険極まりない文だった。その内容が絶対に外に漏れてはならない不穏な文……飛脚に運ばせるなどということは到底あり得ず、栄一は、喜作と一緒に武沢市五郎の家を訪ね、信頼できる同志にこの文を託した。

去年は流行り病で旅人が激減した中山道だったが、麻疹の終息とともに、今は旅人が増えていた。街道の両側に伸びる六尺（百八十センチ）の秋の野芥子は、茎の先で枝分かれし、上部に可憐な数個の白い花を咲かせていた。山から里に降りてきた小さな蜜柑色の蜻蛉が、いたる所を飛んでいる。夥しいその数は原始からの果てしない時の流れを感じさせた。自然と本能と。

永遠と循環と。悠々たる古今と……

栄一はそのいじらしい小さな花と蜻蛉を見ながら、もう二度とこの道を歩くことはないかもしれないと思った。百姓を捨てた自分は、武士でもなければ、商人でもなくなった。ただ刀を差した浪士である。根無し草である。住まいが定まらない浮草だった。

深谷宿を出てから八里半（三十四キロ）、栄一と喜作は大宮宿のとば口に立っていた。強烈だった日差しもすっかり和らぎ、陽は傾きつつある。大宮宿は長さ九町三十間（一、四キロ）、住む人の数千五百人余、旅籠二十五軒。通りは家路を急ぐ職人や商人、町人、宿を求める旅人や駕籠、荷馬車で賑わっている。

栄一には定宿があった。江戸へ行くときは、いつもその宿に泊まっていた。安宿だが、廊下の突き当りに小さな風呂場があり、汗を流すことができた。飯は太い麺を用いた鍋焼きうどんが上手い。椎茸や人参や葱と一緒に味噌で煮込んだうどんは、野暮ったい田舎料理なのだが、酒を呑まない栄一の口には合っていた。贅沢は性に合わない。

宿に着いて、風呂場で汗を流している間に、鍋焼きうどんが用意されるだろう。明日に備えて、今日は早く休むとしよう。旅籠まではもうすぐだ。

「なあ、栄一。幕府が攘夷を断行しない訳は、どこにあると思う？」

前方に旅籠を認めた喜作が並んで歩きながら、問うてきた。宿ではできない話だった。

「一つ、徳川幕府の衰退。二つ、政治の腐敗。三つ、異国の軍艦に対する恐れ。四つ……」

「シーッ！」

喜作が慌てて、栄一の言葉を遮った。前方から編み笠の武士が、四人の供回(ともまわ)りを連れて歩いてくる。背筋を伸ばし、顎(あご)を引いた歩行姿勢には緩みがない。五人が同じ歩幅、歩速で移動してくる。編み笠の中の視線が、真っすぐ喜作と栄一に向けられていた。

「待て……」

すれ違いざまに、編み笠の武士が低い声で言い放った。栄一の背中の皮膚が収縮した。今の会話を聞かれたのだろうか。近頃は、幕府や老中、大名の庭番(にわばん)が各地で暗躍していた。隠密裏(おんみつり)に各藩の思想や内情、市井(しせい)の動静などを探っており、怪しい者がいればすぐさま捕縛した。その次には拷問(ごうもん)が待っている。

「どこへ行く？」

「は、旅籠屋の、だ、大門へ……」

自らは名乗らない相手に対して、足を止めた喜作が不安気に答えた。

「大門に泊まるのだな？　その後は？」

「みょ、明朝……え、江戸へ、ま、参りまする」

問い詰められた喜作が、しどろもどろになりながら答えた。

「江戸へ行って、何をする？」

編み笠の武士の追及が続く。いつの間にか、他の四人が円陣を組んで栄一と喜作を囲んでいた。大兵の四人は、太刀の鯉口を切っている。一言も発しない不気味な集団――


「海保塾へ入ります」

喜作に代わって、栄一が編み笠の武士に答えた。

「海保塾はどこにある？」

編み笠の武士が試すように訊いてきた。

「下谷練塀小路（千代田区神田練塀町）です」

「塾長の名前は？」

「海保章之助様です」

「別名は？」

「海保漁村様」

「本名は？」

「海保元備様です」

「著作は？」

「『周易古占法』『経学字義古訓』」

「……」

　編み笠の武士は黙り込んだ。矢継ぎ早の問いに栄一は正確に答えた。栄一の学識に目を見張ったようにも思えた。

「お判りいただけましたか」

「……行け」

「では……」

　栄一と喜作が歩き出そうとした時だった。

「待て……」

再び呼び止められた。栄一と喜作の顔に不安が浮かんだ。

「まだある……『漁村文話(ぎょそんぶんわ)』。読んでみよ」

「エ？　ひょっとして、貴方様(あなたさま)は海保塾で学んだことがおあり……」

「行け……」

編み笠の武士は言い捨てると、栄一たちとは反対側に歩き出した。栄一は幕府の御用改めのような役目の編み笠の武士は、海保塾で学んだことがあるのを確信した。


海保章之助は儒学の大家でありながら、その教育方針は大名や武家の子弟を優遇した多くの私塾と異なっていた。海保塾では身分に関りなく、庶民の子弟でも百姓でも誰でも、学ぶ意欲のある者は学問を授けられ、儒学や古典、元(げん)・明(みん)・清(しん)などの歴史を修めることができた。貧しい者は、その塾費を免除される。

栄一は時代が落ち着いていれば、あの編み笠の武士と、文机(ふづくえ)を並べていたかもしれぬと思った。背中合わせではなく、同じ道を同じ方向に歩いていたかもしれなかった。


暗雲が垂(た)れ込める時代だった。

己の理想を追求して、藩の意向に従わない下級武士は禄を絶たれ、脱藩して浪士となった。徒党を組んだ浪士は、幕府の要人を奇襲により殺戮、その浪士を取り締まるために、各地の素浪人がその剣の腕前を買われ、幕府側に徴用された。幕府側の浪士は、過激思想の藩の武士や浪士を見境なく誅殺、捕縛した浪士に苛烈な拷問を加えた。手や足に五寸釘を打ち込み、顔面中、目の中にまで一寸（三センチ）蝋燭の溶けた蝋を垂らして、同志や隠れ家を白状させた。

血で血を洗う抗争が各地で相次ぎ、中でも世の中を転覆させて、一旗揚げようとする浪士が続々と集結してくる京は、修羅の国、戦慄の都と化した。

天誅を叫ぶ抗争の累は、民、百姓にも及んだ。浪士組へ賄いの調達を拒んだ商家は、火を放たれ、蔵も打ち壊しに遭った。旅籠や茶屋、飯屋、呉服屋、湯屋も検分のたびに土足で踏み込まれ、襖、障子、戸板、雨戸、床下や天井まで破壊された。大工や左官、石屋、桶屋、鍛冶屋、馬喰など腕に覚えのある者は、少しでも安全な場所へと、道具箱一つを担ぎ、風呂敷包みを背負って、或いは馬二頭を曳いて逃れていった。浪士が跋扈する町は、荒れ果て、殺伐として、人の声が絶えた。

全国各地の百姓も辛酸を嘗めた。流行り病は終息したものの、異常気象が百姓を襲った。春は長雨が続き、特に田植えの時期の篠突く雨は、わずかな晴れ間を縫って植えたばかりの苗を、容赦なく流し去った。そうかと思うと、一転して日照りの夏となった。二度目に植えたわずかばかりの苗は、乾いて地割れした田で干からび、過酷な夏を乗り越えてかすかに実を付けた穂は、秋の大風になぎ倒された。

百姓たちはおののきながら、枯草のような稲を刈り取った。しかし、年貢の取り立ては容赦なかった。出来不出来に関らず定められた年貢高は、前年と変わらず、年貢米を納められない百姓の逃散が、後を絶たなかった。辛うじて年貢米を納めた百姓は、手元に何も残らなかった。山に入って自然薯を掘り、栗や栃を拾い、鬼胡桃を採った。猿と競うように木通を取り、熊を出し抜いて山葡萄を蔓から捥ぐ。猿梨や茱萸は数日分の貴重な食糧となって、腰籠に入れられた。どんな茸も、毒でさえなければ手当たり次第に採られた。

痩せ細った犬、猫も一匹残らずいなくなった。百姓家の囲炉裏の自在鉤に掛けられた弦鍋からは、烏の脚がはみ出ていた。

沢蟹や山椒魚、縞蛇、野鼠を見ても、目の色が変わった。動くものは何でも捕えた。口に入るものは、何でも口に入れた。米なしで命を繋ぐのは容易ではなかった。

江戸に出た栄一と喜作は、海保塾と千葉道場に通いながら、人物の品定めに明け暮れた。霜月（十一月）二十二日の幕府転覆決行日まで、二カ月余りしかない。決起に必要なのは、後は人員だけだった。口の堅い、志を一にする同志を集めなければならなかった。

二十四　再会

同志として信頼できる人物を書き留めている栄一に、喜作が耳寄りな話を持ち帰ってきた。

「栄一、一橋家の名前は聞いたことがあるだろう?」

「御三卿の一つだ。十万石を与えられ、十一代将軍・徳川家斉を出した名門の家柄だ」

「そうだ。その一橋家に川村恵十郎という家臣がいる」

「その家臣がどうした?」

「昨晩、一膳飯屋で一緒に呑んだ」

「それで?　喧嘩でもしたか?」

「逆だ。馳走になった。さらに……」

「何だ?」

「栄一にも会いたいといってきた」

「何のために?」

「有能な人材を探していて、気概があれば一橋家で召し抱えたいということだそうだ」

「……」

栄一は悩んだ。一橋家の家臣になるということは、則ち幕府に付くことになる。しかし、一橋家九代の徳川慶喜は、水戸の徳川斉昭の七男だった。孝明天皇の御意志に沿って、攘夷を唱えているはずだ。栄一の心は揺れ動いた。

文久三年（一八六三）長月（九月）十八日夕七つ（午後五時）、江戸城側の一橋家を訪ねた栄一と喜作は、すぐに客間に通された。ほどなく川村がやってきて、意外なことに、川村の方から二人に対して、来訪の礼が述べられた。さらに正座すると同時に首を垂れる。家格の高い一橋家の家臣が、百姓身分の喜作と栄一に向かって先に頭を下げた！

「一橋家・御用談所の川村恵十郎でござる。ご足労願ってかたじけなかった。趣旨は喜作殿から聞き及んでおろうか？」

「はい。一橋家で召し抱えてもよいと伺いました」

川村の、簡単ではあるが、律儀な物言いに、栄一も丁寧に応えた。

「その通りでござる。もちろん、栄一殿にその意志があればの話だが」

「……正直、悩みました……すぐにというわけには参りませんが、いずれはこちらでお世話になりたいと存じます」

「では、近々当家・用人の平岡円四郎様に会っていただこう。詳しい話はそれからだ」

「よろしくお願い申し上げます」

栄一は、川村に好印象を抱いた。態度も言葉遣いも凛として品があった。安政三年（一八五六）の御用金を納めに行った時の、虎の威を借る狐のような、無知の代官とはまるっきり違っていた。川村に会った瞬間に心は決まった。


栄一の返事を聞いた川村は、奥女中に夕餉の支度をさせた。運ばれてきた膳を見て、栄一は眼を見張った。八寸皿には清流を泳いでいるような鮎の塩焼き。笠間焼に盛られた馬鈴薯と隠元の煮物。蕪の蒸し物。慎ましくも美しい料理。喜作の膳には徳利の酒が付き、栄一の膳には、菓子鉢で上品な小豆菓子が添えられていた。名字帯刀を許されているとはいえ、喜作や自分のような、百姓身分の軽輩に対しても、心配りがなされている。心が温かくなった……

五日後の長月（九月）二十三日、栄一と喜作は、側用人の平岡円四郎に会うために、再び一橋家を訪れた。

案内された栄一と喜作が客間に入ると同時に、平岡円四郎が現れた。正座して頭を下げる栄一と喜作の前に、平岡も背筋を伸ばして着座する。喜作が名乗りを上げた。

「武蔵国榛沢郡血洗島村の百姓・渋沢喜作でございます。川村様から御家が家臣を募っていると伺いましたゆえ、本日ここに参上いたしました」

「同じく、渋沢栄一にございます。喜作の従兄弟です。お初にお目にかかります」

「一橋家・側用人の平岡円四郎でござる。だが、其方方に会うのは初めてではない」

「エ？」

栄一は喜作を見た。喜作も覚えがないというように、首を振っている。

「いつ、どこでお目にかかったのでしょうか？」

「覚えていないのも無理はない。あれは確か、嘉永二年（一八四九）弥生（三月）の初旬だった。私は武蔵国の飢饉の惨状を検分して回っていた」

「嘉永二年というと、十四年前、私が十歳の時だ」

「俺は十二歳だ」

「血洗島村の村外れで四人の童が争っていた。二対二ではなく、一対三の喧嘩だった」

「アッ！」

「アアーッ！」

「思い出したようだな」

平岡が楽しそうにいった。平岡は二人の顔を交互に見ながらにこやかに話した。

「孤軍奮闘していた小さい方の童は、臆することなく、膂力に勝る年上の童に向かっていった。気迫あふれる戦いだった。年上の童も、手下の童に手を出させることなく、正々堂々と一対一の戦いを挑んで、勝利が目前だった」

「……浪人傘を被ったお武家が、喜作の攻撃を止めさせてくれた……」

栄一が、当時を思い出して呟いた。

「蝸牛角上の争い……」

喜作にも、十四年前の記憶が蘇っていた。

「そうだ。喜作殿。蝸牛角上の争いとはどういうことだ？」

平岡は喜作を敬称で呼んだ。

「喜作――と仰ってください。蝸牛角上の争いとは、壮士の言葉で、蝸牛の触角の上の国の争いという例えです。取るに足らないという意味です」

「これまでの月日は、無駄ではなかったようだな。縁あって十四年前に知り合った間柄なのだから、これからは一橋家に力を貸していただけないだろうか？」

「力を貸すなんて、滅相もない。こちらこそ何卒よろしくお願い申し上げます」

喜作も栄一も、畳に額を擦り付けんばかりに頭を下げた。

渋沢栄一と渋沢喜作は、平岡円四郎の知遇を受けて、御三卿の一つ、名門・一橋家の家臣になることに決めた。一橋家の第九代当主・徳川慶喜は攘夷を主張する水戸の烈公・徳川斉昭の七男で、第十四代将軍・徳川家茂の後見職として活躍していた。

斉昭様の七男の慶喜様が、将軍後見職であるならば、攘夷を咎めるはずはない……

栄一と喜作は、いずれ一橋家の家臣になることを約束して、意気揚々と血洗島村に帰った。

二十五　挫折

半年前、文久三年（一八六三）の春から、惇忠と栄一と喜作は、大事決行の準備を進めていた。惇忠が六十腰、栄一が五十腰、喜作が二十腰の刀を買い求め、密かに尾高家の蔵に運び入れた。東西五間半（十メートル）、南北三間半（六メートル）の蔵は、尾高家の母屋の裏にあり、その入口は惇忠たちが謀議する尾高家の二階から見通せた。

漆喰塗籠壁の蔵には、米俵、味噌樽、醤油樽、酒樽の奥に、刀箪笥、衣装箪笥、鎧櫃、長持などが十数棹置かれている。刀箪笥の七段の引き出しには、百四、五十腰の刀が収められ、九段の衣装箪笥には、剣道着のような着込み、鉢巻、頭巾や手甲、脚絆が畳まれていた。鎧櫃や長持には、強盗提灯や松明、蝋燭、火薬、油、油紙、火打石が仕舞われている。白壁には、首と石突を荒縄で縛られた八尺（二、四メートル）の竹槍が、十筋ずつ十五束になって立て掛けられていた。

武器調達の費用は、栄一が藍の売り上げの中から、市郎右衛門に内緒で調達した百六十両、惇忠が家人に内緒で調達した、繭の売り上げから百二十両、喜作が黙って家から持ち出した三十両で賄った。武器庫となった蔵は、重い漆喰引き戸の前に、観音開きの戸前があり、その鍵は惇忠が保管している。蔵の脇にある井戸に隠された鍵のありかは、万が一のために栄一と喜作にも伝えられていた。

神無月（十月）二十三日決起一カ月前に、栄一と喜作は再び江戸から血洗島村に戻っていた。すぐに惇忠を訪ね、懐から血判状を出して見せた。血判状には五十八名の署名があった。

海保塾で意気投合した中村三平を始め、千葉道場で懇意になった真田範之助、佐藤継之助、竹内廉太郎、横川勇太郎など。この他にも以前に、一族郎党の中から十一名の同志を得ており、総勢六十九名になった。惇忠、栄一、喜作を入れて計七十二名。総督に惇忠、参謀に栄一、隊頭に喜作が就くこととし、陣容は整った。

幕府転覆の手順は、栄一が中心になって決められた。

一、決行日は諸葛孔明の「陽気発する処金石皆透る、精神一たび到らば何事か成らざらん（どんな困難なことでも、精神を集中すればできないことはない）」に因んで文久三年、風が強いという小雪の霜月（十一月）二十二日とする。

二、地勢の確認は栄一が行い、襲撃の手筈は予め分担して定めた役割を、各人が厳守する。

三、軍略としては、先ず、各人が秘密裏に準備を整え、俄に起こり、夜、不意に高崎に夜討ちをかけ、焼討によって高崎城を乗っ取る。

四、尊王の意志を持つ武士、幕政に不満を持つ浪人に呼びかけ、兵備を整えた上で、高崎から兵を繰り出し、鎌倉街道を通って横浜へ出る。如何に惰弱といえども、諸大名がいる面倒な江戸は避け、あくまでも鎌倉街道に依るものとする。

五、横浜到着後は、一挙に市街を焼き打ちする。異人を認め次第斬り殺し、異人排斥を力で見せつけ、攘夷を成し遂げる。

六、すぐさま京へ遣いを出し、朝廷の許しを得て、国中の尊王、攘夷思想の同志へ呼びかける。参集してきた同志と結託して江戸を制圧し、幕府に代わる新しい政権を樹立して、軍備を整えた後、異国の軍艦、軍隊を追い払うべく攻撃する。

栄一たちはこの計画に没頭した。広げた指図で、血洗島村から高崎までの距離を八里（三十二キロ）と割り出し、出発時刻を決行前日の霜月（十一月）二十一日、明け六つ（午前六時）

とした。中山道を藍や米の商売を装った商人姿、荷車、荷馬車で三々五々北上し、夕刻までに高崎入りする。

それであれば、荷台に菰の包みや米俵が積まれていても怪しまれない。もちろん中身は武器や武具、火薬玉、松明、油などである。

喜作は通行人の多い中山道を避けるべきだといったが、栄一は人通りが多いからこそ目立たないのだと主張した。惇忠が、栄一の意見に同意した。

宿はできるだけ大きな商人宿数軒へ分宿し、見知った同志と顔を合わせても言葉を交わしてはならない。荷車と荷馬車にはいかにも雇われ浪人といった風情の、千葉道場の同志を見張りに立てておく。

翌日の決行日は、普通に朝餉を済ませて、宿を出る。暮れ六つ（午後五時）まで、商いを装って高崎城下を下見し、一膳飯屋で昼餉と夕餉を済ませておく。日暮れと同時に高崎城の東側、すぐ隣の烏川の河原で支度をする。城の南側の光明寺や向雲寺の宵五つ（午後七時）の鐘を合図に、一斉に蜂起する。提灯の明かりで通りに面した平城の高崎城を取り囲み、方々から火薬玉と松明を投げ入れ、火矢を射ち込み、火災を起こさせる。

栄一は寝食を忘れて、この計画の策定に取り組んだ。計画が実現した暁には、この国は自分が理想とする国に大きく近づくはずだ。身を挺して、尊王攘夷を実現する。義のためには命も捨てる――赤穂義士になった気分だった。決行日が待ち遠しかった……

神無月（十月）二十六日、長七郎が京から下手計村に帰ってきた。栄一は早速尾高家を訪れ、京の形勢を尋ねた。その後は惇忠の説に加えて、栄一から長七郎にこれまでの計画の成り行きを詳細に話し、挙兵する手はずを打ち明けた。長七郎は神妙に聴いていた。

二十九日夜、惇忠の家の二階で、幕府転覆を決行するための謀議が計られた。集まったのは、惇忠、栄一、喜作、中村三平、長七郎だった。

評議が始まってすぐ、長七郎が異を唱えた――この三日間、思考に思考を重ね熟慮したが、暴挙の一案は大間違いである――

栄一は耳を疑った。よもやこの期に及んで、長七郎が反対するとは思ってもみなかった。

「長七郎さん！　何が間違っているのか、はっきり仰って下さいッ！」

栄一は長七郎に食って掛かった。喜作と三平も固唾を呑んで見守っている。

「分かった！　はっきり申す！　今日、七十名余の烏合の兵では、どうすることもできぬ。万が一計画通りに高崎の城が取れたにせよ、横浜まで兵を出すなど思いも寄らぬことだ。すぐに幕府や近隣諸藩の兵に討ち取られてしまうだろう」

「我らには無理だと仰られるかッ！」

喜作が色を作して、長七郎に詰め寄った。長七郎は構わずに問うた。

「槍や剣術の本格的な稽古をした者が何名いる？」

「千葉道場から加わる数名だけです……」

「集団での軍事訓練を受けた者は？」

「……一人もおりません……」

喜作が消え入りそうな声で答えた。

「鉄砲は何挺ある？」

「……」

「一挺もありませぬ……」

喜作に代わって、三平が長七郎の問いに答えた。

「大筒は？」

「ありませぬ……」

答える三平の声も小さくなった。

「実に乱暴な計画だ。竹槍を掲げて横浜を目指しても、百姓一揆同様に見做されてしまうだろう。鎌倉街道を突き進んでも、尊王や攘夷の賛同者が出てくるとは、到底考えられぬ」

「我らには世の中を立て直すという正義があるッ！」

「そんなものは何の助けにもならないッ！　横浜まで諸藩の兵と闘いながら押し出して、居留の異人を斬り殺すには、十分訓練した兵でなければできるわけがないではないかッ！」

栄一が主張した使命感は、長七郎の正確な分析の前に、空しく砕け散った。

「……」

惇忠はじめ、栄一、喜作、三平は言葉を失った。長七郎の言葉には、重みがあった。

「……なるほど、幕府の兵も諸藩の兵も弱いことは相違ない。だが、とにかく人数が多いから、これを打ち破るのは容易ではない。現に……」

長七郎は、つい近頃聞いたという、尊王攘夷派が大和国（奈良県）で企てた倒幕、新政府樹立事件の様子を詳しく語り始めた。栄一たちが噂でしか知らなかったその事件は、驚愕すべきものだった……

二十六　天誅組

——葉月（八月）十三日、孝明天皇の神武天皇陵参拝と攘夷親征（天子自らの征伐）の詔勅（天子の意思が表示された文書）が発せられた。神武天皇陵は大和国（奈良県）畝傍山東北陵にある。詔勅は大和行幸（天子の外出）と呼ばれた。

——翌葉月（八月）十四日、尊攘派志士である吉村虎太郎は、松本謙三郎、藤本鉄石ら同志とともに、大和行幸の先鋒となるべく、公卿中山大山を大将とする「皇軍御先鋒」を組織した。吉村らは長州（山口県）下関に向かう勅使（天子の特使）と偽り、大坂から海路堺へ向かった。千石船に乗り込んだ同志は、土佐脱藩浪士など総勢四十名。大将は中山、隊頭に吉村、松本、藤本の三人が就いた。

——十五日、一行は堺（堺市堺区）の土居川に上陸する。堺の通りは馬引や荷馬車や荷車、駕籠でごった返しており、旅籠も喧騒に包まれて活気があった。商人以外に武士や職人、高野山への参拝客など女人もいて、宿も往来も賑わっていた。吉村ら先鋒の集団四十名は、用心して四、五名ずつ分宿したが、雑踏に紛れて目立たずに済んだ。

――十六日払暁、高野山への参詣道として用いられる高野街道を通って、一行は狭山村（大阪府大阪狭山市）に入った。狭山村で軍装を整えた一行は、村人から天誅組と称され、幕府の悪政に苦しむ民の支持を得た。吉村は天誅組の軍師として、狭山藩も出陣して尊攘のために挙兵すべしという、大将・中山の命令を狭山藩家老、朝比奈縫殿に伝えた。対応に苦慮した狭山藩は、とりあえず天誅組にゲベール銃三十二挺を贈り、孝明天皇親征の折には必ず加わることを契った。

天誅組はさらに河内へと進出し、河内の同志十三名を吸収、常陸国（茨城県）下館藩の飛び地である白木陣屋（大阪府南河内郡河南町）からは、新式のエンフィールド銃五挺が差し出された。

五十三名となった天誅組は、菊の御紋の入った旗と幟を一流ずつ作り、旗と幟を押し立てて、旅籠に入った。旅籠では、高野山への参拝客などから、怖れと期待の入り混じった眼で見られた。義士扱いされて、面映ゆい心持になった者が多かった。

――十七日、天誅組は河内檜尾山観心寺（大阪府河内長野市）に入り、楠木正成の首塚に参拝した。楠木正成は、後醍醐天皇に最後まで忠義を尽くした正義の武将として、人気が高かった。南北朝時代の天才軍略家だったが、わずか八百の兵で十数万の足利尊氏軍と戦って討死した。天誅組は、この勤王の英雄を自分たちのあるべき姿、理想とした。

義のためには命をも投げ出す約束を交わした天誅組は、国境の二百六十丈（七百八十メートル）の千早峠を越えて、大和国（奈良県）に入った。大和では、十八名の同志が加わった。総勢七十一名。

夕七つ（午後四時）、幕府天領の大和国南西部、五条（奈良県五條市）に入った天誅組は、五条代官所を包囲した。代官所にいたのは、代官、鈴木正信とその妻、それに十三名の役人だけで、その有様は、五条出身の天誅組同志による物見で、吉村たちに正確にもたらされていた。

松本が鈴木代官に宛てた、降伏と幕府領の引き渡しを求めた文は、即座に拒否された。降伏を拒んだ代官所では大混乱の中で、戸板が立てられたり、あちこちに水桶が置かれたりして、慌ただしく戦闘準備が始められた。

怒りに燃えた天誅組の攻撃が開始される。土佐脱藩浪士、池内蔵太率いるゲベール銃隊が、表玄関から空砲で威嚇射撃している間に、吉村率いる槍隊が裏門からなだれ込んだ。
数で勝り、士気も旺盛な天誅組の攻撃に、少数の代官所側は全く対抗しきれず、鈴木代官と役人四名が殺害され、逃亡に失敗した役人が一名、逃げ切れずに自刃した。天誅組は代官所を焼き払うと、近くの浄土宗の寺院、櫻井寺を本陣と定め、引き上げた。門前に「五条御政府」の表札を掲げた。

――十八日、天誅組は鈴木代官と役人五名の首を、櫻井寺の門前に晒した。さらに、五条を「天朝直轄地」とし、百姓に向けて、この年の年貢の半減を約する高札を掲げた。
天誅組は大山を主将、吉村、松本、藤本を総裁とする「御政府」を櫻井寺に新たに設け、布告した。だが、天誅組の挙兵直後、京では、過激な長州藩や急進的な公卿を快く思っていなかった孝明天皇と、長州藩及び先鋭化した公卿の間で、対立が激化した。京都の政情は一変して大和行幸、攘夷親征の詔勅は偽勅だったとされ、大義名分を失った天誅組は、天子の先鋒ではなくなってしまった。

――十九日、天誅組は暴徒とされ、朝廷から追討の命が下されてしまう。

――二十日、孤立した天誅組は、天誅組が暴徒とされたことを知らない十津川郷（とつかわごう）（奈良県吉野郡十津川村）の五十九カ村から、一千名の郷士を集めて、櫻井寺周辺に陣を敷いた。

京都守護職・松平容保（まつだいらかたもり）から、天誅組追討の命が発せられたのを知った二万五千石の高取藩（たかとりはん）は、先に天誅組に恭順を約束していたにも関らず、態度を翻（ひるがえ）し、兵糧（ひょうろう）の差し出しの拒否に転じた。天誅組は組織の引き締めを図り、抗議してきた十津川郷士数名を斬首（ざんしゅ）、高野山金剛峯寺（こうやさんこんごうぶじ）にも支援要請の使者を送った。金剛峯寺では表向きは協力を約束しながらも、内密に紀州藩（きしゅうはん）に通報する。天誅組内部でも対立が起こり、足並みが乱れた。

天誅組は軍議で、高取城を奇襲して占拠、籠城して追討軍に徹底抗戦する計画を立てる。

――二十五日、一千名の天誅組は、櫻井寺を進発して高取城へ向かう。高取城では、城代家老・中谷栄次郎（なかたにえいじろう）が指揮を執って、防備を固めた。城を取り囲んだ天誅組は一千名、それに対して籠城した高取藩兵は二百名、さらに急遽動員した領民二千名の合計二千二百名で、高取城は守備態勢を整えた。

――二十六日、明け六つ（午前四時）、尾根筋に沿って堅固な石垣が築かれた狭い道を、その最深部に聳える天守を目指して、天誅組が二列縦隊で進軍した。

すっかり明るくなって、天誅組が何の抵抗も受けずに、鳥ケ峰に辿り着いた時だった。突如、雷鳴のような大筒の音が轟き、何発もの焼けた砲弾が降ってきた。同時に、数十挺の鉄砲が一斉に火を噴き、先頭の兵をなぎ倒した。石垣の間の狭い道は、散開することもできず、両脇の石垣の上から一斉射撃の弾幕が張られるたびに、天誅組の兵がバタバタと倒れた。烏合の衆である天誅組は、大混乱となり我先にと逃げだした。その背中に向かって、高取藩鉄砲組の組織的な射撃が、繰り返された。天誅組は、味方の屍を踏みつけ、脚を取られながら、命からがら高取城から逃げ出した。

一旦敗勢となった天誅組は、もはや主将・大山にもこれを立て直すことはできず、殿を務めた水郡善之祐の一隊が重坂峠で追撃に備えた。しかし、高取藩兵は追撃せず、城下の防備に徹した。高取藩は、二名が軽傷、死者は出さなかった。

夜九つ（午前零時）、吉村率いる二十四名の決死隊が、夜の闇に乗じて高取城下に侵入、火を放って、混乱の内に城内に討ち入ろうとしたが、高取藩の斥候と遭遇、銃撃戦となった。吉村は、この交戦で味方の誤射により重症、決死隊は成す術もなく五条まで退却した。

その後も天誅組は退却を繰り返すうちに、脱走者も出てバラバラになってしまう。

長月（九月）に入り、各方面から進軍してきた諸藩の兵は、総兵力一万四千の強大な幕府軍となって、天誅組を総攻撃してきた。混乱するばかりの天誅組は、善戦する味方部隊を置き去りにしたり、庄屋の屋敷や民家、街中に火を放ったりして人心も離れ、士気が著しく低下した。天誅組の臆病風に愛想をつかした河内勢が離脱すると、十津川郷士も離反を決意して帰郷してしまった。


――長月（九月）十五日、追い詰められた主将・大山は、天誅組の解散を告げた。


――二十五日、三総裁の一人、藤本が鷲家口（奈良県吉野郡東吉野村）で、紀州藩本陣に奇襲をかけ、壮絶な討ち死にを遂げる。

十八歳の時に槍の稽古で怪我を負い、失明していた左目に加え、高取城の戦闘で負傷した右目も悪化、盲目となった松本は、逃亡中に紀伊藩兵に追い詰められ、自刃。

辞世の歌。

「君が為　みまかりにきと　世の人に　語りつきてよ　峰の松風」

――二十七日、負傷して歩行困難となり、鷲家谷に潜んでいた吉村は、津藩兵に潜伏先を急襲され、捕えられて銃殺。三総裁は全員が戦死した。

大山は、たった七人となった天誅組に守られながら、大坂に到着する。すぐに長州藩邸に駆け込んで匿われ、さらに長州の下関に逃れていった。

――神無月（十月）寒露（八日）の頃、三総裁の首は、京の粟田口刑場に同志九名の首とともに晒された……

「……それらの首を見たからこそ、今回の無謀な企てを止めさせるために、京から急いで戻ってきたのだ……」

長七郎が苦し気にいった。

山の端から漏れ出た朝日が、尾高（おだか）家の二階も照らし始めた。

チ・チ・リ・リ……チ・チ・チ・リ・リ……チ・チ・リ・リ・リ・リ……チリ・チリ・チリ・チリ……蟋蟀（こおろぎ）の鳴き声が湧いている。

「……」

……言葉を失っていた。惇忠（じゅんちゅう）、栄一（えいいち）、喜作（きさく）、三平……誰もが黙り込んでいた。

キィー・キ・キ・キ・キ……百舌（もず）の高鳴きだろうか。キィー・キ・キ・キ・キ……

いつの間にか長い夜が白々と明けていた。

アー・アー・アー・アー・アーッ……明烏（あけがらす）が鳴いた。

「……楚（そ）の陳勝（ちんしょう）と呉広（ごこう）が、秦（しん）の暴政に苦しむ民衆を率いて反乱を起こし、劉邦（りゅうほう）、項羽（こうう）ら群雄挙兵の口火となったことは、長七郎さんもご存知でしょうが！」

「知っている。それがどうしたッ！」

売り言葉に買い言葉で、栄一のきつい口調に長七郎も気色（けしき）ばんだ。

「ならば、今我々が事を起こせば、たとえ一敗地に塗（まみ）れたところが、天下の同志がこれを見て、四方から奮起、幕府の天下を潰すでありましょう！」

「自分たちは血祭に上げられてもいいというのかッ！」

「漢の初代皇帝、高祖・劉邦が、秦を敗って天下を平らげた時にも、血祭は随分多くありました。今日幕府を滅ぼす端緒を開くために、その血祭となるのなら、我々の本分は足りるのです！」

「流れ者の一揆と見做されて、ことごとくさらし首になってもいいというのかッ！」

「何といわれようと、我々は決行するッ！　千葉道場を背負って立とうかという長七郎さんが、そのように腰抜けだったとは、今の今まで知らなかったッ！」

「何とでもいえッ！　兄者！　私が見聞してきたことを無駄にしないで下されッ！」

長七郎は、惇忠に裁定を仰ぐように顔を見て叫んだ。


それまで一言も発しなかった惇忠が、おもむろに口を開いた。

「……長七郎……先程の天誅組の話、誰に聴いた？」

「天、天誅組の生き残りから……です」

「随分と微に入り細に渡って、私にはまるで自ら体験したかのように聞こえた。目の前で見てきたかのように生々しいものだった……」

「……」

　長七郎が沈黙した。

　栄一も、喜作も、三平もハッとして黙り込んだ。

「！」

「まあ、よい。三総裁の一人、吉村とはどのような人物か？」

　惇忠が長七郎に訊いた。

「……尊攘派志士で土佐脱藩浪士。大和行幸の先鋒となるべく、皇軍御先鋒（こうぐんごせんぽう）を組織しました。天誅組の中心人物です……」

「松本は？」

「……やはり尊攘派志士で刈屋（かりや）（愛知県刈谷市）脱藩浪士。幼少時より学問を好み、十歳にして漢詩を作り、神童と称（たた）えられました。全国から俊才が集まる江戸の昌平坂学問所（しょうへいざかがくもんじょ）で、舎長（しゃちょう）（塾頭（じゅくとう））まで務めましたが、天誅組の中では、最も先鋭的な志士でした……」

「藤本は？」

「……岡山脱藩浪士です。性格穏やかにして、人望有り。補佐の才に長け、天誅組の誰からも慕われておりました……」

「大和に入った時、志士たちは何名といったかな？」

「七十一名です……」

「そうか……何から何までそっくりだな。そうは思わんか、栄一」

「……」

栄一だけではなかった。口に出さないだけで、全員が結論は得ていた。同じ結論だった。

……長七郎は栄一たちに先駆けて幕府転覆の企てに参加し、そこでの苦しい戦闘も体験していた。命懸けで戦ってきた長七郎の一言一言は、栄一たちの机上の空論を跡形もなく粉砕した。

長七郎は悲惨な結末を、その目に焼き付け、肌に沁み込ませている。

死を以て決行するといったところで、百姓一揆同様に見做されないとも限らない……主だったものは幕府の獄吏に辱められて、空しく刑場の露と消えるかもしれない……初めの目的に届かぬばかりでなく、世間では児戯に類した挙動だなどといわれかねない……

我々に続いて起こる志士もなく、犬死になるかもしれぬ……

長七郎の考えが正しかった。栄一たちは決起を捨てた代わりに、命を拾った……

二十七　京都行

人手の形をした茶色の枯葉が、道を覆っていた。葉を落とした道端の樹木は、魚の骨のようになった裸の枝を、霜月の木枯しに震わせている。力を失った太陽の光は、明るさだけがあって、熱はない。黄土色の歪んだ繭のような蟷螂の卵塊が、枯れ枝の上部に付いている。今年は雪が多いのだろうか。

疲れたような足取りで、ぼんやりと喜作の家に向かう栄一は、蝉の抜け殻のようだった。その影の薄い、魂が抜けたような栄一の後を窺う三人の武士がいた。目つきの鋭い黒ずくめの三人は、栄一の歩く速度に合わせ、栄一が立ち止まって何事か考えるような素振りをみせると、そのまま栄一を追い越した。

栄一を追い越した三人は、一里塚の榎の大樹の下に腰を下ろし、一文字傘を被ったまま、思い思いに竹筒の水を飲んだり、草鞋の紐を締め直したり、或いは煙管で煙草を吸ったりした。修業を積んだ武士のように、無駄のない自然な振る舞いだった。しかし、一文字傘の中の険しい眼差しは、寸分も一文字傘を動かすことなく、栄一の背中を追っていた。三人とも。無言のままで――

喜作は、家の前で、栄一を待っていた。ぶっ裂羽織に野袴、手甲、脚絆に菅笠を被っている。背中には右肩から左腰にかけて、打飼袋を斜めに背負っていた。

「遅いぞ、栄一」

喜作が、口を尖らせた。

「……すまん、すまん。伊勢参りから京都見物とはいい御身分だ、などと家の者からさんざん嫌味をいわれていた……」

栄一は、左目をつぶったまま、喜作の顔を凝視して、真剣にいった。左目をつぶっている時は、お互いに話を合わせることになっている。

「……そうか、俺も腑抜けの二人旅とは、弥次喜多か、などといわれた」

戯言めかしていう喜作の視線は、栄一に向けられながらも、ずっと遠くの一文字傘を被った三人の武士に焦点が合わせられていた。

「……では、参るとするか……」

喜作はわざと、ゆっくり歩き出した。学問は得意ではない喜作だが、危険を察知する能力には長けていた。三人の武士に怪しまれないよう、できるだけ自然に振る舞わなければならない。栄一も肩の力を抜いて、風に舞う枯葉や流れる雲を、きょろきょろ見回しながら歩いた。三人の武士は、ゆっくり構えてついてくる。八州廻りの役人のように思われた。

数日前から、栄一は、自分を尾行しているらしい不審な影に気付いていた。影は、独りの時もあれば複数の時もあった。

下手計村の惇忠の家から、血洗島村の生家に戻る途中のことだった。影の気配を察知した栄一が、生家を通り越して南二町（二百メートル）の諏訪神社に詣でると、影は、何事もなかったかのように、諏訪神社を通り過ぎた。しかし、境内から出てきた栄一が北に進路をとると、影もいつの間にか、距離を取りながら栄一の背後を窺っていた。

八州廻りは、江戸幕府の役人で勘定奉行支配下にあった。関八州の幕府領を始め、各藩領を巡回し、少しでも不穏な噂を聞くと、直ちに探索をし、疑いのある者を召捕った。そして、その噂が全く根拠がないと確かめられるまでは、過酷な拷問を加え続けた。

強大な権力を持ち、治安維持を名目にした八州廻りの残忍な取り調べは、攘夷論者を恐怖に陥れた。幕府に逆らったことがなく、犯罪にも全く身に覚えのない町民や村人たちでも、嫌疑をかけられないように、ひっそりと暮らした。町屋が、村が、宿場が、委縮して静まり返った。

栄一と喜作は、近隣や親族には、江戸に出た後、伊勢参りかたがた京都見物に行くといって回り、血洗島村を霜月（十一月）八日に出立した。この時代、伊勢参りは信仰心の発露とともに、庶民の最大の楽しみでもあった。公儀も道中の通行を優遇するなど、伊勢参りは国を挙げて推奨された。

怪しいと睨みながら、なかなか尻尾を出さない二人の追尾を、八州廻りが諦めたのは、栄一と喜作が、江戸・根岸にある一橋家用人・平岡円四郎の屋敷に入るのを、見たからだった。品格のある表門から門番を通して、二人は丁寧に平岡の屋敷内に迎え入れられた。

しかし、二人が頼りにした平岡は、上洛を命じられた慶喜に随行して、京に旅立ってしまい、不在だった。思いもしなかった平岡の留守に、栄一と喜作は顔を見合わせた。素浪人身分の二人だけで京に上るのは、危険極まりない。紋付き羽織・袴で大小を差してはいるが、何分、主な街道は、幕府の目が光っている。東海道はその最たるものだ。八州廻り以外にも、上は御庭番を頂点として下は目明しまで、探索を生業とする者が、馬喰、女衒、宮大工、古着売りなどありとあらゆる職業に扮して、街道を往来する者たちを首実検している。旅人は、武士といえども少しでも不審な点があれば、たちまち捕縛された。

　途方に暮れた栄一と喜作は藁にも縋る思いで、平岡と交わした約束を留守居役の家来に訴えた。神妙な顔つきで二人の話を聞き終えた家来は、しばし待つようにいうと、屋敷奥へと姿を消した。

「そうでございましたか。それはそれは大変失礼いたしました」

　奥から急ぎ足で、家来を従えた貴婦人が現れると、栄一と喜作を客間に案内した。家来に席を外すようにいう。三人だけになった。

「平岡の家内、やすでございます」

　やすは、恭しく両手をついて頭を下げた。しとやかな品位のある女性だった。

「渋沢栄一です」

「渋沢喜作です。栄一の従兄です」

「主人から聴いておりました。自分の留守中にお二人が自分を訪ねて、ここにお見えになるだろうから、その時はこれを渡すようにと」

やすが紫色の袱紗(ふくさ)を差し出した。白い手が包みを開く。中には、丁寧に折りたたまれた書状と通行手形があった。

書状には、

『此書状携(たずさ)ヘタル両名ハ当家ノ家臣ニテ
何事モ差シ支(つか)ヘ無キ様取リ計(はか)ラヒ
安(あん)ゼラレル可(べ)ク先(ま)ズ尽力サレン事(こと)肝要(かんよう)ニ候(そうろう)
　文久三年霜月
　　　　一橋家用人　平岡円四郎　』

とあり、二枚の木製通行手形には、

『一橋家
　関所手形
　東海道五十三次　通行許可証　』

とある。真ん中の関所手形の文字は、墨痕(ぼっこん)鮮やかに一際大きく、堂々としていた。将棋の駒の形をした大型の通行手形の上部の穴には、袴帯(はかまおび)にぶら下げられるように紅白の江戸打紐(えどうちひも)が結び付けられている。書状にも通行手形にも、一橋家の朱印が押してあった。

「また、京に着きましたら平岡を訪ねるように、とも申しておりました」

やすもまた、二人に対して謙(へりくだ)った物言いをした。これが一橋家の品性なのだろう。

栄一と喜作は、言葉を失った。平岡は全てを見通していた。二人が江戸の平岡の屋敷を訪ねるだろうことも、京へ上ろうとしていることも……

一を聞いて十を知る、とはこういうことをいうのだろう。平岡は客がくると、その顔色を見ただけで、何の用事できたのかすぐさま察した。だが、先が見え過ぎる。あまりにも切れ味の鋭い刀は、得てして折れやすいものだ……

栄一は命を捨てることも顧(かえり)みずに、幕府を転覆させようとした計画が挫折して、半ば生きる目的を見失っていた。かくなる上は、天子様のおひざ元である京に上ってしばらく身を隠し、将来のために己自身を見つめ直してみよう。京には志のある者が輻輳(ふくそう)しているそうだから、自分も京で、もう一度身の処し方を考えてみよう……

文久三年（一八六三）霜月（十一月）十四日、明け六つ（午前六時）に江戸を発った栄一と喜作は、暮れ六つ（午後五時）には江戸から八里九町（三十三キロ）の東海道・保土ヶ谷宿に着いた。宿場の真ん中、賑わっている大きな旅籠の前で、栄一が足を止める。

「ここで草鞋を脱ぐことにしよう」

「いや待て、栄一。もう少し外れの、小さな旅籠の方が目立たなくていいのではないか？」

喜作は、警戒を強めていた。

「大きな旅籠の方が、人混みに紛れて目立ちにくい。さらに万が一、八州廻りに踏み込まれたとして、私と喜作が別々の反対方向に逃げれば、どちらか片方は逃げおおせる」

「そうか。なるほど」

喜作が感心して頷いた。栄一は幼い頃から利発だった。今も少しも変わっていない。

「それに、我ら二人はもはや一橋家の家臣だ。みだりに捕縛されることもあるまい」

「そうだったな。平岡様には、大変な借りができた」

「いつか、この御恩に報いよう」

「ああ……」

栄一に続いて、喜作も旅籠の玄関引き戸を潜（くぐ）った。

二階中央の八畳に通された二人は、巾着（きんちゃく）と大小を帳場に預けて、風呂に向かった。ほの暗い行灯（あんどん）に照らされた二坪の風呂場には他に客がいない。栄一も喜作も、一坪の檜風呂（ひのきぶろ）に浸（つ）かると、手足を伸ばした。

「栄一……」

「ん？」

「後悔してないか？」

「何を？」

「娘が生まれていくらも経っていないだろう。会いたくはないのか？」

「歌子（うたこ）は八月二十四日生まれだ。もうすぐ三月（みつき）になる。会いたいのは会いたい」

「栄一はこれまで、国のことだけを考えて突っ走ってきた。京での仕事が一段落したら、田舎に戻って家族とともに、少しはのんびり暮らしたらどうだ」

「私は勘当された身だ。今さら故郷（ふるさと）には戻れない」

「栄一が村を出るときに、ちよが泣いていたというではないか」

「……」

「俺のような風来坊なら、誰も悲しませることがないからいい。だが、偉才であるお前を必要としている人間は大勢いる。それが不幸の始まりかもしれないのだ」

「……」

栄一は改めて、自分の行動が家族を悲しませていることに思いいたった。

歌子は成長するにつれ、父無し子と蔑まれ、悪童たちから苛められるだろう。ちよもあの広い藍の畑や野菜畑を日の出から日の入りまで、耕し続けなければならない。父は老体に鞭打って、藍玉を作り、売り捌き、藍の買い付けにも出向かねばならない。母と妹・ていは、麦を踏み、蚕の世話をし、真夏の藍の畑で、〆粕が入った重い桶を天秤棒で担ぎ、二町（二ヘクタール）もの畑に撒かねばならない。姉・なかも病の身体をおして、よろよろしながら、家族全員分の炊きや清まし（洗濯）をこなさなければならない。自分ができなくなった藍の家業や養蚕や麦や野菜の畑仕事を、家族全員で分担して、歯を食いしばってやり遂げなければならない。何としてでも、収穫までこぎつけなければならない。それは百姓の性だ。本能だ。栄一のようにその仕事を放り出すわけにはいかないのだ。

歌子……大きくなるまで不憫な思いをさせるだろうが、自分勝手な父を許してくれ。ちよ……すまぬ。本当にすまぬ。何から何までお前に任せっ放しにしてしまった。父上……こんな私のために百両もの路銀、まことにありがとうございました。母上……自分は喰うことなく、いつもいつも私に喰わせてくれた白玉ぜんざいの味、一生忘れません。姉上……病の身を押してよく作ってくれた煮ぼうとう、おいしゅうございました。醤油の匂いが漂ってくる夕餉は、大いなる楽しみでした。てい……〆粕が入った桶は重かっただろう。しなる天秤棒で両肩の皮が剥けたとか。無理な力仕事をさせてしまった。許せ……

「先に出るぞ」

喜作がざぶっと湯を揺らして出ていった。栄一は、両手で湯をすくうと顔を洗った。檜の香りがした。顔の滴が落ちても、さらなる滴が頬を伝った。栄一は顔を湯に付けた。湯の揺らめきの中に、手足を動かしたり、栄一の声に無邪気に反応する赤子、歌子の顔が見えた……

二十八　京都にて

霜月（十一月）二十五日、栄一と喜作は、京の三条大橋の欄干にもたれかかって、川面を眺めていた。三条大橋は長さ六十四間（百十五メートル）、幅三間五尺（七メートル）、高さ一間三尺（二、七メートル）。緩やかに湾曲する美しい構造だった。

鴨川を撫でるそよ風が、川面に微細な光を撒き散らしている。川の流れに逆らって見られる波紋は、跳ねる追河だ。命の躍動――追河は五寸（十五センチ）のほっそりした魚体を精一杯反らせて、銀色の腹を優しい太陽の光に、反射させている。

「美しい川だな……」

「ああ。この河原で幾百人もの首が晒されたなんて、俄には信じがたい」

喜作のつぶやきに栄一も同調した。

「全くだ。石川五右衛門が釜茹でになったのも、この河原か？」

「そうだ。石田三成も六条河原で斬首され、ここで首を晒された」

「そうか。長七郎もここで天誅組の晒し首を見たわけか」

「私たちもそうなっていたかもしれない。人の運命とは分からぬものだ」

栄一は、巡り合わせの妙を感じた。天誅組より自分たちが四月早く決起していたら、自分も喜作もここにはいなかった。いや、塩漬けの首だけになって、河原から同じ高さの鴨川を見ていたかもしれなかった。


三条大橋のたもとに、ひっそりと四脚門が建っていた。門を入ると、静かな境内に慈舟山瑞泉寺がある。栄一と喜作は、知らず知らずのうちに厳かな気持ちになって、石畳みの狭い道を歩き始めた。栄一が喜作に説明する。

「ここも文禄四年（一五九五）頃は河原だったはずだ」

「なぜ判る？」

「二代目関白の豊臣秀次がここで首を晒された」

「太閤秀吉の甥の豊臣秀次か？」

「そうだ。秀吉から謀反を疑われて、賜死を命じられた。秀次は高野山・青巌寺で切腹して、首はここに晒された」

境内の一角、細い通路の突き当りに、石の供養塔（くようとう）があった。立ち止まった二人は石塔（せきとう）を見つめた。古ぼけて判然としない文字が刻まれている。

『　塚　文禄四年文月十四日　』

「栄一、秀次は秀吉に請われて、養子に入ったのではなかったか？」

「ああ。実子に恵まれなかった秀吉の跡を継いで、二代目関白太政大臣（かんぱくだじょうだいじん）になった」

「秀次は本当に謀反を企てたのか？」

「いや、そんなことはない。秀次は近江八幡（おうみはちまん）の領主だった時は善政を敷き、領民から大変慕われていた。その後、数々の戦（いくさ）で手柄を立てたが、戦で散逸した古典の収集にも力を注いだ教養人だ」

「それならなぜ、切腹させられたのだ？」

「恐らくは……秀吉の愛妾・淀君（よどぎみ）に実子の秀頼（ひでより）が生まれて、秀吉から疎（うと）まれたこと。さらに、秀吉の進める朝鮮征伐（ちょうせんせいばつ）に、秀次が異を唱えたこと——だと思う」

「俺には秀次が正しいように、思えるのだがな」

「私もそう思う。だが、秀吉の残虐行為（ざんぎゃくこうい）はそれだけではない。秀次の晒された首の前に、秀次の妻と姫、四人の若君、三十三人の側室が引き出されて、一人ずつ処刑されては、大きく掘られた穴に投げ込まれた」

「何ッ！　秀次一族をことごとく処刑したというのかッ！」

「石塔の『塚』の字の上をよく見てみろ」

栄一にいわれて、喜作は石塔を改めて凝視した。『塚』の文字の上に、石の表面を削った跡があり、『　塚』となっている。何文字か削られたのだろうか。

「『塚』の字の上には、『秀次悪逆』と彫ってあった。高瀬川を切り開いた豪商・角倉了以が秀次とその一族を不憫に思い、その四文字を削らせた」

「知らなかった。正義は滅びて、不義を犯した人物が天下人になったというわけか……」

「世の中ではままあることだ」

「百姓から立身出世して太閤になった秀吉は、俺の中ではとてつもない英雄だった……」

「私もだ。ほとんどの貧しい者は、秀吉に己の夢を見ていただろう。だが、これが現実だ。人も世の中も不変というわけにはいかない。時流に身を投じることも必要なのだ」

「我らもそうあるべきなのか」

「幕府転覆を企てた私たちも、幕臣である一橋家のお陰で、無事京までこられた」

「……」

「……」

喜作は言葉を失っていた。栄一も黙り込んで石塔の文字を眺めていた。どこからか銀杏(いちょう)の黄色い葉が舞ってきて、石塔の上に落ちた。秀次を供養(くよう)しているように思われた。

陽が傾き始めた夕七つ(ゆうななつ)（午後四時）過ぎ、栄一と喜作は、京・木屋町通(きやまちどおり)にいた。江戸を発ってから十一日目、百二十六里（五百四キロ）を歩き通した。二人とも健脚だった。京までの道中では、通行手形を示したにも関らず、二度ほど旅の目的や滞在先を問われた。しかし、一橋家の書状を見せると、それ以上の詮索(せんさく)はされなかった。一橋家が名門であることを、栄一も喜作も改めて思い知らされた。

幅四間（七メートル）、深さ二尺五寸（七十五センチ）の浅い川を、米俵や酒樽を積んだ平船(ひらぶね)が、左右に揺れながらゆっくりと進んでいく。高瀬舟(たかせぶね)だ。川岸は旅籠(はたご)や商家が並び、大層活気があった。酒屋の軒先には、伏見(ふしみ)からきた酒樽が幾つも並んでいる。

栄一と喜作が、垂れ柳が続く高瀬川沿いを、宿を見定めながら歩いていくと、三条小橋脇に旅籠屋・茶久があった。上等の高そうな旅籠だったが、他に心当たりもない二人は、立派な構えの格子の玄関を潜った。

「おいでやす！」

すぐに愛想のいい番頭が出迎え、女中に足洗い桶を二つ用意させた。上がり框で足を洗い始めた二人に、揉み手をするようにしながら、番頭が遠慮がちに訊く。

「……京へはどのような御用でございますか……私どもにできることでしたら、何なりとお申し付け下されば、どないにもいたしますゆえ……」

番頭の京言葉は丁寧だが、その両目は上目遣いに栄一と喜作を値踏みしている。或いは、攘夷思想の志士を、警戒しているのかもしれなかった。栄一は一橋家の書状を見せた。番頭は緊張を解くと、安心したように商売人の顔に戻った。

「只今、お部屋に案内しますよって、待っておくれやす」

番頭は帳場から、宿帳を持ってくると、二人を二階の奥まった格上の部屋に案内した。京では、尊皇攘夷派と幕府側が、血で血を洗う抗争を繰り広げていた。

二十九　焦燥

霜月（十一月）二十六日、京に着いた翌日、栄一と喜作は早速、東本願寺の飛地境内である広大な庭園、渉成園にある一橋家の宿元に、平岡円四郎を訪ねた。一橋家の第九代当主・徳川慶喜が滞在する宿元は、数町ある周囲を枳殻の生垣で囲まれており、枳殻邸とも呼ばれている。豪壮な西門で門番の一人に来意を告げると、門番はすぐに家来を呼びに行った。

「……お待たせいたしました。一橋家平士・川村恵十郎でございます。平岡様まで案内仕ります」

見知った川村がいたずらっぽい口調で現れて、栄一も喜作も驚いた。平士というのは、上士に属する。その上士が二人に対してにこやかに、へりくだった物言いをした。まるで足軽のように。名門一橋家の上位の家臣であるというのに……

川村は栄一よりも三つ、四つ年上に見えた。丁寧にお辞儀をした川村は、二人が慌てて頭を下げるのを愉快そうに眺めた。その微笑んだ顔は目元が涼しく、剃られた月代もきれいな艶がある。女子(おなご)にもてそうだ。

後ろに気を配りながら歩く川村についていくと、渉成園というのは、とてつもなく大きな庭園だということが分かった。川村の説明では、庭園内には「渉成園十三景(しょうせいえんじゅうさんけい)」と称される景勝があり、風雅な池や高尚な建物が、随所で美景を作り出しているという。

確かに目に入った場所だけでも、池の周りの庭や岩や植込みは、洗練されて雅(みやび)であり、建物は気品を保って静かに佇(たたず)んでいる。その建物の一つに、川村は二人を招き入れた。

「よくきた。いずれ一橋に仕官してもよい、という気になったら、いつでもここにいる川村に申し出よ」

「エ？」

客間で二人と向かい合った平岡は、開口一番言い放った。栄一と喜作はあっけにとられた。なぜ平岡は栄一と喜作が、今すぐ仕官する気がないと分かったのか。

元より京へきたのは、栄一も喜作も都(みやこ)の情勢を探り、これからの自身の生きる術(すべ)を見つけるためで、すぐに一橋家に仕官するためではなかった。道中で、平岡が用意してくれた、一橋家の書状と通行手形を肌身離さず持っていたのは、京で平岡の家来になるためではない。何分にも素浪人の身分では、道中で嫌疑を受け、捕縛される恐れがあったからだ。ところが、いやしくも一橋家の家臣で、平岡の家来であるといえば、関所も国境も何事もなく越えることができた。平岡への借りは、いずれ返さなければならないが、それは直ちに平岡の家来になることではない。先ずは、京に集まっている偉人や英雄といわれる人たちと交わって、その思想や人となりから、己の進むべき道を見出さねばならぬ。家来になってからの平岡への恩返しは、それからでも遅くはないだろう。

「かしこまりました。私たち二人、一橋家に仕官したいという段になりましたら、何を差し置いても川村様に相談するようにいたします」

「その節はよろしくお願いいたします」

栄一と喜作は、揃って頭を下げた。

キーコーキーキー……しじまが戻った客間に、池の端からよく通る鳥の声が響いてきた。

「あの鳥は血洗島村でも、よく鳴いていたな」

喜作が栄一の顔を見ながら、同意を求めてきた。

「ああ。山や野に多い鳥だ。名は知らぬが……」

「斑鳩という。京よりも大和（奈良県）に多く棲む。大和では普通に観られる鳥だ」

平岡が説いた。

「そうですか。武蔵（埼玉県）でも京でも同じ鳥がいるのですね」

「いや。名前が変わらぬだけで、武蔵と京では鳥にも違いが出る。足下らもそうであろう」

平岡は二人に対して、相変わらず丁寧な物言いをした。

「私どもも京にきたからには、変わらぬといけませんか？」

「湯之盤銘曰、苟日新、日日新、又日新」

栄一の問いに、平岡は儒教の経典で答えた。

「俺にも解るように話してください」

喜作が不満を述べた。

「川村、解釈して差し上げろ」

「はい」

平岡に命じられて、川村が話し出した。

「栄一殿はお分かりかと思いますが……」

「『大学（だいがく）　伝二章――礼記（らいき）』の中の一編です」

「さすがでございますな」

川村が感心しながら、解釈を述べ始めた。

「『……殷王朝（いんおうちょう）を創始した湯王（とうおう）の水盤（すいばん）に刻まれている　誠意を尽くして一日新（あら）たにする　日々に新たにする　さらに日ごとに新たにする……』」

「もっと簡単に説明してくださいッ！」

喜作がいら立ったようにいった。

「失敬した。つまり……日に日に新しくなっていくこと。毎日毎日、向上進歩してやまないこと。それが日新（にっしん）の意味でござる」

川村の言葉を聞いた喜作は、大きく何回も頷（うなず）いた。平岡も川村も、この見識の高さはどうだ。

一橋家はやはり凄（すご）い！


だが……

栄一と喜作は、仕官することもせず、進むべき道も見いだせないまま、悶々（もんもん）として時を過ごした。渉成園にある一橋家を訪れてから、四日が経っていた。

師走（しわす）（十二月）になった。栄一は旅籠（はたご）を訪ねてきた川村から、「日本外史」を著（あらわ）した頼山陽（らいさんよう）の次男、頼復次郎（らいまたじろう）が東三本木通丸太町（ひがしさんぼんぎどおりまるたまち）で私塾を開いていることを聞くと、矢も楯（たて）もたまらなくなって、喜作ともども塾を訪ねた。

「一体全体、師に何用ですか」

応対した若い書生のぞんざいな態度にムッとしながら、栄一は「日本外史」の解釈を賜（たまわ）りたい、と述べた。「日本外史」の書名が出たことに驚いた様子の書生は、すぐに奥に引き返すと、復次郎へ取り次いだらしく、復次郎が小走りにやってきた。

「ここでは何ですから、ささ、お上がり下さい」

奥の間に通されると、頼次郎が書生を人払いし、障子を締め切った。

「改めまして。塾長の頼復次郎です。頼山陽の第二子になります」

「渋沢（しぶさわ）栄一でございます。お目にかかれて光栄です。突然の不躾（ぶしつけ）な訪問、まことに申し訳ありません」

「栄一の従兄、渋沢喜作でござる」

栄一の挨拶には、優れた儒者に対する尊敬の念が感じられたが、喜作はぶっきらぼうに言い放った。栄一と喜作に白湯を運んできた書生が、そそくさと立ち去った。

「……ところで『日本外史』のどのようなことをお知りになりたいのですか？」

復次郎が栄一と喜作の表情を窺いながら訊いてきた。二人が過激な攘夷論者ではないか、或いは幕府の密偵ではないかと疑っているらしい。

「私は、御尊父の『日本外史』の特色は、儒教の各論を礎として、独自の尊王思想を繰り広げている点にあると思いますが、復次郎様はどうお考えですか」

復次郎の表情に驚きの色が浮かんだ。

「儒教の各論に依ってという指摘は、初めて耳にしました。いわれてみれば、その通りかもしれませぬ」

「また平易な漢文を用い、簡潔に、情熱く、さりとて言葉を飾り立てることもなく、時の流れに沿って叙述した名文だと存じます。幽閉中に起草し、一口に二十六年といいますが、大変な歳月を費やした、後世に名を遺す名著かと」

復次郎の顔がほころんだ。

「亡き父が聴いたら、さぞかし喜ぶことでしょう」

「ただ……」

「ただ？　何でしょうか？」

言い淀んだ栄一の言葉を、復次郎が促した。

「大部分は幽閉中の、書物の照らし合わせもままならぬ逆境の中で書かれたものゆえ、致し方ないのですが、史実に誤りがあるのは惜しまれるところかと……」

「ご指摘の点は、様々な人物から批判されております。が、そのいきさつを解ってくれる人は多くありません」

復次郎はすっかり警戒を解いて、この学問好きな、恐らくは膨大な書物を読んでいるであろう若者との会話に、夢中になった。

「逆に、世間に流布した軍記物語しか手に入らなかった中で、よくぞあそこまで書かれたともいえますが」

栄一は、書き物を仕上げる苦労に触れた。「日本外史」二十二巻を仕上げるのは、どれほど困難な仕事だっただろう。

「栄一殿は何処で『日本外史』を読まれたのですか」

「武蔵野国下手計村（むさしのくにしもてばかむら）にある尾高塾（おだかじゅく）でです」

「お幾（いく）つの時ですか？」

「十二歳の時でした」

「まさか！　御冗談を。ご存知の通り、『日本外史』は二十二巻全文が漢文ですぞ。いくら書物に親しんでいるとはいえ、十二歳ではとうてい読めるはずが――」

「イヤ！　嘘（うそ）ではない。俺が十四歳の時だったから、栄一は当時十二歳だ。栄一は普通の童（わらわ）とは違っていた。今も大分変わっているが」

　喜作が割って入った。

「喜作殿も読まれたのですか？」

「俺は『南総里見八犬伝』を読むのに忙しくて、『日本外史』は読んでいる暇がなかった……というか、最初に書物を開いた時から、何が書いてあるのかさっぱり解らなかった。異国語で書かれていると思った。目が回った」

　ハハハハハ……喜作は常に正直だった。

　頼復次郎塾で気分を良くした二人は、宿へ帰ると夕食に酒を頼み、普段は酒を呑まない栄一も、二口三口伏見の酒を呑んだ。肴も繊細な味で、鱧の造りや塩焼きの鮎を食べ終えると、明石の蛸や若狭の蟹、喉黒など珍しい魚を追加で頼んだ。最後に軍鶏鍋が出てくると、さすがに腹が一杯になった。喜作は、五合の酒を呑んでいる。久し振りの贅沢で、笑いが絶えず、愉快な夕餉となった。

翌日からも、京で名の通った学者や思想家、塾生などを訪ね歩いては、その話を聞き、栄一や喜作の思うところも述べて、議論した。毎日が瞬く間だった。

京での逗留が半月になろうという頃、討論に飽いた二人は、伊勢参りを計画した。当時は尊王思想を持つ者であれば、伊勢神宮への参拝は、日本人として欠くことができない行事とまでいわれていた。

雪が舞う寒い季節になっていたが、栄一二十四歳、喜作二十六歳と元気な二人は、北風が吹き荒ぶ中を、意気揚々と伊勢目指して、三条大橋を渡った。

京では、長州藩のように攘夷を主張する藩があれば、会津藩のように京都守護職となって、京の治安維持、幕政の継続に尽力する藩もあった。幕府の親藩であっても、藩内に攘夷を主張する家臣がおり、脱藩して浪士となる者も多かった。表面上は藩の意向に従いながらも、一旦事が起これば、どちらに転ぶか分からぬという家臣が大勢いた。

栄一と喜作も、攘夷思想に染まりながら、現実は御三卿の一つ、一橋家の世話になり、身柄（みがら）預（あず）かりのような形になっている。そろそろ自分たちの進むべき道を見定めねばならない。伊勢参りで一旦京を離れ、もう一度京と己自身を外から見てみる必要があった。

栄一と喜作は四十里（百六十キロ）の道のりを四日で歩き終え、伊勢に到着した。陽が沈むまではまだ間があったが、目に付いた宿へ入った。伊勢神宮を丁寧に参拝するには、明朝早くからでもかなりの時間がかかるだろうと考えたのだ。

平安の世から続くといういにしえの宿は、伊勢神宮から半里（二キロ）余りで、国中の参拝客で混んでいた。ありがたいことに、宿の中に趣の異なる温泉風呂が三つもあり、空いている湯に浸かることができた。

翌朝は、暁七つ（あかつきなな）過ぎ（午前五時）の夜明けとともに、宿を出た。

伊勢神宮へ着くと、外宮（げくう）の玄関である表参道火除橋（おもてさんどうひよけばし）を渡り、左側にある手水舎（てみずしゃ）で手と口を清めた。豊受大御神（とようけおおみかみ）が祀（まつ）られる御正宮（ごしょうぐう）へ向かい、二礼、二拍手、一礼をもってお参りする。さらに、新たなる始まりを見守るという多賀宮（たかのみや）、古くから土地を守ってきた土宮（つちのみや）、雨と風から農作物を守る風宮（かぜのみや）をお参りし、神楽殿（かぐらでん）の前を通って、勾玉池（まがたまいけ）に出た。外宮の参拝だけで、一刻（二時間）が過ぎており、空はすっかり明るくなっていた。

「栄一、少し休んで、何か喰わないか。腹が減って倒れそうだ」

「私も腹ぺこだ。内宮（ないくう）の門前町で名物の団子でも喰うか」

栄一と喜作は、おかげ横丁へ行くと、団子や餅を喰った。好物の団子と餅に満足した栄一が、足元を見ながら呟いた。

「私が子供の頃、天保飢饉（てんぽうききん）があって、貧しい家では、藜（あかざ）の葉っぱと源五郎虫（げんごろうむし）を喰っていた。同い年の童がシャリシャリと源五郎を咀嚼（そしゃく）する音は、いまだに耳に残っている……」

「俺の周りでも、犬猫は無論、蛇（へび）や鼠（ねずみ）、蜥蜴（とかげ）、蛙（かえる）でさえも喰い尽くされた……」

「あのような時代に戻してはならない……」

「ああ。全くだ」

「どれ、内宮をしっかり参拝するとするか」

「いつもすまぬな」

いつものように二人分の代金を払って立ち上がった栄一に、喜作が礼を述べた。二人は軽快な足取りで内宮に向かった。


鳥居(とりい)の先に橋が架かっていた。内宮の入口である宇治橋(うじばし)は、見晴らしのいい大きな橋だった。橋を渡ると、紅葉(こうよう)が美しい神苑(しんえん)に出た。神の庭といわれている。五十鈴川御手洗場(いすずがわみたらしば)で手を清め、御正宮へ向かった。二十段の石段があり、その石段の上に天照大御神(あまてらすおおみかみ)が祀られている。御正宮を参拝し終えると、静かな緑の中の石段へと進んだ。天照大御神の荒(あら)ぶる魂(たましい)が祀られているという荒祭宮(あらまつりのみや)へ出た。切妻造(きりづまづく)り、茅葺(かやぶき)の格式高い社(やしろ)は、総(すべ)て檜(ひのき)が用いられている。

参道に戻ると、蒙古襲来(もうこしゅうらい)の際に神風(かみかぜ)を吹かせたという風の神、風日祈宮(かざひのみのみや)が橋の向こうに鎮座(ちんざ)していた。参道に戻り、神楽殿、参集殿(さんしゅうでん)の前を通って、子授け・安産の神である子安神社(こやすじんじゃ)を過ぎる。当然のことながら、若い女人(にょにん)、女房、産女(うぶめ)が真剣なまなざしで、礼拝している。老女が手を合わせているのは、参拝にこられない嫁や愛娘(まなむすめ)の代わりだろう。

内宮の参拝を終えた時には、冬の太陽が頭の真上にあった。栄一と喜作は、再びおかげ横丁へ行くと、昼餉で混み合う飯屋に入った。二人とも伊勢うどんを注文した。太くて柔らかい麺に、出汁と伊勢溜まり醤油を掛けて食べる伊勢うどんは、鰹節の豊かな風味と葱の香りが食欲をそそった。茹でたての麺を啜ると、満ち足りた気分になった。

伊勢参りから、復路も四日を掛けて京に帰ってきた。二人は、敬虔で複雑な気持ちになっていた。伊勢神宮のあの一角には、確かに京や江戸とは違う風が吹いていた。深い森も川も樹木も自然のままで、古代人の暮らしがそこここで感じられるような気がした。

御霊が鎮まり、心が治まり、社も鳥居も自然の中に組み込まれていた。豪壮な社殿であっても、穏やかに佇み、秩序を保ち、安寧の中にあった。清涼、静謐の気が満ちて、邪悪な意志が浄化されるようだった。

栄一も喜作も気付いていた。このままではいけないと――

三十　困窮

年も押し詰まった師走（十二月）二十五日、京での宿、旅籠屋・茶久に九日振りに帰ってきた二人は、部屋に入ると、伊勢参りに持ってでた金子の残りと帳場に預けていた巾着の中の金子を数えて、唖然とした。

家を出る時に、栄一が父から貰った百両という大金は、江戸で遊んでいる間に、吉原に上がったことなどもあって、京に着いた時には残り七十五両になっていた。その金子も、京での交遊や、また伊勢参りなどをし、何度か宿の支払いもしているうちに、いつの間にか残り七両になってしまっていた。このままでは、京に居られなくなってしまう。

心許なくなった二人は、番頭を通して宿の主人に掛け合った。

「飯はどのようなものでもよいから、もっと安くしてはもらえぬだろうか?」

栄一の頼みに、最初は渋っていた宿の主人も、昼餉を抜いた朝餉と夕餉の一日二食で、一人一日の旅籠代を四百文に負けることになった。それでも旅籠代としてはかなり上等で、並の旅籠は、一人一日二百五十文が相場だった。さらに下宿屋であれば、それよりも遥かに安く逗留できた。だが、村育ち、世間知らずの二人には、そのような町衆の知恵は全くなかった。これから先どうすればいいのだろう。

翌日、先行きに不安を感じた栄一と喜作は、渉成園・枳殻邸に平岡を訪ねた。だが、一橋家は五日前に渉成園から二条城に宿元を移しており、平岡も慶喜に随行していなくなっていた。栄一は、枳殻邸で応対に出た留守居役の武士に、二条城への道筋を聞くと、直ちに二条城へと向かった。

「栄一、恐れ多くも二条城だぞ。重臣になった平岡様がすんなり会ってくれるだろうか」

「喜作、平岡様は相手の身分は無論のこと、自身の立場によっても態度を変えるようなお方ではない。分かりきったことではないか」

「それはそうだが……」

気が引けている様子の喜作を尻目に、栄一は二条城へ向かった。喜作は仕方なく栄一に追随した。

半刻（一時間）程歩くと、外堀に面した豪壮な櫓門が見えた。

二条城の正門・東大手門（ひがしおおてもん）は、整然とした切込積（きりこみづみ）の石垣の上に漆喰壁（しっくいかべ）、屋根は本瓦葺（ほんかわらぶき）の入母屋（いりもや）造（づく）りだった。白と黒の対比が美しく、見上げるように高い鯱（しゃちほこ）が飾られた棟（むね）は、白雲を背に伸びやかに反り返っている。幅十三間（二十三メートル）に及ぶ重厚な門だった。

「栄一、ここは正門（せいもん）ではないのか。裏門（うらもん）へ廻ろう」

気後れした喜作が、勇壮な門を見上げていう。

「我らはまだ、平岡様の家来になったわけではない。正門から入るのが筋だ」

「しかし……」

粗末な羽織（はおり）と袴（はかま）で、何やら揉めている二人を見た弓手（ゆんで）の門番が、訝（いぶか）し気（げ）に誰何（すいか）した。

「己等（うぬら）は何者だ？　ご城内に何か用か？」

槍を携えた門番の顔には、明らかに不審の色が浮かんでいる。

「用人（ようにん）の平岡円四郎様にお目通（めどお）り願いたい」

「平岡様に！　貴殿（きでん）は？」

平岡に会いたいという栄一に対して、門番は無礼があってはまずいと思ったのか、改まった言葉遣いになった。だが、槍を握り締めた両手は、いささかも緩んではいない。

「渋沢（しぶさわ）栄一と申しまする」

「渋沢喜作でござる」

「渋沢……栄一殿に喜作殿でござるな？　しばし待たれよ」

門番は、右手(めて)にいる門番に目配(めくば)せした。右手の門番は小さく頷(うなず)くと、槍を持ったまますぐに城内に消えた。


「これは、これは……栄一殿に喜作殿。久し振りでございますな」

いつものように明るく、爽やかな風をまとって川村が現れた。川村の親しいながらも丁寧な挨拶に、門番たちも低頭しながら、持ち場に戻った。

「御無沙汰いたしました。喜作ともども伊勢参りへ行っておりました」

「枳殻邸の方へ参りましたら、こちらにご入城と伺いましたゆえ」

「ここは大御所様(おおごしょさま)（徳川家康(とくがわいえやす)）が築城されて、代々徳川家が上洛(じょうらく)した際の宿元として使っております。ささ、どうぞ、中へ……」

川村に促されて、二人は緊張しながら入城した。門番は二人がきた時とは打って変わって、二人が正門を潜り終えるまで、低頭したままだった。

城内にも、冬の太陽を反射させて、豪華絢爛な門があった。葵の紋や鳥や草木をかたどった金箔が、唐門の屋根裏側の何層もの彫刻に貼られ、金色に輝いている。

唐門の奥に、冬の青空を写し込んで、大きな池が静まり返っていた。大小様々な岩が池を縁取り、這松、山吹、房桜などの低木が池の奥に山の気配を漂わせている。

池を過ぎると、武家風書院造りの大きな御殿があった。広大な白洲の向こうに六棟の建物があり、雁が飛ぶように少しずつずらして建てられている。全体が重なることなく、散ることもなく、精妙な距離と向きを保っていた。

あまりの壮大さに言葉も出ないまま、栄一と喜作は池の一角にある建物に招かれた。

「どうやら仕官の話ではなさそうだな」

二人の前に現れた平岡は開口一番、二人に微笑んだ。

「！」

栄一も喜作も、心を見透かされて言葉を失った。一体、平岡という男は何なのだ。

「暮らし向きが、たちいかなくなったたか？」

「……はい……お恥ずかしい話ですが……」

「しかし、我らの窮乏がどうしてお分かりになりましたか？」

「そこもとらの顔に書いてある」

栄一と喜作は、思わず顔を見合わせた。お互いに相手の顔を凝視する。喜作が首を振った。

栄一は喜作の顔を見つめると、視線を眉間から顎に移動させながらつぶやいた。

「――一日二食では、腹が減ってたまらぬ。贅沢はいわぬが、一日三食は喰いたい――」

平岡と川村が大笑いした。

「主らは正直じゃ。川村……」

「ハッ！」

後ろに控えていた川村が、立ち上がると隣の間に行った。すぐに戻ってくると、二人の前に袱紗の包みを差し出す。包みは小判の形になっていた。川村が紫の布を拡げる。

「これは？」

「我らにお貸しいただけるのですか？」

栄一も喜作も、声が上ずっていた。金子を借りたかったのは事実だが、こんなにも簡単に貸してもらえるとは！

「二十五両あります」

「ありがとうございます。すぐに証文を書きますので、筆をお貸しください」

「証文など要らぬ」

栄一の言葉に、平岡が応えた。

「しかし、後々面倒なことになっては困りますゆえ」

「栄一殿の顔に書いてある。のう、喜作殿」

平岡の言葉に、喜作が栄一の顔を凝視しながら、つぶやいた。

「はい――渋沢栄一と渋沢喜作は確かに一橋家より二十五両、拝借仕りました――」

「二十五両返すまで、顔を洗えませんね」

ハハハハハハハハ……栄一の言葉に四人揃って大笑いとなった。

三十一　嫌　疑

　雪が空から降ってくる。降ってきた雪が地面に積もる。地面が白くなる。川面に降った雪はすぐに解けて川になる。橋に降った雪は赤い欄干を白く染める。椽の瓦屋根が利休鼠の色に変わる。格子や黒塀に積もった雪は漆黒を和らげる。うっすらと白くなった京の街は墨絵のようだった。

　文久四年（一八六四）如月（二月）一日、栄一と喜作は旅籠屋・茶久の部屋で、火鉢を真ん中にして向かい合っていた。肩から掻巻を掛けて、火鉢に手をかざしている。

「喜作、もう餅はなかったか？」

「餅など正月に喰ったのが最後だ。とうになくなっている」

「そうだったか」

　二人とも寒さを堪えて、揉み手をしていた。

「ああー、俺は酒が呑みたい」

「今日の夕餉には、久し振りに餅と酒を付けてもらおう」

「だめだ、だめだ。餅を喰ったり、酒を呑む余裕があったら、わずかでも平岡様に借りた金を返すべきだ」

「喜作……主も変わったな」

「どう変わった？」

「考えが堅実になった」

「当たり前だ……いつまでも武州の素浪人ではおられまい。長七郎へ送った文の返事もそろそろくる頃ではないか」

「そうだな。文を出してから暫くになるな」


文久三年（一八六三）の大晦に二人は長七郎に宛てて、文を出していた。

『我ら両名とも昨今は京・一橋家に世話になり候
昨今の幕府は政を失いおり、その幕政で天下を支配する様は、とうてい日本の為に非ず。
その先行きにはいかほどの望みも非ざるなり。一刻も早くこれを転覆させなければ、国は

衰退するばかりと考え居り候
京には有志の者、数多居り候
貴兄も上洛し、共々尽力されては如何と考え居り候
予てより見込んだ通り　幕府は攘夷鎖国の談判の為　潰れること必定
我等が天下国家のため尽力すべきは正にこの秋ならん
さすれば貴兄も上洛し大事に備えられんこと頼み奉る

文久三年大晦

渋沢栄一

渋沢喜作』

文は飛脚を避けて、旧正月に武蔵（埼玉県）を通って常陸（茨城県）へ下るという水戸藩の志士に託した。信頼できる攘夷思想の持ち主だった。

トントントントントン、と足音を立てて二階に上がってくる音がした。旅籠の者だ。旅籠の者には、足音を忍ばせて上がってくることを固く禁じている。

「栄一様、喜作様、お邪魔いたしますよ」

一声かけた後で障子が開き、茶久の番頭が顔をのぞかせた。手に文を持っている。

「今しがた、飛脚がこれを持って参りました。江戸からだそうでございます」

番頭は入口の畳の上に文を置くと、そそくさと立ち去った。忙しいというよりも、係りになりたくないという素振りだった。

「どれどれ」

番頭が置いていった文を、栄一が拾い上げた。切封の紐を切って、蛇腹に折られた硬い和紙を開く。喜作が脇から覗き込んだ。文は長七郎からだった。二人は、その文を一読して愕然とした。思いもかけない大変な内容だった。仔細が記されている。


『……これは獄中から出すことを許されたただ一通の文である。

尾高長七郎は、中村三平と福田滋助の両人を連れて、下手計村から江戸へ出る途中において、何か事の間違いから幕吏に捕縛されてしまった。そのまま伝馬町の牢獄に繋がれて生命も覚束ない。

捕縛された際に不覚だったのは、栄一と喜作から受け取った、上洛して大事に備えよという文を懐中に忍ばせたまま捕縛されたことである……』

栄一と喜作は長七郎からの文を、再三再四繰り返して読んでみた。顔色を失った。惇忠師とともに攘夷思想の柱であり、剣術にいたっては千葉道場を背負って立つとまでいわれた長七郎が、暗く寒い牢獄に繋がれている。中村も福田も、栄一や喜作と死生存亡をともにすると誓った仲間だった。

「くそッ！　こんなことになるんだったら、当初のあらまし通り霜月（十一月）に事を挙げればよかったのだッ！」

「シーッ！」

栄一が口に人差し指を当てて、喜作の大声をたしなめた。

「……確かにあの時決起していた方が、かえって縄目にかかって辱めを受けることはなかったかもしれないな」

栄一も文を見ては切歯扼腕するばかりだった。

「栄一、明日直ちに出立して江戸へ向かおう！　長七郎一行を些細な間違いから捕縛するなど、不埒千万な幕吏であるといって釈放させようッ！」

「……喜作、声を低くしろ。ともかくも八百万石を領している幕府を相手に、不埒だといって一人や二人威張っても仕方がない。万一、誤って我らまで長七郎さんと同じに縛られでもしたら、もはや誰一人助けようとする者はおらぬ……」

栄一にも悲憤慷慨の気持ちはふつふつと沸き起こってくるものの、どうすればいいのか皆目解らなかった。

キョ・キョ・キョ・キョ・キョ・キョ……キョ・キョ・キョ・キョ・キョ・キョ・キョ……

夜も更けると、夜鷹の鳴き声が聞こえてきた。

「……長州の多賀谷勇を頼って、長州に行ってみるか？　江戸と深谷で二度会っただけだが、あの男の攘夷思想は揺るぎのないものだし、弁もたった」

喜作が声を潜めて、以前知り合った攘夷論者の名前を出した。栄一もその男のことはよく覚えていた。確かに考え方がしっかりした勤王の志士だった。

「……いや、出身が長州であるというだけで、多賀谷が長州にいるかどうかも分からない。その生死さえはっきりしない人物を頼って、長州に向かうというのは危険すぎる……」

栄一も隣の部屋の気配を窺いながら、低い声で話した。

「……多賀谷でなくとも、長州には攘夷主義者が大勢いるではないか」

「……だが、長州の国境警備の厳しさは他藩の比ではない。無事、藩内に入れるかどうかさえ覚束ないのだ」

長州からの脱藩浪士が増えるに従い、長州藩境の警備は一際厳しくなっているという。

「……一橋家の家来だといえば大丈夫だろう」

「……いや、逆に幕府の回し者だと怪しまれて、首を切られるかもしれない……」

「……八方ふさがりだな」

「……長七郎さんを救う方策を探る前に、己らの捕縛・投獄を避けなければならない」

「……我らからの文が幕吏の手に渡った以上、我らも同罪というわけか」

「……」

栄一にも妙案が浮かばないまま、時だけが過ぎていった。

雄鶏が時を告げ、遠くの野良犬が遠吠えを止めた頃、ようやく冬の太陽が山の端から頭を出し始めた。

栄一も喜作も一睡もできなかった。二人とも蒲団の中で、いろいろと先行きを考えてみたものの、何の方向も見い出せなかった。故郷での幕府転覆計画を諦め、京で生き方を見定め、拡げようとしたものの、叶わなかった。

　このままでは幕吏に捕縛されて、投獄され、打ち首になって首が晒されるのを待つだけだ。京まで逃げた挙句、悪人呼ばわりされて末代までの恥さらしと貶められる。二人にとって、それは耐えられないことだった。死ぬこと自体は致し方ないことであるが、家名を汚し、故郷の家族に肩身の狭い思いをさせることは何としてでも避けたかった。

　だが、昨夜から思いは堂々巡りを繰り返し、解決策が浮かばないまま、いつしか障子に冬の弱い朝日が当たり始めた。

　障子が濾した柔らかな冬の日差しが、部屋に伸びてきた。栄一と喜作は、黙ったままだった。京にくれば、自分たちは変わることができると思っていたが……立ち直ってこの国の明日を輝かせることができると信じていたのだが……

　トントントントン、階段を上がってくる軽い足音がした。

「……お早うございます。お目覚めでしょうか」

「ああ、起きておる」

襖越しに喜作が答えると、女中が顔を出した。四つの塩握りと聖護院蕪の千枚漬け、番茶をのせた盆を入口近くに置く。朝餉はますます質素になって、宇治茶も玉露から煎茶、さらには番茶へと代わっていた。仕方がない。栄一も喜作も素寒貧で、一橋家から借りた金も底を尽きかけていた。茶久の主人には、一日二食四百文の旅籠代を、さらに三百五十文まで負けてもらっている。贅沢はいえない。

「文が届いております」

女中が胸元から文を取り出して、喜作に渡した。盆の上に置いて運んだのでは、途中で誰かに見られると思ったのだろう。若いのに気が利く女中だ。

「ご苦労だった」

喜作は、栄一の前で文を拡げた。文は平岡からだった。

『いささか相談したい儀、御座候
御両人共々　取り急ぎ宿元までお越し願いたく
文にてお知らせ申し上げ候
』

栄一と喜作は、直ちに二条城の一橋家に平岡を訪ねた。顔馴染みの門番に平岡への訪ないを告げると、門番はすぐに川村を呼びに行ってくれた。

「御足労を煩わせました。ささ、どうぞ」

早足でやってきた川村は、緊張した面持ちで、二人をいつもとは違う奥まった建物へ案内した。周りを樹木で覆われ、静まり返った奥書院は、無骨な武家造りだった。三人は式台を素通りし、濡れ縁から座敷に上がった。座敷に武者隠しがあるようには見えない。襖で仕切られてはいるが、隣の間に数名の武士が詰めているのだろう。空気が張り詰めていた。いずれも練達の士に違いない。

栄一と喜作は、今日は警戒すべき人物と見なされているのだ。

音もなく縁側の障子が開くと、平岡が姿を見せた。床の間の違い棚を背にして、腰を下ろす。弓手に川村が座し、馬手の襖の奥には警護の武士が息を潜めている。

「本日は足下らに尋ねたい儀があって、御足労願った。単刀直入にいう。これまで江戸で何事か画策したことがあれば、包み隠さずに全てを申し述べよ」

平岡の簡素な言葉に、栄一も簡潔に答えた。

「突然のお尋ねでございますが、別に何も画策したことはございませぬ」

喜作も隣で大きく頷いている。幕府転覆を計っていたとは、たとえ攘夷主義者であろうとも、幕臣である一橋家の重臣には口が裂けてもいえない。だが、平岡には通じなかった。

「されど何ぞ仔細があってのことであろう。足下らの様子について、幕府が一橋へ尋ね合わせてきた。私も足下らとは格別懇意の間柄であり、その気質も十分に知っている。悪くはせぬ。何事も包まずに話してくれぬか？」

平岡の素直さに二人はうな垂れた。恐らく、聡明な平岡はあらましを知っている。感づいている。それでもなお、自分たちを信じて、自らの口からいわせようとしているのだ。嘘をついたことが恥ずかしかった。だが、決心するまで、しばしの間が必要だった。

決意を固めた栄一は、喜作を見た。喜作もゆっくりと、だが、大きく力強く頷いた。

「……正直に申し上げます。心当たりがございます。私どもの旧友である三人が、何か罪科を犯して、幕府の手に捕われ獄に繋がれた、という文を昨夜受け取りました」

「その三人とはどういった者であるのか」

「その者たちは、我らと志をともにして、攘夷鎖国を主張していました。その内の一人は剣術の達人で、江戸の千葉道場で師範代も務めた男です。三人とは別にその撃剣家の兄に、私と喜作は学問を習い、攘夷思想を学びました」

「尾高惇忠先生か？」

「惇忠師をご存じなのですかッ！」

栄一も喜作も思わず身を乗り出した。

「私が昔、下手計村を訪ねたのは、惇忠先生の話を聞くためだった。私よりも若いが、極めて優れた師だ」

平岡ほどの人物が惇忠師を讃えていることを、栄一は誇らしく感じた。喜作の顔もほころんでいる。

「しかし、幕府が足下らを疑うのは、その三人が捕らえられたことだけではあるまい。他に何か訳があるのではないか？」

「……昨年の大晦、その撃剣家・尾高長七郎に宛てて我ら二人の名前で文を送りました。その文を懐中していて捕縛されたと昨夜の文にありましたから、幕府から一橋家への尋ね合わせというのは、その文に関わることと存じます」

「その文にはどのようなことを書いたのか？」

「……文には……幕府がすこぶる嫌疑を持つようなことをしたためました。幕府は政を失っており、今の幕政で天下を支配している間は、とうてい日本の先行きは見込めない。早くこれを転覆させなければ、国は衰退する一方である、というような意味のことでありました。幕府に対しては、最も禁物の文であろうと心得ます……」

栄一はもはや平岡に隠し立てする気は、失せていた。下手な申し開きをしても、この平岡にはすぐに見破られてしまう。それに……平岡の好意に応えるには、全てをありのままに伝える必要があった。喜作も何度も頷きながら、拳で目尻を拭っている。川村も目を伏せたまま、身じろぎもしなかった。

「そんなことであろう。悲憤慷慨に駆られた者は、得てして荒々しい挙動にでるものだが、足下らはまさか人を殺して金子を奪ったことなどはあるまい？」

「人を殺したことなど、一度もございませぬッ！」

今まで黙っていた喜作が、強く否定した。

「義のために殺そうとか、奸物故捨て置けぬなどと考えたことはありましたが、実際に手を下したことはありません」

「それならそれでよい」

平岡はそれ以上の詮索はしなかった。


「……川村」

「はッ！」

「二人分の昼餉を用意せよ！」

「かしこまりました」

川村が肩を引き上げて立ち上がると、部屋を出ていった。

「……では、我らもそろそろ失礼いたします」

栄一が喜作を目で促しながら、立とうとした。

「用意する昼餉は足下らの分だ」

平岡が笑みを浮かべていった。

「それではご迷惑をお掛けしてしまいます」

栄一は腹にもないことをいった。

「いまさら遠慮しなくともよかろう。旅籠代を値切ったゆえ、一日二食にされたというではないか。腹が減っては戦はできぬじゃ。のう、喜作殿」

「しかしながら、武士は喰わねど高楊枝、という言葉もあります」

喜作がやや胸を反らしながらいった。

ググーッ！　グググググーッ……

途端に、喜作の腹の虫が鳴いた。

アハハハハハハ……

「まっこと正直な男よのう。嘘をついてもすぐにばれる」

平岡の言葉に再び笑いが起きた。

「昼餉を持って参りました」

障子が開くと、川村と足軽が二客の膳を掲げて入ってきた。栄一と喜作の前に置く。飯が山盛りになっている。鰤の造り、湯葉と蛸の和え物、湯豆腐、鯛の潮汁、柴漬け、椀飯振舞だ。

「遠慮なく召し上がられよ。喰い終えたら、膳はそのままでよい。帰りは見送らぬゆえ、好きに帰るがよい」

「こたびは大変ご迷惑をお掛けいたしました。拝借した金子も必ずお返しいたします」

「慌てなくともよい。金は天下の回り持ち、というではないか」

栄一の言葉に、平岡は鷹揚に応えた。

「重ね重ねのご親切、かたじけなく存じます」

「遠慮なく馳走になりますッ！」

喜作の目は昼餉に釘付けになっている。栄一が喜作の脇腹を肘で小突いた。

「よいよい。では、我らも失礼して昼餉にするとしよう」

平岡が川村と足軽と一緒に部屋を出た。栄一と喜作は、夢中になって飯を喰った。二人ともこんなにうまい飯は喰ったことがなかった。またもや一橋に借りができた。

……借りを返さなければならない……期せずして二人とも同じことを考えていた。

三十二　一橋家出仕

三日後の如月（二月）五日。雪の朝に二人は再び一橋の宿元に呼ばれた。栄一がこれまでのいきさつを腹を割って話すと、黙っていた平岡が真剣な表情で訊いてきた。

……それで足下らはこれからどうするつもりだ……

宿元を辞してからも、平岡の見透かしたような眼が栄一と喜作の頭から離れない。

――どうするといって、実は思案に尽きております――

降り続く雪が音を吸収して、京の街は静まり返っていた。白いしじまの中で、遠くの鐘の音が微かに侘しく響いている。

――元来平岡様を頼って京にきましたが、元より一橋家に仕官の望みがあってきたのではありませぬ――

栄一と喜作が一橋家から借りた番傘にも、小米雪がさらさらと降り注いだ。三ツ葉葵の家紋が半分隠れている。

――小躯を以って天下を憂慮するのもおこがましいのですが、故郷を離れてさすらうのも、何か国家に尽くす機会があったなら、すぐにでも一命を捨てていささかでもお役に立ちたいという一念からでございます――

――されど、死生をともにしようと誓った仲間が江戸で捕縛され、いまさら故郷へ帰ることもできず、進退に窮しました――

旅籠へ戻りながら栄一と喜作は、平岡の言葉を反芻していた。

……なるほどさもあろう。察し入る。ついてはこの際足下らは志を変じ節を屈して、一橋の家来になってはどうだ。一橋という家は諸藩と違って賄料(まかないりょう)で暮らしを立てている寄人(よりうど)同様の身分である。重立(おもだ)った役人とても皆(みな)幕府からの付人(つけびと)で、かくいう私も小身(しょうしん)ながら幕府の者で、近頃一橋家へきたばかりである。それゆえ人を抱える、浪士を雇うということは難しい話だけれども、もし足下らが一橋家へ仕官してみようと思うのならば、平生(へいぜい)の志(こころざし)に感ずるところがあるから、心配してみようと思うのだが、どうだ……

——ご親切なお諭(さと)し、まことにかたじけなく存じます。二人ともお見かけ通りの素寒貧(すかんぴん)の素浪人(すろうにん)ではありますが、いやしくも官に仕えるか否かという身の処(しょ)し方(かた)に関わることでありますから、ただいま軽率に返答もいたしかねます。二人で篤(とく)と相談の上、返事をいたします——

……むろん、差し向(む)き好(よ)い地位を望んでもそれは叶(かな)わぬ。当面は軽輩(けいはい)で辛抱する考えでいなければならぬ。足下らが今日(こんにち)いたずらに国家のためだといって、一命を抛(なげう)ったところが、真(まこと)に国家のためになるわけでもあるまい。足下らもかねて聞いておろうが、一橋の君公は才能あるお方で、たとえ幕府が悪いといっても、一橋は少しばかりけじめをつけられる。この前途洋々たる君公に仕えるのなら、草履取りをしてもいささか心が安まるのではないか……

旅籠に着いた二人がそれぞれに雪を払った番傘を番頭に渡すと、番頭が目を丸くした。畳まれてはいたが、番傘には丸に葵の巴紋が認められた。一橋家の上士が用いる番傘である。擦り切れた羽織の、みすぼらしい風体の栄一と喜作は一体何者なのだろうか。

「案ずるな。盗んできた傘ではない。貸してもらったものだ」

喜作が驚いている番頭を見て、可笑しそうにいった。

「……そうどすか。ほなお預かりいたします……」

番頭はいつもよりも丁寧に二人を迎えた。一橋家に対する敬意が感じられた。

「夕餉はいつもの時間でよろしゅうございますか……」

「ああ、頼む。その前に風呂を使いたいが、構わないか?」

「……はい。もう湧いておりますよって。いつでもお使いやす」

栄一と喜作は、部屋に入って大小を刀掛けに掛けると、すぐに風呂に向かった。早い時間の風呂には、他には誰もいなかった。それでも檜の湯船に身を沈めた二人は、声を潜めて話し始めた……

「……栄一、これまで幕府を潰（つぶ）すということを目的に奔走しながら、今になって幕府直系の一橋に仕官するとなれば、とうとう生計（せいけい）が立たなくなって、金のために主義を変えたといわれるであろう」

「喜作、人が何といおうと構わぬではないか」

「ああ、人がどのように取ろうと関係ない。しかし、己に嘘（うそ）をつくことになる。栄一はわが心に恥じるところはないのかッ！」

　思わず大声になった喜作に向かって、栄一は口に人差し指を立てた。

「シーッ……なるほど、確かにその通りかもしれぬ。だが、もう一歩を進めて考えてみると、他にこれといった手立（てだ）てはない。腹を切ったり、首をくくって死んだところで何にもならぬ。高山彦九郎（たかやまひこくろう）や蒲生君平（がもうくんぺい）のように、志ばかり高くて結果が伴（ともな）わない行為で一身（いっしん）を終えるのは感心せぬ」

「いや、俺はどうしても江戸へ帰る。帰って投獄されている同志を解放せねばならぬ」

「我々が獄舎に行って、おいそれと引き出せるわけがない。今ここで我々が一橋家に仕えたら、軽輩ながらも一橋家の士という立派な身分ができる。そうなれば幕府の我々に対する嫌疑もおのずと消滅して、長七郎さんたちを救い出す方法が見つかるかもしれぬ。一橋家へ仕官の一案は、一挙両得の上策と思うのだが……」

「……」

「人は喰うに困ると、餓鬼になることもある。飢饉の時がそうだったではないか。喰うに困って人に寄食したり、人の物を奪うような悪党にはなりたくない……」

「栄一のいうことは、子供の頃からいつも正しかった。俺は頭に血がのぼせることが多い。確かに栄一の方が道理にかなっている。さすれば俺も節を屈して一橋に仕官しよう」

「……分かってくれたか」

「ああ、だがどうすれば主みたいに、いつも冷静でいられるのだ？　栄一は頭に血がのぼせることはないのか？」

「今は私ものぼせている」

「そうは見えぬがな」

「いや、のぼせた。長湯のせいだ」

「いい加減(かげん)にしろ！」

二人は揃って風呂を出た。部屋に用意してあった夕餉は、いつもよりも手が込んでいた。番頭の配慮であろう。旅籠の膳にまで一橋の威光(いこう)が放たれていた。

冬の太陽が弱々しく二条城(にじょうじょう)を照らしている。栄一と喜作は昨日借りた番傘を握って、二条城の東大手門(ひがしおおてもん)の前に立った。すっかり顔なじみになった門番の一人が、すぐに川村を呼びに行く。

「……お待ちしておりました」

川村が笑みを浮かべて出迎えた。待っていた？　この凛々(りり)しい侍はいつも律儀で控えめなのだが、我らがくる心当たりでもあったのだろうか。

川村が二人を外堀に面した東南隅櫓(とうなんすみやぐら)に案内した。堀から立ち上がった石垣の上に、二層の櫓が建っている。分厚く白い塗籠壁(ぬりごめかべ)は、火焔(かえん)にも耐えられそうだ。対になっている西南隅櫓(せいなんすみやぐら)とともに二条城の警備に重要な役目を果たしているのだろう。

京を一望できる櫓の最上部で、平岡が待っていた。栄一と喜作は深く呼吸して、平岡の前に座した。

「心は決まったか？」

平岡が単刀直入に訊いてきた。いつも真っすぐ本題に入るのが、平岡のやり方だった。

「一橋家へ仕官の周旋をしてやろうというご沙汰は、まことにありがたく存じます。しかし、我ら両人は百姓から成り上がった者ですが、国のために尽くす志士と自らを任じております」

「で、あり、ありますから、こ、困窮しているからといって、しょ、初志を翻して、しょ、食禄を願うということは、はなはだ好みませぬ」

喜作が昨夜、付焼刃で覚えた文言を、夢中になって述べた。

「もし一橋公が志ある者を召し抱え、天下に大事のあった時にはその志士を任用して、禁裏守衛のお役目を果たすお積もりということであれば、我らは喜んで草履取りでも何でもやらせていただく所存です」

「さ、されど、これに、反対のお考えであれば、お、恐れながら、い、いかように立派な官職に、にん、任ぜられましても甘んじてご奉公はできませぬ」

喜作のたどたどしい口上からは、逆に必死さが伝わってきた。

「果たして一橋公が勤王のご趣意であるならば、我ら両人いささか愚説もありますゆえ、それを建言いたした上で、お召し抱えということにしていただきたいものであります」

「それは面白い。いつでも何なりと見込書を出すがよい」

平岡はどうやら、栄一と喜作の主張に興味を持ったようだ。

「実は……昨夜二人でしたためた書付を、本日持参してきております」

栄一は懐から書付を取り出すと、恭しく平岡に差し出した。

「どれどれ」

平岡は受け取った書付をはらりと広げると、食い入るように読み始めた。

『ご無礼は重々承知の上、一言申し上げます。

昨今の国家有事の時に当たり、御三卿の御身を以って京の守衛総督に任ぜられしは、古今未曾有のご盛事とお慶び申し上げます。

申さば非常の時勢がこの非常のご任命を生み出したる次第なれば、ご大任を全うせらるるためには、また非常のご英断なくしては相成らざる事とお察しいたします。

而してそのご英断を成就する第一の方法は、人材登用の道を開いて天下の人物を幕下に網羅し、各々その才に任ずるを急務とするのが肝要と存じます。

一橋公におかれましては、賢明なる水戸烈公の御子にましまして、御三卿の貴い御身を以て、京の守衛総督という要職にご就任あそばれた上は、恐れながら深遠の思召しがあらせられての事と拝察いたします……』

一読した平岡は広げたままの書付を、右後ろに控える川村に渡した。川村も黙って読み始める。平岡が珍しく天井を見つめながら言葉を探していた。しばしの後、ようやく栄一と喜作の顔を見て話し始めた。

「……慶喜様に対してなかなか申し上げにくいことを……足下らは……文言は慇懃だが、言わんとするところは、ちと過激ではないか」

「――不躾の段は下級の育ちゆえ、何卒ご容赦ください。されど書付の中身につきましては、いささかの偽りもなく我らの志そのものでございます。一橋公なれば勤皇思想を称えるべく、国体を護持すべく、振る舞われるものと推察いたします」

「よし、分かった。しからばこれを慶喜様にご覧いただこう」

平岡は川村から受け取った書付を懐にしまった。

「ありがとうございます。つきましては、もう一つお願いがございまして……」

栄一が平伏(ひれふ)しながらいった。喜作も慌てて額を畳に擦り付けんばかりにした。

「どのような願いだ？」

平岡が願いの中身を尋ねる。

「先例がないかもしれませぬが、一度君公に拝謁賜(はいえつたまわ)りたく存じます。一言直(ひとことじか)に申し上げた後に、お召し抱え願いたいのです」

「それは例がないから難しい」

平岡の拒絶に、喜作が喰いついた。

「例の有無を仰(おっしゃ)るのであれば、百姓を直(じか)にお召し抱えになった例もございますまい」

「屁理屈(へりくつ)を申すものではない」

「それがいかぬと仰られる日には、我らはこのまま朽ち果てようとも、このご奉公をご免蒙(こうむ)るより他(ほか)仕方がありませぬ」

喜作は一歩も退かなかった。こういう時の喜作は強い。しかし、平岡にしてみれば、見ず知らずの者に君主の拝謁を許すわけにはいかない。何らかの手立てを講ずる必要があった。

「強情よのう。それではひとまずこちらで評議（ひょうぎ）をしてみよう」

――平岡が腕を組んで天を仰いだ。英明な平岡が困り果てている。申し訳なかった――

如月（きさらぎ）（二月）八日、平岡に呼び出された栄一と喜作は、拝謁の方策（ほうさく）を打ち明けられた。平岡と川村が苦心惨憺（くしんさんたん）して編み出した方策だった。

「君公に対し、家来でもない足下らの突然の拝謁は到底適（かな）うものではない。よって一度、遠見（とおみ）なりとも足下らが何某（なにがし）であるかと、君公が御見掛（おみか）けになるようにせねばならぬ。

そこでだ……これは内密であるが、五日後の十三日に松ケ崎（まつがさき）まで君公の御乗切（おのりき）りがある。供（とも）回（まわ）りは数騎の騎馬のみで、徒（かち）はおらぬ。もし、徒でお供をかって出る者があれば、必ずや君公のお目に留まるであろう。川村……」

「はッ！」

平岡の後ろに控えていた川村が進み出ると、京の町の絵図を広げた。

「これは機密書（きみつしょ）にてお渡しできぬゆえ、道筋（みちすじ）は全てこの場で覚えられよ」

「はいッ！」

「承知いたしましたッ！」

栄一と喜作は、緊張して絵図に見入った。川村が扇子で道筋を辿りながら説明し始めた。

「君公は本丸御殿を出られると、堀川通を北へ向かい、北大路通へ出たら東へ向かう。賀茂川を渡られると、下鴨本通を北に進み、北山通を東へ進めば松ヶ崎でござる。君公は松ヶ崎では大比叡大明神社へ詣でられる。よろしいかな」

そこまでいうと、川村は絵図を巻き始めた。

栄一は必死になって通りの名前を頭に叩き込んだ。全て聞き終わってからも、目をつぶり、右掌を泳がせて道筋を辿った。喜作もいつもと違う真剣な表情で、右手人差し指を動かし記憶の絵図を辿っていた。

「むろん御乗切りの全ての行程を徒でお供するのは無理だ。どこぞで君公のお目に留まればよい。それがどこかは足下らに任せたいと思うが、どうだ？」

平岡が訊いた。

「ははッ！　必ずや慶喜様のお見掛けになりますよう、お供いたします」

「誓ってお供を無事務めさせていただきます」

栄一も喜作も思わず低頭したが、それはいつの間にか平岡の家来の振る舞いになっていた。

川村がそんな二人を見て、微笑んだ……

三十三　拝謁

一橋家を辞した栄一は、旅籠とは反対の北へ向かった。

「ン？　栄一、どこぞ寄りたい場所でもあるのか？」

喜作が訝し気に尋ねた。

「……松ヶ崎だ」

「なるほど。道筋を覚えておこうというのか」

「そうだ。川村様が御示しになった道筋を、この目で見ておきたい」

「さすが栄一だな。抜かりがない」

二人は一刻(二時間)ほどかけて松ヶ崎の大比叡大明神社まで歩いた。ゆっくり歩きながら、目ぼしい屋敷や寺を必死になって脳裏に刻み込む。

……中津屋敷……因州屋敷……筑前屋敷……法恩寺……薩州屋敷……相国寺……彦根屋敷

……六地蔵が並んでいて……鴨川を渡る……

大比叡大明神社は荘厳だった――その崇高さに圧倒されて二人とも言葉を失った。厳粛な気持ちになって鳥居を潜る。ここから先は神の領域だ。手水舎で手を洗い、口を漱いだ。拝殿に進んで鈴を鳴らす。ジャラン・ジャラン・ジャラン――我ら両名お願いがあって参りました……

栄一が喜作に賽銭を渡す。賽銭箱に自分の分の四文銭を投げ入れ、二礼・二拍手・一礼をした――喜作も賽銭を投げ入れる。二礼・二拍手・一礼――

「喜作ッ！」

「何だ？」

「見苦しい真似をするなッ！」

「見てたのか……」

喜作が賽銭箱に投げ入れたのは、栄一が渡した四文銭ではなく、喜作の懐中にただ一枚残っていた一文銭だった。

「仕方がない……」

喜作は四文銭を投げ入れると、再び拝礼した。

「一文でも四文でも御利益は変わらないと思うがな」

「そういう問題ではない」

二人は神妙な顔つきになって、社（やしろ）を出た。同じ道を、今度は違った目当（めあ）てを頭に入れながら、旅籠に向かった。


翌九日の暁七つ（あかつきなな）（午前四時）、喜作は遠くの寺の鐘の音で目を覚ました。鐘は七回鳴ったから寅（とら）の刻で間違いはないだろう。寝返りを打った拍子に隣の布団が目に入ったが、布団はぺしゃんこだった。隣で寝ているはずの栄一がいなかった。冷え込んでいるから小便でもしたくなって、厠に行ったのだろう。喜作は口元まで布団を引き上げると、寝返りを打って再び眠りについた。


ヒ・ヒィ……ヒ・ヒィ……ヒヒ・ヒヒィ……ヒヒヒ……ヒヒ・ヒヒヒィ……

今度は可憐な鷽（うそ）の鳴き声で目が覚めた。窓辺の障子に明け方の太陽が当たっている。喜作は首を廻（めぐ）らして隣の布団を見た。栄一はいなかった——

反射的に布団をはねのけて上半身を起こした。衣紋掛（えもんか）けを見る。栄一の羽織（はおり）と袴（はかま）はなかった。刀掛けに目をやる。栄一の大小もない。どこへ行ったのだ、こんなに早くから……

　喜作は窓辺に寄ると、障子を開けて薄っすらと雪の積もった通りを見下ろした。市場からでもきたのだろうか、魚や京野菜、乾物、漬物、おばんざいなどを積んだ大八車がゆっくりと過ぎていくのが見えた。その大八車をあっという間に追い越していく飛脚は、黒漆塗り、家紋が入った御状箱を担いでいる。どこぞの大名の早飛脚でもあろう。白い息を吐きながら、調子よく駆けていく。早飛脚が付けた足跡に大八車の車輪の跡が重なった。早飛脚の背中は大名屋敷の多い堀川通へ向かって、たちまち小さくなった。

　せっかくの玉露がすっかり冷めてしまった。女中が朝餉を運んできてから、随分と時間が経っている。

　如月（二月）五日に、栄一と喜作が一橋家から借りてきた番傘を、番頭が目にして以来、旅籠の二人への態度が改まった。番茶は玉露に復し、塩結びは鱈子や鮭が具になり、海苔が巻かれた。漬物も千枚漬け一辺倒だったものが、すぐき漬けや梅干しになったりした。その玉露が冷え切ってしまった。それでも喜作は朝餉に手を付けずに、栄一を待っていた。

　ドンドンドンドン……

階段を上がってくる重い足音がして、襖が開く。汗びっしょりになった栄一が顔を出した。羽織と袴を脱ぐと衣紋掛けに引っ掛け、大小を外して刀掛けに掛けた。

「アーッ！　やれやれ、疲れた、疲れた……」

頭から湯気を立ち昇らせ、上気(じょうき)した顔で喜作に向かい合うと、どすんと腰を下ろす。懐(ふところ)から出した手拭で顔をごしごし拭きながら、冷めた玉露をゴクゴクと一息に飲んだ。

「フーッ、生き返った」

「飯も喰わずにどこへ行っておった？」

「松ヶ崎……」

「また松ヶ崎に行ってきたのか？」

「ああ。行きは死ぬ思いで駆けていった。しんどい、しんどい」

栄一は今度は、むしゃむしゃと握り飯を頬張(ほおば)った。あっという間に握り飯を一個喰い終えると、胸につかえたのか拳(こぶし)でドンドンと叩き始めた。

「アーッ、アーッ、アーッ、アンッ！　もう一杯、茶を貰ってくる。喜作の冷めた茶も代えて貰ってこよう」

「……頼む」

栄一は喜作の冷めた茶も喉を鳴らしながら一気に飲んだ。空の湯呑(ゆのみ)を両手にして立ち上がる。喜作は手を付けずにいた海苔が巻かれた握り飯にかぶりついた。しらす干しの入った握り飯は、空(す)きっ腹に応えた。上手い。これも全て一橋のおかげか……

朝餉を終えた栄一と喜作は、火鉢(ひばち)を挟んで向かい合っていた。

「なぜまた松ヶ崎に行く必要があった？」

火鉢に手をかざしながら、喜作が尋ねた。

「……十三日の御乗切(おのりき)りに、慶喜様の気が変わって、別の道筋を行くかもしれない。そうなった時のために、今日は別の道を駆けていった」

「そうか。しかし、別の道を進まれたらどうしようもないではないか。まして、慶喜様は騎馬(きば)で、こちらは徒(かち)だ」

「どの道を通られても、六地蔵(ろくじぞう)を渡った下鴨村(しもがもむら)の北山通(きたやまどおり)は通る。二条城を出て松ヶ崎にいたるには、あそこを通るしかない。北山通の六地蔵を渡った橋の袂(たもと)で待ち受け、蹄(ひづめ)の音がした方へ馳(は)せ参(さん)じる。慶喜様を認めた場所から駆け出せば、徒でも何とか松ヶ崎までお供できる……」

「大したものだな。やはり栄一は俺とは違う。考えの根本が違う」

「いや、私は近頃肥えてきた。短躯でもあるし、駆けるのがますます不得手になった。駆ける稽古をしなければならぬ。念には念を入れだ。明日も駆けに行く」

「ならば明日は、俺が栄一君公のお供をして進ぜよう。賽銭は二人分用意せよ」

「どうせ賽銭をごまかすのであろう。罰当たりめ」

「一度したしくじりは二度とはせぬ。それぐらい分からぬか。これほど長い付き合いで」

「長い付き合いだからこそ、また賽銭をごまかすだろうといっているのだ」

「実は明日こそ、主から貰う四文銭を見事一文銭にすり替えてお参りしようと考えていた。だが、一文銭でさえ一枚も残っていない。一文無しとは正にこのことだ」

「それ見たことか！」

ハハハハハハハハ……二人は屈託なく大笑いした。

翌日、夜八つ（午前二時）、栄一は寺の鐘が八回鳴ったのを数えると、そっと布団を抜け出した。

グー、グー、グガァ……気持ちよさそうな喜作の眠りを妨げないように、そろりそろりと立ち上がる。その途端、着物の帯を引っ張られて、どしんと尻餅をついた。驚いて振り返ると、隣の布団の中で、青い月明かりに照らされた喜作の顔が、ニタリと笑っていた。

　喜作は左手を布団の中から出して見せた。喜作の左手首に結ばれた細い腰紐が、栄一の帯に結ばれていた。

「栄一、昨日俺もお供をするといっただろう」

「喜作は駆けることに何の不安もあるまい。駆ける稽古は私だけでいい……」

「栄一ほどの者が『抜け駆け』も知らんのか」

「抜け駆けがどうした？」

「戦陣で密かに兵営を抜け出し、先駆けすることだ」

「そんなことは百も承知だ」

「栄一一人に苦労はさせたくない……」

「……」

「家族を犠牲にしながらも、志を遂げようと苦労しているお前を見ていると、俺だけ呑気にしてはいられないのだ」

「別に家族を犠牲にしているわけではない」

「嘘をつくな！　歌子、歌子、歌子……と一晩中ずっとうなされていたんだぞ。ちよ、ちよ……市太郎、市太郎とも……亡くなった市太郎が夢枕にでも立ったか……」

「……」

「俺が一緒に駆けたからといって、栄一の苦しさが和らぐわけではないことぐらい、重々承知している。だが、俺にできることはこれくらいしかないのだ。頼む、お前の供をさせてくれ。頼む。この通りだ。頼む！　頼む！」

喜作が布団の上で両手をついて、頭を下げた。腰紐で結ばれた帯を引っ張られて、栄一はよろめいた。

腰紐を解きながら、栄一は静かに喜作に告げた。

「私が家族に対してできることも、これぐらいしかないのだ……」

栄一と喜作は青白い月明かりの底で、袴と羽織を着け、大小を差すと静かに部屋を出た。音を立てないように用心深く階段を降りる。行灯の仄かな明かりの下で、草鞋を履き、乳に通した緒を固く縛った。表へ出ると、如月（二月）の望月がぽっかり浮かんでいた。青く冴えた月は、武蔵国で見上げた月と寸分も違わなかった――

如月（二月）十三日、晴れて冷え込んだ朝、平岡は緊張していた。

朝五つ（午前七時）、君公は、予定通り二条城の本丸から、護衛四人に囲まれながら歩いて出てきた。本丸櫓門（ほんまるやぐらもん）で待機していた平岡は、川村始め六人の供回（ともまわ）りを率い、急いで君公の後に従った。

君公は東大手門（ひがしおおてもん）で右手をかざして眩（まぶ）しそうに朝日を見ると、小者（こもの）が轡（くつわ）を取る白毛（しろげ）にまたがった。すぐさま平岡と六人の供回りも鹿毛（かげ）や青毛（あおげ）に騎乗（きじょう）して、待機する。白馬（はくば）は朱（しゅ）の面繋（おもがい）、胸繋（むながい）、尻繋（しりがい）を着（つ）け、厚総（あつがい）を垂らしていた。斜めの太陽が白馬を照らす。白い馬体が橙（だいだい）に染まり、朱の厚総は深紅（しんく）へと変化した。警護の武士たちが下がる。

白毛がゆっくりと歩き始めた。平岡たちもゆっくりと動き出す。白毛は常歩（なみあし）で堀川通（ほりかわどおり）を右に曲がった。

何！　堀川通を右に？　左に曲がるのではなかったか⁉　予定の道筋と違う‼

平岡は焦（あせ）りながらも右に曲がった。六騎の供回りも、驚きながらついてくる。予定では東大手門を出た後は堀川通を左に曲がり、北に向かうことになっていた。だが、君公は堀川通を右に曲がって南下した。そしてすぐに左に曲がると、御池通（おいけどおり）に入って東に進む。

――なぜだ？

君公は冬の朝日を浴びながら背筋を伸ばし、通りを太陽に向かっている。街並みに朝日が当たっていた。橡（つるばみ）の瓦屋根（かわらやね）は金色（こんじき）に輝いている。霜が溶け始めた石畳（いしだたみ）も、濡れた松も、キラキラと光を反射させている。美しい。黒塀（くろべい）も海鼠壁（なまこかべ）も、鐘撞堂（かねつきどう）の梵鐘（ぼんしょう）も神々（こうごう）しい光を放っている。君公も白毛も自身が金糸銀糸の光の粒を纏（まと）っている。君公の背中は満足しているように、平岡には見えた。

君公は、この光輝く街並みを見て進みたいのだ……できるだけ長く……

だから――いつまでたっても常歩のままだ。東に向かっている間はずっとこのままか？

パカラッパカラッという音がしたかと思うと、青毛に乗って最後尾（さいこうび）からきた川村が平岡の隣で手綱（たづな）を緩（ゆる）め、平岡の鹿毛に並んだ。声を潜めて訊いてくる。

「……いかがいたしましょうか？」

「……如何(いかん)ともできまい。このまま行くしかない」

「……かしこまりました」

川村は手綱を引いて青毛を停止させ、再び供回りの最後尾についた。

本能寺(ほんのうじ)を過ぎると、君公は左の手綱を引いて、河原町通(かわらまちどおり)を北へ向かった。太陽が右から照らし始める。白毛を常歩から軽速歩(けいはやあし)に移行させた。供回りの騎馬も一斉に速度を上げて君公を追う。全ての騎馬が軽速歩になった。ドッドッドッドッ……力強い蹄の音が朝の京の町に響いた。

スットンスットン、スットンスットン——手綱を握り締めた君公の身体が、四拍子で縦に揺れている。スッの拍子で鐙(あぶみ)を後ろに踏んだ。身体が斜め前に立つ。トンで腰を下ろす。スッで立つ。その動きは白毛の拍子と一致していた。視線は真っすぐに遠くを見つめている。背を伸ばし、頭の位置は高く保たれていた。

一団は葵橋(あおいばし)を渡って賀茂川(かもがわ)を越えた。下鴨本通(しもがもほんどおり)の始まりだった。一本道の下鴨本通を真っすぐ北に進み、北山通(きたやまどおり)を東に行けば、松ケ崎(まつがさき)だ。

平岡も川村も馬上ではらはらしていた。今日の御乗切りは、川村が栄一と喜作に示した道筋とは全く違ってしまっている。二人が君公をお供できる機会は下鴨本通と北山通のわずかな道筋でしかない。御乗切りで君公が二人をお見掛けする機会は少なくなった。

　平岡も川村も諦めかけて、君公に従って下鴨本通を北に進んだ。一橋家の騎馬隊は、軽速歩のままゆったりと走り続ける。どの馬の息も白かった。君公から二馬身後ろに平岡、その二馬身後ろに物頭二騎、さらに二馬身を空けて上士二騎、さらに二馬身差の殿は左に馬廻の役人、右に川村が位置していた。整然と同じ距離を保ち、同じ速度で君公に追随する騎馬隊からは、統率力の高さが見て取れた。平岡は君公の息遣いを探っていた。まだまだ疲れはないらしい。背筋を伸ばして顎を引き、馬の動きに合わせて鐙を後ろに踏んでいる。腹を軽く突き出して、重心を身体の真ん中に保っている。馬の負担も少ないだろう。人馬一体とは、正にこのことだ……

　下鴨本通に入ってしばらくすると、君公の白毛の左手、道の端を二人の早飛脚が駆けていた。一人は背が低くやや肥えており、一人は背が高く痩せていた。

いや、飛脚ではなかった。着物に襷掛けで、尻っ端折りまでは飛脚の格好と一緒だが、二人とも大小を差している。徒で懸命に君公に並走する二人は、辻々で周囲を警戒しながら、ひたすら君公の白毛に並走した。真っ白い息を吐きながら、息遣いも荒くなっている。君公は真っすぐ前を向いたまま、手綱を握り締めていた。二人の息遣いは馬上の供回りにも聴こえるくらい、大きくなっていた。

ハッハッハッハッ……ハッハッハッハッ……ハッハッハッハッ……冬だというのに二人の額からは大粒の汗が吹き出し、大きく開かれた口からは真っ白な息が吐きだされた。それでも駆ける速度を落とそうとはしない。死に物狂いで君公の白毛に伴走している。ゼイゼイゼイゼイ――息遣いがさらに荒くなった。

北山通が目前に迫った。君公が右の手綱を引く。従っていた一団も一斉に右に方向を変えた。蹄を滑らした一頭が一瞬隊列を乱したが、北山通に入るとすぐに体勢を立て直した。

一塊になった騎馬隊は、北山通を東に向かって進む。松ケ崎まではもう数町だ。徒の二人は懸命に騎馬隊の左側を並走する。蓬髪は風になびき、弊衣は着崩れていた。時々足を滑らせながらも大小を左手で支え、阿修羅のような形相で駆けている。痩せた男のすぐ後ろを、肥えた男が影のように駆けていた。二人は歯を食いしばって君公の脇に並ぶと、遅れまいと必死に駆けた。

大比叡大明神社が見えた。喜作と栄一は最後の力を振り絞るように全力で駆けた。二人とも鳥居の手前で倒れ込むようにしながら、片膝を突く。肩で大きく息をしながら、左手は地面に、右手は腿の上に置いて低頭した。直後に騎馬隊が二人の目の前を通過した。

鳥居の前で馬廻が素早く栗毛から降りた。急いで白毛の轡を取ると、君公が下馬した。平岡も川村も急いで下馬すると、君公の背中を追った。鳥居の先の急な長い石段を登り始めた君公が、背後の平岡に訊いてきた。

「平岡……」

「はっ！」

「あの者たちは何者じゃ？」

「恐らく一橋に仕官を望む者でありましょう」

「知っておるのか？」

「いささかですが――」

「平岡の眼にかなう者たちなのか？」

「一橋への信義は厚いものがあるかと存じます」

「ならば、平岡に任す」

「ありがたきお言葉、恐れ入ります」

石段を登りつめた慶喜は、振り返ると小さくなった鳥居の根方（ねかた）を見下ろした。大小の地蔵が、鳥居の外側で石畳の上に正座していた。帰りも北山通を下鴨本通まで駆けて供をするつもりなのだろうか。

慶喜は、帰りはできるだけゆっくりの常歩（なみあし）で二条城まで行こうと思った。

平岡は拝殿のお参りでは、いつにも増して祭神である猿田彦神（さるたひこのかみ）即ち白髭大神（しらひげのおおかみ）に、厚く御礼を申し上げなければならぬと考えていた……

三十四　奉公

如月（二月）十五日。雪雲が空を覆って暗い朝、栄一と喜作は二条城の東大手門で門番にお訪いを告げた。しばしの後、奥口番という奥の口の年老いた番人がやってきた。二人は痘痕面の老番人に案内されて外堀を渡り、奥の口の詰所に向かった。

日当たりの悪い詰所は――異臭がした。狭い土間で草鞋を脱ぐ。一寸（三センチ）ほどの百足が、慌てて引き戸の下に隠れた。栄一と喜作の羽織・袴も決してきれいではなかったが、詰所の畳は無残に擦り切れ、蚤がぴょんぴょんと飛び跳ねている。五分（一、五センチ）位の見たこともない黒い虫が、身をくねらせながら畳の解れ目に潜り込んだ。火鉢が一本置かれただけの、けば立った奥の畳に、もう一人年老いた番人が座している。右目が白濁していた。恐らく右目は見えていないだろう。

栄一と喜作は、二人の老人を前にして正座すると、両手を付いて挨拶した。

「渋沢栄一と申します。本日より奥口番を仰せつかりました」

「渋沢喜作でございます。同じく奥口番を務めさせていただきます」

二人とも緊張しながらも、丁寧に挨拶した――つもりだった。

「足下らは心得がござらぬか？」

痘痕の老人が額に皺を寄せながら、冷たく言い放った。

「はっ？」

「畳をよく見れば、誰にでも解ることじゃ」

片目の老人が、棘のある言い方をした。

「はい？」

二人は畳を見た。黒い縁は白茶けて解れ、畳表は擦り切れてぼろぼろだった。栄一も喜作も何が何だかさっぱり解らない。

「これだから若い衆は――」

「足下らは上座の畳に座しておるのじゃ。畳の目を見れば容易に解りそうなものじゃが」

痘痕の老人に続いて、片目の老人が言い放った。

畳の目の違いを理解できないまま、栄一と喜作は慌てて座る位置を右の畳に変えた。

「その畳も上座じゃ」

片目の老人が、苦虫を噛み潰したような表情をした。

「足下らが畳の縁に乗らぬようにすれば、おのずと丑寅か未申の方角に座すことになる。丑寅は鬼門、未申は裏鬼門じゃ」

「足下らが座すべき畳はその畳で、上役を差し置いて辰巳や戌亥の畳に座してはならぬ！」

痘痕も片目も、額に青筋を立てた。癇癪を起していた。

「も、申し訳ございません」

「大変ご無礼をいたしました」

栄一と喜作は訳が分からないまま、壁際に移動すると、両手を付いてとにかく詫びた。だが、胸の中では憤りがたぎっていた。こんな藁筵のようなみすぼらしい畳の目が見えるはずがないではないか――

謝りながらも、栄一は理不尽な思いに囚われていた。このように粗末で貧弱な詰所にも、厳然と上座、下座があって、底意地の悪い上役たちは若輩者に威張り散らしている。先に役に付いたというだけで、新参者は人としてその本質までが劣っている、と決めつけている。

これから先が思いやられた。

引き戸の開け閉め、草鞋の脱ぎ方、畳の歩き方、目上の人に対する挨拶の仕方、言葉遣い、同輩への挨拶、下の者への言葉遣い、退出時の心得、文のしたため方、文書の畳み方、案内の口上、相手との距離、名乗りの順序……それこそ重箱の隅を楊枝でほじくるように、毎日小言を並べられた。

栄一も喜作も神経がどうにかなりそうだった。だが、他に奉公できる所もない。ここで我慢するしかなかった。二人とも歯を食いしばって奥口番の勤めに、必死に耐えた。

先行きに絶望しながら一月近くが過ぎた頃――

年号が文久から元治になった。

弥生（三月）十日昼九つ（午前十一時半）、栄一と喜作はいつもより遅れて奥の口の詰所に向かっていた。いつもは朝五つ（午前七時）に出仕していたのだが、今朝は詰所の模様替えを行うゆえ、二刻（四時間）ほど遅れて出仕するように言い渡されていた。

白い息を吐きながら詰所に向かうと、雪の上におびただしい足跡と、何条もの荷車の轍が付いているのに気が付いた。栄一はあまりの足跡と轍の多さを訝（いぶか）しみながら、引き戸を開けた。

目を疑った！

見違えるほど明るくなった詰所に痘痕と片目がこちんと座していた。驚いたことに、畳替えで畳表（たたみおもて）が青々としている。藺草（いぐさ）の匂いのする新しい畳に取り替えられて、不潔極まりなかった畳が一変していた。障子紙（しょうじがみ）も貼り替えられて、眩（まぶ）しいほど白くなっている。黒ずんだ襖紙（ふすまがみ）も上（うわ）貼（ば）りが替えられ、くすんだ竹に雀だった絵柄から、黎明（れいめい）の金雲に乗った虎と、夜明けの光を受け、蒼空で対峙（たいじ）する龍に変化していた。行灯（あんどん）も新しくなっている。

陰湿で、邪気に侵されていた詰所は、一朝（ひとあさ）にして光り輝く勇壮な詰所に変貌していた。


二人は言葉を失ってしげしげと詰所を見廻した。

「これは一体……」

「先ずは座らっしゃい」

痘痕に促されて、栄一と喜作は反射的に下座に向かった。すると、痘痕と片目が同時に移動して、下座を占めた。

エ？　何をなさる？　空いている畳は上座しかないではありませぬか？

「上座はそちらでござる」

「そんなことは存じておりますッ！」

片目の言葉に、喜作が反発した。一体全体この二人はどこまで底意地が悪いのだッ！　ひねくれ者ッ！

「……我らは本日、無役（むやく）となり申した……」

「つまり……隠居（いんきょ）でござる。明日からは出仕せぬゆえ、本日が最後でござる……」

痘痕も片目もいつになく神妙な口ぶりで話し始めた。

「エッ！」

「まことですか？」

栄一も喜作も寝耳に水だった。

「……これまでの小言（こごと）の数々、さぞかし腹に据（す）えかねたことでござろう。へそ曲がりの年寄りの戯言（たわごと）と思って許してくだされ……」

「……我らなりにお家（いえ）の、一橋（ひとつばし）のためを思って、貴殿らに容赦なく物申した次第（しだい）でござる。たびたびの無礼の段、この通りお詫び申し上げる……」

痘痕と片目が両手を付いて、深々と頭を下げた。

「……」

「御手を……お上げ、下さい……」

声を出せないでいる栄一に代わって喜作がやっといった。声が震えている。

「……貴殿らは我らの子細面の文句にも僻んだり、拗ねたりすることもなく、実によく従ってこられた……」

「老婆心ながら辛辣に申し上げたこと……改めてお詫びいたす。この通りでござる……」

痘痕と片目は再び頭を下げて、なかなか手を上げようとはしなかった。

「……御手を……」

栄一が痘痕の手を取ると、畳から離させた。

「……そのようなこととは露知らず……ただ上役であることを鼻にかけて威張っているだけかと……こちらこそ真意を汲み取れず……申し訳ございませんでした……」

低頭した栄一の伏せた眼から、ぼたぼたと熱い水が垂れた。

「……我もです。一橋のためとは思いもよらず……只々頑固なだけの老耄と逆恨みしておりました……誠に申し訳ございません」

喜作が手を付いて、頭を下げた。喜作の両眼からも滴が連続して落ちた。

「龍虎が涙を流してどうしますッ！　川村様から、平岡様の貴方方に対する期待は極めて大なりと伺っておりました……」

「……川村様も、貴方方は決して約束をたがえる男ではない。だが、これまでは藩士として働いたことがないのが玉に瑕だ。先ずは奥口番という小吏で抱えるゆえ、どこに出しても恥ずかしくない立派な藩士にしてくれと命じられました……」

「……」

栄一も喜作も言葉が見つからなかった。ようやく栄一が呻くように話し始めた。

「……我らはそのように優れた人物ではありませぬ……百姓上がりで、一橋の家名を利用して京に上り、あわよくば己の望みを遂げようとする胆でした……」

「……我と栄一は素寒貧の素浪人ながら、一橋の藩邸に出入りさせていただき、金子まで用立てて貰っています……本来なら、足を向けて寝られないほどの恩義を受けている、つまらぬ輩でございます……」

喜作が両手をついたまま、声を絞り出すようにして話した。

「御手を上げてくだされ。ご存知かと思いますが……平岡様は決して身分ではその人を判断いたしませぬ。平岡様が目を掛けられるお方は、一にも二にも正直な方、誠を貫く方でござる。

信義に厚い貴方方は一橋にとって、なくてはならぬ人物なのですぞ……」

痘痕の一言一言に、片目は何度も何度も頷いた。口を真一文字に結んだまま――

新しくなった障子紙が白い光を優しく濾して、四人の顔を柔和に見せた……ひらひらと舞い始めた牡丹雪が、障子に梅の花のような影模様を描き出した……梅はゆっくり散っている……

三十五　御用談所

栄一と喜作の奥口番勤めは、雪融け前に終了した。

　奥口番を解かれた栄一と喜作は、新たに川村の配下となって、御用談所下役として正式に一橋家に召し抱えられた。仕事は幕府や他藩との取次、連絡、守衛である。禄は両人とも同じ高で、四石二人扶持、月の手当てが四両一分だった。

　栄一が家を離れることを決意し、血洗島村を出る時には父から百両という大金を与えられた。だが、喜作の分も含め江戸で使い、京までの道中で使い、伊勢参宮で使い、京に滞在中二月余りの旅籠代で使って、百両全てを使い果たしてしまった。明日の飯米にも窮した二人は、平岡から二十五両を借り受けた。一橋家に仕官した以上は、何としてでもこの借金を返さなければならない……

御用談所の詰番を命じられてからは、川村の計らいで、御用談所脇の部屋で寝泊まりすることが許された。

八畳二間に勝手が付いていたが、二人とも飯の炊き方すら知らない。水加減が難しく、粥ができるかと思うと、その次は硬い飯になってしまった。しかし、飯が硬かろうと軟らかかろうと、委細構わず沢庵や汁の実で飯を流し込んだ。

漬物も汁の菜も自分たちで買い出しに行った。贅沢はできない。二人とも月々に頂く四両一分の金子を大切にして、無益のことには一銭たりとも使わない、と誓ってお互いに励まし合った。

夜具も、栄一と喜作で布団を別々に借りたのでは金子が増す。二人で一組の布団を借り、それぞれが背中合わせになって寝るようにした。

弥生（三月）三十日、御用談所の下役に就いてまだ一月にならなかったが、初めての俸禄が出た。喜作と二人で八両二分！

それまでの爪に火をともすような倹約のおかげで、平岡に五両を返すことができた。この調子で残りを返していけば、あと四カ月で借金を全て返済できる。死んだ気になって懸命に励めば、かなえられないことはないと実感した。栄一も喜作も。

雪は融け、空木（うつぎ）の白い花が里を白く明るく見せた。

「……私は幕府の失政を取り上げて、天下に事を起こさんとする藩は、長州（ちょうしゅう）か薩摩（さつま）であると考えます」

呼び出された栄一は平岡の前で信ずるところを、正直に述べた。

「足下は攘夷が正義ではなかったのか。少なくとも長州と薩摩は攘夷を掲げている。賛同できないというのは矛盾（むじゅん）するのではないか？」

「攘夷が正しいとは思いますが、天子様のおわします京を護衛するには、薩長の挙動に注目しなければなりません」

「同感だ。そこでだ……」

「はい？」

平岡は一段と声を潜めていった。

「このたび薩摩の折田要蔵（おりたようぞう）が、砲台御用掛（ほうだいごようがかり）で大坂に行くことになった。足下が何とか伝手（つて）を求めて折田の弟子になれば、薩摩の内幕（うちまく）もおのずと知れてこよう」

「……かしこまりました。私の心から出たことにして、修学のために内弟子にしてはくださいませぬか、と申し込んでみましょう」

「頼んだぞ……」

俊英同士の会話は無駄がなく、真意も確実に伝わっていた。

翌日から栄一は、早速折田と昵懇の人物を探し始めた。すると二日後に、小田井蔵太という者が折田と親しいことが分かった。さらに幸運なことに、小田井は川村の友人でもあった。川村から小田井へ紹介してもらい、次に小田井を通して折田に引き合わせてもらった。投網を引き寄せるように、着々と事が進んでいった。

砲台築城修行のために、折田の内弟子になりたいと頼むと、すぐに許しが出た。

清明の候（四月五日）、栄一は折田要蔵に従って、大坂土佐堀の松屋という旅籠に入った。それからは毎日毎日折田から命じられるままに、下絵図を描いたり、文書を写したりした。栄一は文書の写しはできたが、図面を引くのはこれまでしたことがなかった。墨色に濃淡ができたり、線が曲がったりして思うように引けない。そのたびに折田から厳しく叱責されて閉口したが、それでもようやく粗末ながらも図面を引けるようになった。

折田は薩摩藩ではさほど上位の人ではなかったが、折田が引き連れていた従者は純粋な薩摩言葉しか話せなかったので、他郷の人とは話が通じなかった。大坂の町奉行所への用事や勘定奉行に会っての計らい、御目付けの引合いなどは、薩摩言葉も江戸言葉も解る栄一に任された。

栄一は折田から様々な応援を言い付けられて、謹直に働いた。しかし、折田の下での砲台築城修行は実地の事業でなければ、何ら得るものはない。元より折田への弟子入りは、薩摩藩の内実を探る間諜のためだったので、一月の間におおよその要領は得ることができた。

内密に連絡した平岡に呼び戻されて、皐月（五月）八日に栄一は京に戻った。

新緑の山裾へとなだらかに続く茶畑に、皐月の風が薫り、白蝶が舞っている。一面緑の茶畑で赤い襷掛けの娘が摘んだ生葉が、腰籠から背負い籠に移される。手代や丁稚に背負われた籠は、茶畑の丘を下って白壁の茶園に運び込まれる。番頭の指図で先に運び込まれた生葉が蒸され、熟練の職人の手で煎られる。手揉みで蒸し葉を煎る男たちの額には手拭が巻かれ、屋号が藍染めされた手拭は、汗で濡れていた。ごつごつと節くれだった指で、湯気の立つ茶葉を掻き混ぜる男たちは、歯を食いしばって火傷の熱さに耐え、蒸し葉を荒茶に変えた。男たちの技量で、味が、香味が、水色が決まった。煎茶の一番茶はすっきりした味わいで香りも品がよく、透き通った緑色をしていた。

栄一と喜作は、茶園で買い求めた天然杉の十貫（四十キロ）茶箱を背負って、二条城を目指した。

一橋慶喜の下に各藩の主賓が登城すると、御書院でその用向きが済むまでの間、従者は控えの間で主人を待つ。その従者を取り持つのが栄一と喜作の主な仕事だった。

栄一と喜作は相手が上士や中士の場合はもちろん、足軽や槍持ちであっても、新茶の一番茶を出した。身分が卑しい従者でも一番煎茶の香りのよさ、茶の旨さは感じるらしく、二杯目を所望する者が多かった。同時に身分によって分け隔てしない一橋に好意を寄せた。

だが、栄一と喜作は自分たちが飲む茶は、いつかなる時でも番茶と決めていた。昼餉、夕餉の時でも番茶以外の茶は、一切口にしなかった。

相変わらず倹約に倹約を重ねて、卯月(うづき)（四月）皐月(さつき)（五月）と、栄一と喜作は二人で五両ずつ、借金を平岡に返していた。残りはあと十両――平岡から返済を迫られたわけではなかったが、何としてでも借金を返したかった。平岡の恩義に報いたかった。借金の完済は、そのための一歩に過ぎない……

三十六　有志召し抱え

二の丸庭園の池の縁に、幾本もの杜若がスッと伸びている。深い紫の花は、高貴だった。水無月（六月）の迎え梅雨は上がったが、細い茎も葉も滴るような常盤色だった。艶のある鮮やかな緑は、生命の息吹を感じさせる。

杜若が群れる池を見渡しながら、栄一は茶を持って御用談所に入った。喜作が障子を閉める。栄一が平岡と川村の前に茶を差し出した。平岡が茶を一口飲むと、口火を切った。

「内密の話である。以前に足下らが申し出た東国での、奉公人召し抱えについてだが……」

「はっ」

「はい」

栄一と喜作は同時に返事をした。平岡は再び茶を口に含んだ。

「香りが立っている。色も萌黄色で澄んでおり味にも雑味がない」

「……」

平岡は何をいいたいのだろう。栄一も喜作もじっと平岡の表情を窺った。

「……あまり高禄（こうろく）を望まない者であれば、一橋（ひとつばし）で召し抱えたいということになった」

平岡が落ち着いて話の穂を接いだ。

「広く関八州を巡れば、相当な人物を集められるだろう。当てにしてもよいか」

「是非ともお命じください！」

「我ら、身命（しんめい）を賭（と）して御用を果たします！」

栄一も喜作もその言葉に嘘（うそ）はなかった。

「どのようにして集めるつもりだ」

「先ずは一橋知行地で、名のある道場や塾を訪ね、撃剣家（げきけんか）や漢学の書生にして、不義（ふぎ）や不正（ふせい）に憤（いきどお）りを感じ、欲が深くない者――」

「次に正義のためには死をも恐れぬ者、勇敢で不言実行の者、合わせて三、四十名位は連れてくる考えです」

栄一と喜作の返事に、平岡は大きく頷（うなず）いた。

「そのような者であれば、間違いなかろう。随分と使い道があるだろうから早速（さっそく）、東国に赴（おもむ）いて人選に当たるがよい。川村……」

「はっ！」

川村が袂（たもと）から袱紗（ふくさ）の包みを取り出すと、畳に置いた。そのまま栄一の前に押し出す。

「路銀と召し抱えの手付（てつけ）として、百両ほど用立てた」

川村の言葉に、栄一は隣の喜作を見た。喜作が大きく頷く。

「恐れ入ります。では、この中から平岡様から借りた借金、残り十両をこの場で返させていただきます。十両分は道中の倹約にて賄います」

栄一は喜作が再び頷いたのを見て、袱紗を開こうとした。

「その必要はない。足下らなら、そう申し出ると思って初めから十両引いてある」

平岡が楽しそうにいう。

「……」

信じられなかった。平岡という男はどうしてこうも先回りできるのだろうか……

「――では、九十両、確かにお預かりいたします」

栄一が袱紗を袂に入れた。栄一も喜作も、平岡の読みの確かさに驚かされた。いつもそうだった。平岡は、常に人の心が読めている……

「もう一杯、茶をくれぬか。今度は足下らが飲んでいるという番茶を飲んでみたい」

「……かしこまりました」

栄一と喜作は、席を立って台所に向かった。

「いくら平岡様でも我らが飲んでいる出涸らしの番茶の味は、実際に飲んでみないと解らないのだ」

「そうだな。我らが平岡様より物事を知っているただ一つのことかもしれぬな」

「鬼も十八、番茶も出花か――」

「貧しい我らにも取り柄の一つや二つはあるものだな」

ハハハハハ……栄一と喜作は、いつも自分たちが飲んでいる粗末な出涸らしの番茶を、いつも通りに淹れて平岡と川村に出そうと思った。

平岡と川村がどんな顔をするのか、想像すると愉快になった。


元治元年（一八六四）水無月（六月）四日の朝五つ（午前六時半）、旅装束で二条城の東大手門を背にした栄一と喜作は、顔を覗かせたばかりの太陽を正面から見ていた。

「……喜作、御池通を東に行ってみないか」

「如月（二月）に、慶喜様が御乗切りで進まれたという道筋だな？」

「そうだ。慶喜様があらましを変えて、日輪（にちりん）に向かった道を歩いてみたいのだ」

「いいだろう。大して遠回りになるわけでもなし――」

「では、出立（しゅったつ）するとするか」

二人は堀川通（ほりかわどおり）を南に向かうと、すぐに左に曲がって御池通に入った。

古刹（こさつ）の鐘撞堂（かねつきどう）に朝日が当たり、緑青（ろくしょう）が浮き出た梵鐘（ぼんしょう）が鈍く光っている。豪壮な大名屋敷の屋根瓦が、銀鼠（ぎんねず）に輝いている。ゆったりと張り出した巨大屋根に、雄藩の威厳が感じられた。石垣に斜めに当たる光は、その傾斜を際立たせた。白壁（しらかべ）を、格子戸（こうしど）を、敷石（しきいし）を、掘割（ほりわり）を、青い朝の太陽が照らしている。


「これが慶喜様がご覧になった眺めか」

「御乗切り（おのりきり）の時は雪が融けたばかりで、何もかもが濡れて輝いていた」

栄一と喜作は四カ月前を懐かしみながら、往来を進んだ。

「そうだったな。あの時は草鞋（わらじ）は滑るし、息は切れるし、喜作には置いていかれそうになるし、必死だった」

「――俺が栄一に優るのは、駆けることくらいしかないからな」

二人とも前を向いたまま話した。

「だが……私が置いていかれそうになると、主はわざと遅く駆けた」

「栄一の思い過ごしだ」

「違う！　喜作の背中にはまだ余裕があった。私は喜作一人でも慶喜様のお供を成し遂げて欲しいと思っていた」

「栄一のような俊才が、まだ抜け駆けの意味を理解していないのか」

「……」

「羽ばたく時は一緒だ。沈む時も一緒だ。俺たちは番の鴨みたいなものだ。違うか？」

「……」

「本能寺を過ぎても、真っすぐでいいんだな？」

「ああ……本能寺を過ぎて鴨川まで真っすぐだ」

二人は歴史の転機となった本能寺に向かって歩いた。太陽が二人の顔を明るく見せた。

東海道を東に進んだ二人は、昼餉も取らずに歩き続けた。十三里（五十二キロ）を二度の休息だけで歩き通した。暮れ六つ（午後七時半）になった頃、足を棒にしてようやく近江・水口宿（滋賀県甲賀市水口町）の低級な旅籠に入った。夏とはいえ辺りはすっかり暗く冷え込んでいて、旅籠の行灯が温かそうに見える。

烏の行水で風呂から出ると、栄一と喜作は土地の名物だという鮒鮓を喰った。琵琶湖産の煮頃鮒を発酵させたという鮒鮓は、独特の臭気が強烈だった。栄一は煮頃鮒の癖のある臭いが気になったが、飯と一緒に空きっ腹に掻き込んだ。喜作は酒が呑みたそうだったが、我慢してやはり飯と一緒に煮頃鮒を喰った。

夕餉を終えた二人は、倒れ込むように布団に潜ると、そのまま寝入ってしまった。夢も見ず、厠へも起きず、朝までぐっすり眠った。

道中の二日目は、水口宿から尾張・庄野宿（三重県鈴鹿市庄野町）までの十里三町（四十キロ）。距離が短かったせいもあるが、二人とも初日よりは疲れなかった。

三日目は、庄野宿から東海道最大の宿場である尾張・宮宿（愛知県名古屋市熱田区）までの十三里三十町（五十五キロ）を脇目も振らずに歩いた。

栄一と喜作のこの日の最後の行程は、尾張・桑名宿（三重県桑名市東船馬町）から宮宿までの七里（二十八キロ）だったが、ここでは海路、船で渡る手もあった。実際、東海道を上り下りする旅人は船で渡る者も多かった。東海道で宮宿に次ぐ大きさの桑名宿には、宮宿までの七里の渡しがあり、揖斐川沿いの渡船場には七里を船で渡って、乗船中に身体を休めようとする旅人が集まっていた。伊勢湾を宮宿まで東に航海する船が舫われている一帯は、旅人の声が飛び交い、艪の音と帆柱に帆を揚げる水主の掛け声、船頭の指図で騒がしかった。

だが、栄一と喜作は、渡しには目をくれることもなく、黙々と歩いた。十両分はどんなことをしてでも倹約しなければならない。二百四十軒もの旅籠が立ち並ぶ宮宿に入ると、安そうな旅籠を探して草鞋を脱いだ。

四日目、朝五つ（午前六時半）宮宿発、暮れ六つ（午後七時半）三河・赤坂宿（愛知県豊川市赤坂町）着、歩行距離十二里（四十八キロ）。赤坂宿は飯盛り女を多く抱えた宿場で、活気もあった。しかし、倹約に倹約を重ね、ひたすら江戸を目指す栄一と喜作にとっては、ただ、風呂で汗を流し、飯を喰って、寝るだけの旅籠で用は足りた。二人は貧弱な宿で、味噌煮込みうどんを喰うと、宵五つ（午後八時半）には固い布団で眠りに就いた。

旅に出て五日目のことだった。歩き始めてしばらくすると、栄一の足取りが重くなってきた。昨日までは昼餉も取らずに、茶屋で簡単な団子や味噌田楽を喰っただけで二刻（四時間）は歩けたのだが、この日は少し様子が違っていた。赤坂宿からまだ三河を抜けていない吉田宿（愛知県豊橋市札木町）で、栄一がフラフラになってしまった。たった三里（十二キロ）しか歩いていないのに……

栄一は脂汗を流しながら、身体を右に揺らし、左に揺らして、覚束ない足取りで歩を進めた。三河東端の二川宿（愛知県豊橋市二川町）が見えた時には、もう限界だった。栄一は視線が定まらず、身体は大きく前後した。大汗をかいている。倒れ込むように二、三歩踏み出すと、天を仰ぐようにのけ反った。気力だけで倒れるのを防いでいる。

見かねた喜作が、とうとう栄一を抱き留めると、道端の大きな小楢の根方に運んで横たえた。打飼袋を解き、菅笠と背割り羽織を脱がせ、大小を外す。

自分の手拭を竹筒の水で濡らすと、栄一の顔と首を拭いた。胸元を大きく広げて、野袴の腰帯を緩める。竹筒の水を飲ませると、栄一は気持ちよさそうに目を閉じた。菅笠で風を送ってやると、そのままスヤスヤと眠りに就いた――

喜作は途方に暮れた。今日の道中はまだ半分にも達していない。どこか大きな宿場で薬師に診てもらう必要があるのではなかろうか。栄一は元来、百姓仕事で鍛えられて、身体は丈夫なはずなのだが――京でも、奉公してからは粗食に甘んじ、冬でも一枚の布団に二人で寝て、厳しい寒さにも耐えてきた。

こんな旅くらいで、栄一が負けるはずがない……だが、今はどうすればいいのだ？

困り果てた喜作の視界に、一町余り（百メートル）向こうの雲助駕籠が飛び込んできた。のんびりやってくるのは空駕籠で、交代の駕籠舁き一人を加えた三枚肩の道中駕籠だった。

ありがたい――雲助駕籠は庶民が使用できる低位の駕籠で、吊り下げられた浅い竹の籠に座る。目隠しや日除けの覆いはない。代金は駕籠舁きと客との直接交渉で決めることになっていた。

「駕籠屋、ちょっと待ってくれ」

「何か用か？」

喜作の呼掛けに、駕籠の脇を歩いていた大兵の駕籠舁きが、喜作の粗末な身なりを見てぞんざいに答えた。伸び放題の無精髭。目付きも悪い。背丈、六尺（百八十センチ）はある大男。

背丈と同じ六尺棒を杖にしていた。

「ちと尋ねるが、空（から）で戻るのか？」

「見ても解らぬ奴は、聞いても解るまい」

ガハハハッ！　ヒッヒッヒッヒッ！　大兵の返答に、七尺（二百十センチ）の柄（え）を担いだ二人の駕籠舁きが、下卑（げび）た笑い声を上げた。二人とも五尺八寸（百七十四センチ）はありそうな偉丈夫（いじょうぶ）だ。やはり二人とも六尺棒を手にしている。三人が喜作を見下しているのが、如実（にょじつ）に伝わってきた。

　喜作は怒りを抑えて再び問うた。

「この駕籠は新居宿（あらいしゅく）（静岡県湖西市新居町（こさいしあらいちょう））まで行くのか？」

「当たり前だ！　江戸にでも行くと思ったか、この唐変木（とうへんぼく）め！」

イーヒッヒッヒッ！　駕籠を担いだ二人が大兵の返事に、抜けた歯と黒ずんだ歯を見せて笑った。

「……連れが疲れ果ててしまっている。新居宿まで乗せてもらえぬか」

「いくら払える？」

大兵が探るように訊いてきた。

「――三百文」

　喜作は思い切って奮発したつもりだった。

「ふざけるな！　そんな端銭(はしたぜに)で新居宿まで担いでられるかッ！　六里（二十四キロ）もあるんだぞッ！」

「……新居宿までは三里三町（十二キロ）のはずだ」

「お、おおよそだッ！」

　大兵がうろたえながら怒鳴った。

「元々空で帰るはずの駕籠ではないか」

「人が乗れば難儀するのは、当たり前だ！」

「では、一体いくらだったらいいのだ？」

「銀十匁(もんめ)だ！」

「！」

　喜作は言葉を失った。銀十匁は銭六百七十文になる。べらぼうな額だった。だが、この際仕方がない。他にどうする術(すべ)もなかった。

「承知した。銀十匁で新居宿まで頼む……」

「前金だ！　素寒貧の素浪人に、後でしらばっくれられても困るからな」

「分かった……」

喜作が懐から巾着を出すと、一匁銀を取り出し始めた。今回の路銀は用心のために、栄一と喜作で半分ずつ持っている。


「……ま、待て……喜作……」

背割り羽織を着て菅笠を被った栄一が、小楢の下から枝を杖にして懸命に歩いてきた。大小も差し、打飼袋もしっかりと斜めに背負っている。

「……も、もう、大丈夫だ……ゆっくり……ならば、一人で……歩ける……」

栄一が杖にすがりながら、声を絞り出すようにしていった。

「無理をするな、栄一。今日だけは駕籠で移動し、明日からまた倹約すればよい」

「どうするんだッ！　とっとと決めろッ！」

「乗せてくれ――栄一、頼むから駕籠に乗ってくれ……」

喜作の詫びるような口調に、諦めた栄一は小さく頷くと、大人しく駕籠に乗った。柄から垂らされた太い打紐を右手に巻き付ける。喜作が大兵に銀を渡した。

エイホッ……エイホッ……エイホッ……エイホッ……駕籠がゆっくり動き出した。

遠江（とおとうみ）の西の端、白須賀（しらすか）（静岡県湖西市白須賀）の宿を過ぎて、半里（二キロ）はきていた。新居宿までは残り一里（四キロ）だ。喜作の顔から険しさが消えていた。

松林越しの海がキラキラと輝いている。栄一の乗った雲助駕籠が緩やかな峠の上で、一息ついていた。駕籠舁きは三人とも煙管（きせる）を手にして、千島笹（ちしまざさ）の上に腰を下ろしている。汗を拭きながら、鼻から煙を出した。

喜作も駕籠の側で、光る海を見ていた。藍色（あいいろ）の海に真っ白な波が立って、次々に浜に押し寄せてくる。この海の遥か彼方に異国がある……

「……栄一、小便は大丈夫か?」

「いや……小便がしたい」

喜作が駕籠に近付き、栄一が駕籠から下りるのを手伝った。栄一の右腕を自分の右肩に回し、左手で栄一の腰帯を握る。細い杣道（そまみち）のような笹の生い茂った小径（こみち）を、栄一を引きずるようにして藪の中に入った。

その瞬間、大兵の眼がぎろりと動いて、右にいる抜け歯の横顔を盗み見た。抜け歯が頷く。

大兵が今度は左を見ると、黒い歯に向かって顎をしゃくった。黒い歯が目を見開いて頷く。三人は煙管を仕舞って立ち上がると、急いで駕籠の前後に分かれた。後ろ柄を抜け歯に代わって大兵が担いだ。前柄の黒い歯に歩調を合わせると、慌てて歩き出した。

——掛け声を発せずに早足で歩く駕籠が左右に揺れた。

藪から出てきた喜作と栄一は、目を疑った。雲助駕籠が跡形もなく消えていた。駕籠舁き三人も煙が消えたようにいなくなっている。おのれ！　雲助め！　喜作の胸にめらめらと怒りが沸き起こってきた。

「栄一、ここで待っておれ！」

「……喜作、追うな。もういい……お陰で大分楽になった……何とか歩ける」

「よくはない！」

喜作は菅笠を栄一に向かって脱ぎ捨てると、脱兎のように峠道を駆け出した。下りの峠を身体の重みのままに、大小を支えて駆け下りる。

……駕籠舁きは長柄(ながえ)の駕籠を担いでいる。自分は空身だ。駆けることにはいささか自信もある。いずれどこかで追い付けるはずだ……


道が平らになった。喜作は鼻から二度息を吸うと、口から二度息を吐いた。

ゼッゼッハッハッ、ゼッゼッハッハッ――喜作は規則正しい息遣いで駆け続けた。

ゼッゼッハッハッ、ゼッゼッハッハッ――追い付いたところで、引き返させるのは無理だろう。だが、このまま放っておくわけにはいかない。何としてでも銀を取り戻さねば。

ゼッゼッハッハッ、ゼッゼッハッハッ――人の道に外れたことをして、平気な輩には思い知らせてやらねばならぬ。義が不義に屈してはならないのだ。


ゼッゼッハッハッ、ゼッゼッハッハッ――いた！

前方二町（二百メートル）先に、胡麻粒のような黒い点が見えた。胡麻の周りで三匹の蚤がうごめいている。腹の底からふつふつと闘争心が湧いてきた。

ゼッゼッハッハッ、ゼッゼッハッハッ――慌てるな、慌てるな。その差、一町半（百五十メートル）。蟻が三匹立ち上がって、黒豆を担いでいる。大丈夫だ、追い付ける！　駆けることでは引けを取ったことはない。

ゼッゼッハッハッ、ゼッゼッハッハッ――差が一町（百メートル）まで詰まった。手足の付いた小芥子（こけし）が三体、挟箱（はさみばこ）の棒を担いで歩いている。焦るでないぞ、喜作。先ずは多少なりとも余裕を持って追い付くことだ。

ゼーゼーハァハァ、ハァハァハァハァ……さすがに息が切れてきた。残り三十間（五十四メートル）。駕籠の右側を歩いていた抜け歯が、荒い息で駆け寄る喜作に気付いた！　慌てて大兵に告げる。大兵が柄を下げて駕籠を降ろすと同時に、振り返って喜作を見た。抜け歯が大兵に代わって、後ろの柄を担ぐ。すぐに早足で歩き始めた。あたふたと動き始めた駕籠が混乱を物語っていた。

「何用だ？」

仁王像のように両足を踏ん張り、六尺棒を握り締めた大兵が、喜作の前に立ちはだかった。

駕籠は脇目も振らずに逃げていく。喜作は息を整えながらいった。

「ハァハァ……銀を、返せッ！」

「一体何のことだ？」

大兵はあくまで白を切る気らしい。激しい怒りが渦を巻いた。

「しらばっくれるなッ！　先に渡した一匁銀十枚を今すぐ返せッ！」

「そんなものは受け取ってエ――」

ビュッ！　突然、大兵が手にした樫(かし)の六尺棒を長刀(なぎなた)のように、喜作の眉間(みけん)めがけて振り下ろしてきた。ガツーンッ！　瞬時に首を傾げた喜作の左鎖骨に、激痛が走った。ジンジン痺れる。頭が泡立った。

痛みを堪(こら)えながら喜作は右手一本で大兵の印半纏(しるしばんてん)の奥襟(おくえり)を握り締めた。ありったけの力で引き寄せる。同時に大兵の鼻目掛けて思いっ切り飛んだ。全身の力を集中させて額を叩きつける。

グシャ！　鈍い音がして大兵の鼻が潰れた。ぐえーッ！　呻きを洩らす大兵の鼻からダラダラと血が流れ出た。

ズンッ！　顔中血だらけにしながら、大兵が逆手に持った六尺棒の石突(いしづき)を喜作の腹に突き立てた。ギリッ！　腹が引き千切られるように痛んだ。胃が裂けるようだ。胃液が逆流する。目の前が暗くなった。ちくしょうッ！　喜作は再び額を相手の顔面に全力で叩き込んだ。ガツンッ！　額に衝撃が走った。大兵の前歯が折れ、喜作の額が切れた。額をツツーと血が流れるのが分かった。額に大兵の折れた前歯が一本、突き刺さっている。

口の周りを真っ赤にした大兵の眼が大きく見開かれた。喜作は三度(みたび)右腕一本で大兵を引き寄せると、あらん限りの力で顔面に頭突きをかませた。ゴンッ！　大兵の左頬骨に額が当たった。

大兵が腰砕けになる。

尻餅(しりもち)をついた大兵に引きずられて、喜作も前のめりになった。大兵の奥襟を離す。大兵の脇に倒れ込む。大兵が信じられないものでも見たかのように、転んだまま小刻みに震え出した。

喜作は背中を丸め海老のように身を折り曲げて、腹の痛みに耐えた。胃が痙攣を起こしている。

　喜作は胃液を吐きながら、空いた右手を伸ばしてうめくようにいった。

「……銀を……返せ……その銀は……」

「アワワワワワ……」

　腫れで左眼を塞がれた大兵は、鼻が潰れ、前歯を失い、顔面血だらけの赤鬼のような形相(ぎょうそう)で恐怖におののいている。後退りして喜作から距離を取った。喜作が右肘を付きながら、大兵ににじり寄る。

「ぎ、銀を……返せ……それは……」

「ワワワ……」

　大兵は転んだまま背中を向けると、必死に這(は)い始めた。二、三間（四、五メートル）這うと、生まれたばかりの獣のようによろよろと立ち上がる。よろめきながらも懸命に走り出した。

喜作は大兵が手放した六尺棒を杖にして、よろけながら立ち上がった。

「え、栄一を駕籠に乗せぬのなら……」

喜作が痛みに耐えかねて、倒れ込んだ。再び右腕だけで持った六尺棒に体重をかけて、立ち上がろうとした。大兵は十間（十八メートル）先へ移動している。身体を支えきれなくなった喜作が、三度倒れ込んだ。喜作は右肘とつま先だけで身体を移動させた。

「銀を返せ……それは一橋の大切な金……」

喜作は腹這いながら、大兵を追おうとした。大兵は半町（五十メートル）先を身体を揺らしながら走っている。喜作がふらつきながら立ち上がった。ヨタヨタと走り始める。足元が覚束なかった。身体を支えきれなくなって、前のめりになる。倒れる寸前で誰かに抱き留められた。

追い付いた栄一が、眼を赤くしながら喜作を抱きかかえた。喜作の額に刺さった歯を抜き取ると、道端に捨てる。手拭で喜作の顔の血を拭いた。

「……喜作……もういい……もう十分だ」

「……すまぬ……栄一……大事な金を、騙(だま)し、取られてしまった……」

喜作が力なく詫びた。栄一は涙ながらに頭(かぶり)を振り続けた。

「……喜作……大した額ではない……また倹約すれば済むことだ……」

栄一は喜作を肩で支えながらゆっくり歩いた。喜作が力なくつぶやく。

「……お、俺はつくづく、馬鹿者だ……」

「……なぜ……刀を抜かなかった？」

「……た、他藩の領地で……に、刃傷沙汰を起こせば……一橋に迷惑がかかる……」

「……」

栄一は喜作が一段と大きくなったと思った。

「喜作も変わったな……」

「……ふ、不義(ふぎ)にして富(と)み……か、且(か)つ貴(たっと)きは浮雲(ふうん)の如(ごと)し……」

栄一の肩を借りて足を引きずりながら、喜作は難しい言葉を口にした。

「人道(じんどう)に背(そむ)いた方法で得た富は、浮雲(うきぐも)のようにはかない……論語(ろんご)か。誰に習った？」

「……ひゃ、百姓上がりの、田舎侍だ……き、気立てのいい男で……自分のことより、た、他人のことを……大事にする……忘れっぽいのが玉に瑕(きず)だ……」

「……」

二人は陽が落ちてからようやく新居宿に辿り着いた。

旅籠に入ると、栄一はすぐに薬師を呼んで、喜作の手当てをしてもらった。薬師は濡れ手拭で喜作の顔を冷やし、腹に練薬を塗った。薬師が帰ると、栄一は授けられた靫草の生葉を噛み潰し、一晩中喜作の額と腹に当て続けた。靫草の苦く青臭い臭いで何度か吐いた。

朝になると、幾分喜作の額のむくみがとれ、腹の腫れも引いたように思われた。

安旅籠に逗留しながら、朝餉と夕餉は鰻で精を付けた。喜作の傷が癒えて、歩けるようになるまで五日を要した。

京を発って十七日後の水無月（六月）二十一日夕七つ（午後五時）、夏至でまだ陽射しがあるうちに江戸に着いた。馴染みの安旅籠に入った二人は、元のように元気になって風呂を使い、背中を流し合った。明日は多少なりとも身ぎれいにして、一橋屋敷に挨拶に伺わなければならない――朝一番に喜作共々髪結床へ行って、鬢と月代を剃り、髪を結い直してもらおう。一人三十二文だが、仕方がない……

三十七　平岡暗殺

翌二十二日朝四つ（午前九時）、陽がすっかり高くなってから、栄一と喜作は江戸城北東の一橋御門に向かった。御門の三十間（五十四メートル）ほど手前までくると、一橋屋敷全体が騒然としているのが感じられた。

江戸城にも通じる一橋御門では怒号が乱れ飛んでいた。堀を渡った所にある格調の高い長屋門が左右に開かれていて、重臣が乗っているらしい引き戸が付いた四枚肩の駕籠が、慌ただしく出てきた。かと思うと駕籠にぶつかりそうな勢いで、早馬が長屋門の奥に駆け込んでいく。入れ代わるように門の中からも使い番らしい騎馬が出てくると、速歩で城外へ駆け抜けていった。

唐破風造りの番所から入れ替り立ち替り門番が走り出てきては、急いで駆け付けたらしい武士たちと一言二言言葉を交わしながら、屋敷内へと案内する。

栄一と喜作は長屋門の前で、屋敷内の様子を窺った。三ツ葉葵の紋が入った黒い羽織の上士・中士が次々に屋敷内に吸い込まれていく。屋敷内からも丸に葵の巴紋が入った家紋入りの裃を着た重臣が、急ぎ足で出てくる。一橋屋敷では、人が、騎馬が、駕籠が、入り乱れて右往左往していた。

栄一と喜作は、一橋屋敷の周旋方に御機嫌伺いに参上方々、小伝馬町の牢屋に捕縛されている尾高長七郎の釈放にも、力を借りるつもりでいた。だが、今の一橋屋敷はそれどころではない。何か異変が起きたらしかった。栄一と喜作は思案に暮れた。

「猪飼正為様だ！」

喜作の驚きの声に、栄一は長屋門を見た。二条城でよく見知った一橋家側用人の猪飼が、早足で長屋門を出てくるところだった。猪飼には、京で窮乏していた時に金を借りたことがある。平岡から借りるまでは、三両、四両と何度か猪飼から借りた。猪飼はいつも嫌な顔一つせず、訳も訊かずに貸してくれた。借りた金は全て返し終わっているが、二人にとっては大恩人だった。二人とも慌てて猪飼の元へ駆け寄った。

「猪飼様！」

「おお、栄一殿に喜作殿。こんな所で何をしておる？」

「平岡様の御用で昨日江戸へ参りました」

「平岡様の？」

栄一の返答に猪飼の顔が険しくなった。

「はい……」

訝しそうな猪飼の表情に、栄一と喜作は顔を見合わせた。

「……付いて参れ」

猪飼は二人の返事も待たずに、長屋門の中へ引き返した。栄一と喜作は慌てて猪飼の後を追った。唐破風造りの番所の入口に立っている二人の門番に、猪飼が命じた。

「しばし番所を使わせてもらう！　誰も入れるな！」

「ハッ！」

門番たちは直槍を持ち直して、不動の姿勢をとった。


「……平岡様が……暗殺された……」

「エエーッ！」

「まさかッ！」

思わず大きな声を出した。栄一も喜作も俄には信じられなかった。

「シーッ……」

猪飼は口に指を当てて、二人を黙らせた。

「……水無月（六月）十七日だそうだ……」

「我ら両人は水無月（六月）三日に京の一橋家にて、今後召し抱える家臣を東国にて探してこいと、平岡様に命じられました」

「……そうであったか……京からの早馬によると、平岡様はご家老・渡辺孝綱様の宿を訪ねての帰りに、水戸藩士の手にかかって暗殺されたそうだ……」

「水戸藩士⁉」

「烈公の藩士がなぜ？」

栄一も喜作も腑に落ちなかった。平岡の君主である一橋慶喜は、水戸藩主である烈公・徳川斉昭の実子だった。その親藩の藩士が、一橋家の重臣を暗殺した……

「恐らくは……平岡様が慶喜公に、公武合体を説いたのが根本であろう……」

「そんな……朝廷と幕府が一致して国難に当たるという考えの、どこが間違っているというのですかッ！　私には解りませんッ‼」

「俺にも解せません！」

栄一も憤りを感じさせる強い口調だった。猪飼が言葉を継いだ。

「……水戸藩には過激な藩士が多い。その者たちが勝手に攘夷をしようとして、江戸でも京でも凶行に及んでいる。平岡様も京の藩邸近くまできたところで、過激思想の藩士に襲われたらしい……」

「平岡様を殺害しての攘夷など、何の意味もありませんッ！」

「そうです。そのような行動は百害あって一利なしですッ！」

「……足下らのいう通りだ。だが、攘夷思想の者たちは全く聞く耳を持たない……」

「！」

「……」

栄一も喜作も黙り込んだ。自分たちにも思い当たる節があった。

……攘夷こそが正しい……攘夷に優る考えはない……攘夷を成し遂げねばこの国に未来はない……攘夷は希望だ……光だ……攘夷こそは……

そう信じていた。だが、違った――

「……京の水戸藩士五名が平岡様を襲った時、従っていた川村殿が前へ出ると両手を広げて、平岡様を庇ったらしい。川村殿は深手を負いながらも、水戸藩の江幡広光と林忠五郎を斃した。さすがは天然理心流の遣い手だ……」

「……我らはこの先、如何いたせばいいのでしょうか？」

「……平岡様は……天下の権、朝廷に在るべくして幕府に在り。幕府に在るべくして一橋に在り。一橋に在るべくして平岡に在り……とまでいわれたお方だ。足下らはその平岡様に見込まれたのだから、平岡様の命を全うすべきであろう……」

「……はい」

「……かしこまりました」

栄一と喜作は、今こそ平岡と川村の期待に応えなければならない、と強く思った。

「……今後は何か煩うことがあれば、黒川嘉兵衛様に計るがよい……」

「はい。そのようにいたします」

「我ら両名、平岡様の弔い合戦のつもりで、全身全霊を捧げて命を果たします！」

「……頼んだぞ……」

猪飼が立ち上がった。栄一と喜作も立ち上がる。

番所を出た猪飼が門番たちを労(ねぎら)った。

「用は済んだ。ご苦労であった」

門番の二人が顎を引いて首(こうべ)を垂(た)れた。栄一と喜作は深々と腰を折って猪飼を見送った。

三十八　旅立ち

江戸城から隔たること五里、六里、武蔵国・蕨や浦和の平野では、盛んに行われていた田植えがいよいよ終ろうとしていた。

梅雨が明けて、ようやく田植えを終えた百姓たちが、田んぼの端で曲がった腰を伸ばし、荒い息をついている。百姓たちは田んぼから上がり、小川で手と足を洗うと、畔に腰を下ろした。男も女も泥まみれの単衣を脱ぎ、汗びっしょりになった身体を拭く。半夏生の文月（七月）二日で、日差しが強い。ジイジイジイジイ……蝉の鳴く声が聴こえている。

元治元年（一八六四）大暑の頃（七月下旬）、一橋の知行地は、武蔵（東京・神奈川・埼玉）、下野（栃木）、下総（千葉・茨城）、越後（新潟）、摂津（大阪・兵庫）、和泉（大阪）、播磨（兵庫）、備中（岡山）の八カ国二十二郡に散在していた。

汗を滴らせながら、栄一と喜作は精力的に東国の一橋領を巡り歩いた。武蔵、下野、下総、越後の一橋領で、次々に塾や学問所、剣術道場を訪ねる。喜作が一橋家で家臣を募っている旨を告げ、栄一が一橋はどういう血筋の家であるか、家風がどうであるかなどを熱心に、ただし嘘にならぬように気を付けて説き明かした。

その真実味のある言葉にほだされて、一橋家ならたとえ小禄でもよいから奉公したいという者が、四十名も集まった。

さらに江戸では、撃剣家が九名、漢学生が二名名乗り出て、総勢五十一名の奉公志願者を探し出すことができた。


白露（九月八日）の日。栄一と喜作は五十一名の奉公志願者を引き連れて、過去に何度も通ったことがある中山道を上った。日本橋から京・三条大橋までだと六十九宿、百三十五里（五百四十キロ）の行程だった。

道中初日は、日本橋から十里半（四十二キロ）の紅花が咲く桶川宿（埼玉県桶川市）で草鞋を脱いだ。旅籠に着くと同時に、夕餉代と明日の朝餉代として、銀一匁を志願した者全てに配った。夕餉と朝餉は何を喰っても構わず、金子はどう使っても勝手で、残りは各自が懐に入れればいい。毎日これを繰り返せば、脱走する者や不平を洩らす者も出さずに、京へ着けるだろう。

明日も同様であることを告げて、出立の刻を知らせ、散開した。

ある者は連れ立って酒を呑みに出かけ、またある者たちは一膳飯屋に行った。旅籠の前を通りかかった夜鳴蕎麦を捉まえ、立ったままの夕餉で済ます倹約家もいる。旅籠から出ずに部屋で箱膳を頼む者もいた。栄一と喜作は旅籠に塩結びを頼み、二人分で十六文を支払った。一行の中で栄一と喜作が、一番質素な夕餉だった。

長月（九月）九日の朝五つ（午前七時）、栄一と喜作を先頭に、奉公志願者の一団が桶川宿の旅籠を出立した。名門・一橋家の家臣に取り立てられる望みを抱いた一行の表情は、朝日影を受けたせいもあって、明るく輝いていた。

「栄一、今日は深谷を通り過ぎて、本庄宿（埼玉県本庄市）で泊りとしないか？」

桶川宿から三つ目の宿場が血洗島村のある深谷宿、本庄宿は深谷宿の一つ先、利根川の半里（二キロ）南に位置する宿場町だった。桶川から深谷までは六里（二十四キロ）、本庄までは八里（三十二キロ）余りだった。

「……そうか。一年振りに深谷で家の者に逢いたいと思ったのだが……」

残念だった。久し振りに家族の元気な顔を見たかった。

「だめだ。栄一と俺は岡部藩内(おかべはんない)ではお尋ね者(たずねもの)だそうだ」

「お尋ね者？　我らが国許(くにもと)でどんな罪を犯したというのだ？」

栄一は腑に落ちなかった。なぜ自分たちがお尋ね者なのだろうか。

「幕府転覆を企てているそうだ」

「以前の話だ。今はれっきとした一橋の家臣ではないか」

「とにかく栄一と俺のことは、藩内の誰もが知っているらしい」

「……喜作も私も名が売れたものだな……」

「……全くだ。大した出世だ」

喜作は自嘲の笑いをもらした。口元が歪んでいた。


昼九つ(ひるここの)（午前十一時半）に、奉公志願者の一行は熊谷宿(くまがやしゅく)（埼玉県熊谷市）に着いた。大きな茶屋で昼餉(ひるげ)代わりに名物だという柚餅子(ゆべし)を喰い、四半刻（三十分）ほどで茶屋を出た。

残暑はあったものの、時折吹き抜ける風が心地よかった。だが、五十名を超える集団は旅人を警戒させ、馬車曳きや飛脚(ひきゃく)も街道の左端に寄った。

集団内では同郷の者たちや同じ学問所、塾、道場の者同士で、群れが作られた。さらにいつしか気の合う者同士が小さな群れを作れば、孤高を貫く剣士や、人との交わりを避ける過去を背負った者もいる。

様々な方言での会話が弾み、笑いが起きた。寡黙に歩を進める者がいれば、集団から間を取って独り歩きを好む者もいた。

旅の目的は誰しもが同じだった。目的地は全員がただ一カ所、京の一橋藩邸だった。


昼八つ（午後二時半）、栄一と喜作にとって馴染み深い深谷宿に着いた。

「栄一、ここで一休みしよう」

「……深谷は危ないのではないか」

栄一が不安気に喜作に尋ねた。

「案ずるな。目立つ真似さえしなければ、岡部の藩吏も我ら両人にやたらと手出しはできまい。何も事を起こさぬ一橋の家臣を、訳もなく捕縛することなどできないのだ」

「それはそうだが……」

「ゆえに……たとえ見知った者がいても、声を掛けてはならぬ。声を掛けられた相手が、後で取り調べを受ける。よいな?」

「解った……」

　栄一は喜作の大胆さと用心深さに感心した。今や立派な一橋家の家臣だった。

「あそこの茶屋へ入ろう」

　喜作は以前にも何度か立ち寄ったことのある、大きな茶屋に向かってずんずんと歩いて行った。


　突然、大勢の客を迎えて茶屋の亭主、女将、娘、下女、丁稚が右往左往しながら、一尺(三十センチ)丸盆に汁粉(しるこ)の椀を載(の)せて、次々に運んできた。だが、汁粉の数は半数にも足りず、女将が平謝りに謝った。

「……相すみません。このように大勢のお客様にきていただくことは滅多にないことでして……まことに申し訳ございません。汁粉はこれが最後でございまして……」

「構わぬ。ある分だけでよい。茶が人数分あるだけでありがたい」

　喜作が鷹揚(おうよう)にいう。それから一行に向かって大きな声で告げた。

「行き渡らない者の分は本庄宿にて賄(まかな)う。しばし辛抱してくれ」

そういうと、喜作は出された茶を旨そうに飲んだ。

茶を出し終えて、空の盆を手にした亭主が栄一に近寄ってくると、腰を屈めて栄一の耳元で囁いた。

「奥にいらっしゃるお方が、たくさん拵えすぎて食べ切れぬゆえ、よろしければこちらのお武家にと――」

そういうと、亭主は経木の包みを三つ、栄一が座った床几に置いた。栄一は日陰になっている茶屋の奥を見た。初老の夫婦と年増の娘が二人、向かい合って茶を飲んでいる。四人とも藍染の手拭を被っていた。

栄一は一番上の経木の包みを開いてみた。檜紐を外すと、二段重ねになった三連一串の白玉団子が出てきた。栄一の好物！　捲り返した薄い竹の皮の裏側に、文字が書いてある。経文ではなかった。

――新しい屋敷より喜びの便りあり
　岡より眺むれば村々に刺股見ゆ

師、人屋より観月す
君子は危うきに近寄らず——

これは！　父からの文ではないか！　一目見てその内容を理解した。

……新屋敷の家の喜作が知らせてくれた
岡部藩の役人が血洗島村と下手計村を探索している
惇忠師も獄舎に繫がれた
危ないから村には近寄るな……

隣にいる喜作を見た。喜作は何食わぬ顔で茶を飲んでいる。改めて奥の四人を見た。
初老の男が頰被りした手拭を外して、顔を拭った。白髪だらけになっていた。すぐに頰被りをする。その隣の女房が、姉さん被りの手拭を取った。皺が増えていた。手拭を被る。向かい合う年増の若い方が、手拭を取って髪のほつれを直した。日に焼けた顔が元気そうだった。手拭を被った。もう一人の年増が手拭を取った。日に当たらない顔は白く痩せていた。静かに手拭を被った。

四人とも黙ったままだった。前を向いたまま一言も発せずに茶を飲み続けた……

栄一は二つ目の経木を開いた。黄粉餅が出てきた。栄一の好物……

三つ目の経木を開く。袱紗の包みが出てきた。袱紗を開く。天保小判五十枚……小判を覆った竹皮の裏に筆蹟の違う文字があった。太筆の男文字。細筆の女文字。

……兵たれ……お達者でござれや……わらわは心配ご無用……万事お任せあれ……

各人各様――されど、栄一を案ずる気持ちが痛いほど伝わってきた。

ぼたぼたと落ちる水滴が、経木に染みを作った。不覚にも涙が溢れ出た。栄一は白玉団子と袱紗の経木の文字部分を千切り取った。経木を喜作に渡しながら、袱紗の小判も見せた。喜作は文を一読すると、頷きながら竹皮を栄一に戻してきた。喜作の眼も濡れて光っている。栄一は白玉団子と黄粉餅を一串ずつ取ると、残りを喜作に渡した。

天井を見ながら、無理やり白玉団子を頬張った。喉を通らない団子を茶で流し込む。黄粉餅も喉につかえた。茶を飲む。白玉団子も黄粉餅も味は分からない。ただ涙の味がした。

喜作が白玉団子と黄粉餅を喰うと、目尻を拭いつつ残りを一同に持って行った。栄一は五十両が包まれた袱紗を内飼袋に仕舞うと、千切った経木を細く引き裂いた。

父上……母上……姉サ……てい……すみませぬ。私はいつも己の足の向くままに生きてきました。そして、二度と村に帰れないところまできてしまいました。諦めてください。しょうもない息子だったと、弟だったと、兄だったと、諦めてください。ちよは、歌子は、どうしていますか。達者ですか。一目逢いたかった。それだけが気掛りです……

喜作が立ち上がると、勘定を払いに行った。払い終えると一同に声を掛けて、表に出る。栄一も喜作と並んで歩き始めた。

高い空は明るく晴れて、層の薄い雲が白く筋状に伸びている。山から下りてきた無数の秋茜が、中空を藁屑のように埋め尽くしていた。

道端で秋の野芥子が慎ましい白い花を咲かせ、その先には野原薊が、茎の先端に牡丹色の花を付けて直立している。焦茶の地味な蝶が、艶やかな花の蜜を吸っている。

街道に交差する細道を狗尾草が覆い尽くしていた。その細道を右に曲がると、寺があり、稲荷神社があり、利根川支流の小山川がある。その木橋を渡れば、両脇が薄の原の野道になって、十五町（一、五キロ）先が血洗島村だ。

栄一の脳裏に、家までの道筋が鮮明に浮かんだ。二、三十間（四、五十メートル）先の細道を右に曲がれば、後は一本道だ。両親と姉、妹はもう茶屋を出ただろうか。今夜は、あの藁と柴の匂いのする囲炉裏端で、煮ぼうとうでも喰うのだろうか。葱、白菜、大根、人参、牛蒡、干し椎茸、鶏肉、油揚げが入った醤油仕立ての幅広ほうとう。もうもうと湯気が立ち、醤油の匂いがする懐かしい味……栄一にとって何よりの馳走だった。家というものが、こんなにもありがたかったということに、今さらながら気付いた。温かい囲炉裏、温かい夕餉、ほうとうを啜る音、橙の炎、白い煙、柴のはぜる音、賑やかな話し声、望月のような笑顔、地歌、歓声、笑い声、童歌、幸せそうに眠る幼子……

細道の交わりまでくると、一行が通り過ぎるのを待つ女人がいた。手拭を被って稚児を抱いている。栄一が先頭で通り過ぎようとすると、呼び止められた。

「もし、お侍様！　申し訳ございませんが、草鞋の紐を結び直す間、この子を預かっていただけないでしょうか……」

女人は返事も待たずに栄一に稚児を預けると、右の草鞋の紐を締め直した。草鞋紐が緩んでいるようには見えなかった。喜作は、栄一を待つこともなく進んでいく。一行も喜作に従って移動していった。

栄一は……腕の中の稚児を見て目を丸くした。似ている！　まさか！

……父……

昨年の長月（九月）に生まれたはずの女童が声を発した……女童を凝視した。

父！

女童が手足をバタバタさせた。思わず身体全体で女童を優しく揺すった。腕の中に柔らかい感触と確かな重みがあった。女人が今度は左の草鞋を締め直している。

アー、アー……アー、アー……

女童が歓んで声を出した。女童の身体は温かかった。

「おお、そうか、そうか……嬉しいか、嬉しいか」

栄一は女童の脇の下を持つと高く掲げた。そのまま静かに左右に揺すった。

「……ひょうたん、ぶうらりこォ……へちまも、ぶうらりこォ」

アハ、アハ……女童が喜びの声を上げた。

「……ゆうがお、ぶうらりィ……きゅうりが、ぶうらぶらァ」

キャ、キャ、キャア……女童はしきりに手足を動かす。

「……なすびも、ゆうらりィ……ほおずき、ゆうらゆらァ」

栄一はその場でゆっくり回った。上空を鳶がゆっくり旋回しているのが見えた。

キャハハ……女童が天を仰いで喜んだ。

栄一はこの瞬間がいつまでも続けばいいと思った。草鞋を締め直した女人が立ち上がると女童を受け取った。

「お侍様は……大切なご用があるのですよ」

女童はきょとんとしていた。色が白く、利発そうな稚児だった。

「……ありがとうございました……」

女人が女童を抱いたまま、頭を下げた。

突如、女童が両手を栄一に向かって突き出した。栄一に抱いてもらいたがっている……

エーンッ！

女童の顔が歪んだかと思うと、大きな声で泣き出した。栄一の方にきたがり、のけ反ってしきりに手足をばたつかせる。里芋の葉の上を転がる水滴のように、女童の黒い瞳から大粒の涙がコロコロとこぼれ出た。

父！

「父ではありませぬ。一橋家の立派なお侍です！」

アーン、アーン、ア、アーッ！

女童は激しく泣いた。

女人が栄一に頭を下げながら背中を向けると、街道を右に折れた。細道を村に向かって早足で歩いていく。細い肩が小刻みに打ち震えていた。女童は栄一の方にきたがって、いまだ両手を突き出したまま暴れている。その姿と泣き声が少しずつ遠ざかっていく。栄一は呆然と立ち尽くしたまま、母と子を見ていた。熱い液体で視界がぼやけた。両腕に女童の体温が、鼻に匂いが、耳に泣き声が、残っていた……

やがて、女人は女童共々、揺れる薄の陰に隠れるように姿を消した。

「お武家殿！」

ギョッとした。背後に突棒(つくぼう)と刺股(さすまた)を握り締めた役人がいた。二人とも小袴(こばかま)に巻脚絆(まききゃはん)、向(むこ)う鉢(はち)巻(まき)という捕物(とりもの)の出で立ち——二人とも見たことがある顔だった。一人は鼻の脇に黒子(ほくろ)がある。

ア、アーッ！　お前たちは——

「何をしていなさるッ！　こんな所にいれば、お尋ね者と間違われますぞ」

「ささ！　早く！　一橋の一行に追い付かれよ」

「正五郎(まさごろう)！　薫平(くんぺい)！」

役人は幼馴染(おさななじみ)の菊池(きくち)正五郎と飯島(いいじま)薫平だった！

「……我らはそのような者ではござらぬ……岡部藩の同心で……犬山道節(いぬやまどうせつ)……と申す。お尋ね者の探索を命じられております……」

「……同じく岡部藩の……犬飼現八(いぬかいげんぱち)……でござる。お尋ね者を見つけたら……岡部の陣屋まで引き立てねばなりませぬ……」

二人はやっとの思いで、声を振り絞った。

「……」

栄一は声が出なかった。十五年前の、喜作も含め四人で一緒に遊んだ記憶がまざまざと蘇ってきた。

――おのれ、化け猫！　武芸では負けんぞ！

――黙れ、暴れ牛め！　悌の玉が欲しくば、相撲で勝負だ！

――食らえ、火遁の術！　忠の玉は渡さんぞ！

――これこそ仁の玉なるぞ、命が惜しくなくばかかってこい！

毎日毎日、惇忠師の塾の帰りに南総里見八犬伝の犬士に扮して遊んだ。藜や竹の刀を構え、それぞれが得意の八犬士になって、暗くなるまで夢中で遊んだ。腹が減ると、道端や草地の野苺や茱萸、木通や山葡萄や山桑、猿梨、柿を手当たり次第に口に入れた。山桑を口に入れる時は、わざとその実を口の周りで潰し、ヒヒヒヒと安達ケ原の鬼婆を真似て笑い合った。何をしても面白く、何があっても苦にはならなかった。

純粋で、欲がなく、正直な日々……

懐かしさが込み上げてきた栄一を、二人は知らない振りで通した。だが、二人ともその眼に大量の水滴を湛えている。

「早く行きなされ。辻々に人相書(にんそうがき)の高札(こうさつ)が掲げられていますぞ！」

「本人より大分好男(えをとこ)に描かれているゆえ、ちっとも似ていなかったが……」

ハハハハハ……三人は笑いながら泣いた。

「この恩は……決して忘れない……さらばじゃ！」

栄一は涙を振り払って、二人に背を向けた。つんのめるように歩く。

「其方(そなた)は我らの希(のぞみ)じゃーッ！」

「其方と知り合えたことは我らの宝じゃーッ！」

「達者でなーッ！　我らの分まで功を成すのじゃぞーッ！」

「其方のことは決して忘れまいぞーッ！　栄一ーッ！」

「栄一ーッ！　栄一ーッ！　栄一ーイッ！」

二人が代わる代わる栄一の背中に向かって怒鳴った。栄一は天を仰いで歩いた。


いつの間にか陽が傾き、影が伸びていた。栄一は喜作たちの一行に追い付こうと、急ぎ足で休みなく歩き続けた。ひたすら歩く栄一の脳裏に、様々な声と顔が浮かんできた。

……これも食べなさい。お母は腹一杯です……

……父は、父は前にしか進まんぞ……

……取るに足らぬ蝸牛角上の争いだ。其方、名は何という……

……栄一がオラたちとはまるっきり違うってことだけは分かります……

……そっか。頭のいい奴はやっぱ違うな……

……やりもしねで諦めるのは、男でねえ……

……栄次郎、気を付けていってらっしゃい……

……兄様、あたい、わがままいわないでおりこうにする……

……栄次郎、お前一人で行っても仕方があるまい……

……ちよをよろしく頼むぞ……

……栄一、怪我はないか……

……お待たせいたしました。一橋家平士・川村恵十郎でございます……

……父ではありませぬ。一橋家の立派なお侍です……

……父……父……父……

遠くの山の端(は)に陽が落ちかかっている。急がねばならない。喜作たちはもう本庄宿(ほんじょうしゅく)に着く頃だ。急げ！　急げ！　息が切れた。一休みしたいと思った。

……父(とう)……

歌子の声が聞こえた。ちよが懸命(けんめい)に教え込んだのだろう。他の言葉はまだ発せられないようだった。あどけない顔がケタケタと笑っていた。元気が出た。

……父(とう)……

そうだ、父(とう)だ。歌子の父(とう)だ。栄一の足が再び早まった。顔に夕陽が当たった。目を細めながら、栄一は夕陽に向かって胸を張って歩いて行った……一行が視界に入ってきた……

参考文献

「雨夜譚（あまよがたり）　渋沢栄一自伝」　長　幸男　校注　岩波書店

「深谷市史　全」　山口　平八　監修　深谷市史編纂会

「深谷市史　追補篇」　杉山　博　監修　深谷市史編さん会

「旧渋沢邸『中の家（なかんち）』」　パンフレット　深谷市教育委員会

「近代日本経済の父　渋沢栄一」　パンフレット　深谷市教育委員会

「渋沢栄一『日本近代資本主義の父』の生涯」　今井　博昭　著　幻冬舎

「日本の森あんない　東日本篇」　石橋　睦美　写真・文　淡交社

「野山の樹木観察図鑑」　岩瀬　徹　著　成美堂出版

「日本の山野草」　岩瀬　徹　著　成美堂出版

「山野草ポケット図鑑」　月刊さつき研究社

「野鳥の図鑑」　藪内　正幸　さく　福音館書店

「山の気象学」　城所　邦夫　著　山と渓谷社

「雪と氷のはなし」　木下　誠一　編著　技報堂出版

各種ホームページ多数も参考にしました

後書き

二〇二四年度から紙幣のデザインが変更になることを、二〇一九年四月に麻生太郎財務大臣が発表しました。デザインの変更は二十年ぶりだそうです。新一万円札は福沢諭吉から渋沢栄一へと肖像が変わります。

折しも、NHK大河ドラマ第六十作は、渋沢栄一が主人公の「青天を衝け」に決定、二〇二一年二月十四日から放送すると発表されました。

渋沢栄一？　誰、その人？　そう思った人も多いのではないでしょうか。

私もその一人です。渋沢栄一という名前を聞いたことはありましたが、どんな人物か、何をした人か、どこの人か、いつの時代の人か、全く知りませんでした。

大河ドラマを面白く観るためにも、渋沢栄一とはどのような人だったのか、全体の骨格だけでも知りたいと思い、渋沢栄一自伝「雨夜譚」を読み始めました。

「雨夜譚」は栄一、五十歳代の回想書で、波瀾万丈の生涯が誇張なく綴られています。巻之一の生地及び父母から始まり、巻之五の銀行創立、さらには維新以後における経済界の大発展まで、細かくそして力強く網羅されています。この書の中で、栄一の激動の人生は一時も停止することなく回転し続けます。

この「雨夜譚」に刺激を受け、自分でも栄一の人生を書いてみたいと思い、その足跡を辿りました。いざ、資料を読んでみると、栄一の膨大な知識、凄まじいまでの行動力は留まるところを知らず、晩年まで拡大し続けます。悩みました。どうまとめようか？

栄一はその九十年の生涯で、五〇〇以上の会社を起ち上げ、「日本近代資本主義の父」といわれるまでになっています。さらに一九二六年と一九二七年の二度にわたって、ノーベル平和賞候補にもその名が挙げられています。

そして、「雨夜譚」には、家族の話、殊に妻や子供に関する描写はあまり出てきません。これは私事に渡る出来事、私情をさしはさむ記述を好まない昔の男性の特性が、顕著に表れたのではないでしょうか。逆に私は、そこが一番知りたかったのですが……

私は偉人となった、経済界の巨人となった渋沢栄一にはあまり惹かれず、家庭人、一個人としての栄一に強い興味を抱きました。どのような幼少期を送ったのか、その性格はどうだったのか、栄一少年とは、青年渋沢栄一とは、父としての渋沢栄一は？

残念ながら、これらの答えを資料に見出すことはできず、折悪しくコロナが流行り始め、渋沢栄一記念館や旧渋沢邸「中の家」、渋沢資料館、尾高惇忠生家などが閉館し、県境をまたいでの移動も自粛が呼びかけられました。現地を訪れることもできず、文献や深谷市から取り寄せた「深谷市史」、深谷市教育委員会から送っていただいたパンフレットなどを参考に、書き進めました、元々、歴史書やノンフィクションを書くつもりはなかったので、自分の想像に任せたフィクションとして、自分の楽しみを追求しながら書いたのが本書です。いわば、渋沢栄一という偉人を題材にした、一人の人間の青春期とでもいうべき小品です。

その創作の稚拙さには目をつぶっていただいて、一人の青年の流転の人生、正義と友情、家族の絆など若者特有の純粋な精神に、触れていただけたらと思います。

発行に当たっては、歴史春秋社の植村圭子出版部長に、スケジュール調整や、たび重なる校正、ルビの有り無し、表記の統一性など細かく丁寧に指導していただきました。改めて厚く御礼を申し上げます。まことにありがとうございました。

時刻の換算については、不定時法を用い、季節による修正を加えました。

距離・広さ・高さ・重さなども最小単位で四捨五入し、総数を乗じて換算しました。

著者略歴

高見沢　功（たかみざわ・いさお）

昭和29年（1954）
静岡県沼津市生まれ。２歳のとき福島県猪苗代町に移る

昭和47年（1972）
福島県立会津高等学校卒業

昭和51年（1976）
日本大学芸術学部映画学科監督コース卒業
東京のCM制作会社、三木鶏郎企画研究所・トリプロ入社

平成元年（1989）
猪苗代町にUターン。郡山市のCM制作会社・バウハウス入社

平成８年（1996）
『長女・涼子』で福島県文学賞小説部門・奨励賞

平成９年（1997）
『地方御家人』で福島県文学賞小説部門・準賞

平成10年（1998）
『十字架』で福島県文学賞小説部門・文学賞

平成16年（2004）
CM制作会社・有限会社アクト設立、代表に就任

平成22年度・23年度福島県文学賞小説部門・企画委員
平成24年度～令和２年度福島県文学賞小説部門・審査委員

著書に『十字架』
『オンテンバール八重（小説版）』
『オンテンバール八重（コミック版原作）』
『白虎隊・青春群像　～白雲の空に浮かべる～』
『白虎隊物語　綺羅星のごとく（コミック版原作）』
『只見川』
『五色沼』

大 逆 転　～渋沢栄一・炎の青春～

2021年1月30日　初版発行

著　者　高見沢　功

発行者　阿 部　隆 一

発行所　歴史春秋出版株式会社
〒965-0842　福島県会津若松市門田町中野大道東8-1
電話　0242-26-6567

印　刷　北日本印刷株式会社

製　本　有限会社羽賀製本所